Engelhardt nimmt Anlauf und verlässt die Party durch das Fenster im ersten Stock. Seine beste Freundin Maren trinkt nicht mehr und verwandelt sich in ihr höheres Ich. Marens Ex-Lover Clemens fühlt sich mittelmäßig, hat dafür aber originellen Sex, und Bender, auf dessen Hochzeit sich alle treffen, regelt seine Angelegenheiten und verschwindet, wahrscheinlich für immer. Allen gemeinsam ist, dass sie rastlos und unglücklich sind, obwohl es ihnen eigentlich ganz gut geht. Und dass sie ihre Liebe in einem hellen Moment als das sehen, was sie ist, nämlich vorbei.

Jackie Thomaes Debütroman ist so hart und komisch wie das wahre Leben. Eine unromantische Komödie über die menschliche Sehnsucht in den Städten von heute.

Jackie Thomae, geboren 1972 in Halle an der Saale, ist Journalistin und Fernsehautorin. Gemeinsam mit Heike Blümner schrieb sie den Bestseller ›Eine Frau. Ein Buch‹ (2008). ›Momente der Klarheit‹ ist ihr erster Roman. Sie lebt in Berlin.

Weitere Informationen finden Sie auf www.fischerverlage.de

JACKIE THOMAE

Momente der Klarheit

Roman

FISCHER Taschenbuch

Erschienen bei FISCHER Taschenbuch
Frankfurt am Main, Juli 2017

Lizenzausgabe mit freundlicher Genehmigung
von Hanser Berlin im Carl Hanser Verlag München
© Hanser Berlin im Carl Hanser Verlag München 2015

Druck und Bindung: CPI books GmbH, Leck
Printed in Germany
ISBN 978-3-596-03652-3

Meinen Freunden und meinen Geschwistern

Ihr werdet fliegen

Du liebst die Frauen und sie lieben dich. Ersteres war immer klar, du hast drei wunderbare ältere Schwestern, Letzteres ergab sich erst vor ein paar Jahren, weshalb du dich noch in der Phase ungläubiger Dankbarkeit befindest. Du warst ein netter, intelligenter Junge. Das hat niemanden interessiert. Es ist nicht so, dass du bedeutend attraktiver geworden wärst, doch man sieht dich jetzt anders. Pech für das Mädchen neben dir. Sie hat sich die Nase verkleinern lassen. Wegen dir. Das wäre überhaupt nicht nötig gewesen, zumal ihre ursprüngliche Nase mit Sicherheit besser zum Rest ihres Gesichts gepasst hat. Diese Aktion – heulend in einer Klinik in Kroatien zu verschwinden und dir das Gefühl zu geben, sie wäre zu noch drastischeren Schritten bereit – war die Antwort auf eine vorsichtige Bemerkung deinerseits. Du hast ihr gesagt, wie gern du mit ihr zusammen bist, ein Blick in die ferne Zukunft würde dich jedoch unter massiven Druck setzen. Was für sie ein absehbares Ende bedeutete, ein Damoklesschwert, einen Alptraum. Sie nahm an, es läge an ihr. Genauer gesagt, an ihrem Zinken. Damit hattest du nicht gerechnet. Die OP tat dir wirklich leid, doch wurdest du dir einmal mehr deiner Wirkung auf Frauen bewusst. Sie ist subtil, was rückblickend deinen Misserfolg als Teenager erklärt. Jetzt bist du Anfang dreißig und triffst immer häufiger auf Frauen, die sich anfangs in dir täuschen, um dir im Anschluss so hoffnungslos zu verfallen wie deine aktuelle Freundin, Mademoiselle Nez.

Zuerst sehen sie deinen Makel. Du hattest als Kind einen

Unfall, der Makel ist nicht groß, aber vorhanden, sie sehen auch deinen abgebrochenen Zahn, den du aus irgendeinem Grund so gelassen hast (jetzt, wo man dich liebt, gibt es gar keinen Grund mehr, irgendetwas zu ändern), sie sehen deine Blässe und deinen eigenartigen Gang, und dann wird eine Fantasiemaschinerie in Gang gesetzt, für deren Befeuerung du nichts tun musst, außer du selbst zu sein. Und so wirst du zum Geheimtipp, zum Rohdiamanten, zu einem, dessen Wert nur sie erkennen. Du bist in der Tat ganz nett. Und schüchtern, das warst du immer, doch seit sich das Blatt zu deinen Gunsten gewendet hat, bezeichnet man deine Unbeholfenheit als speziellen Charme. Du bist einer, den man erst knacken und dann nach eigenem Gusto aufpolieren kann, eine romantische Aufgabe, denn nicht der Beau ist der Prinz, sondern der andere, du. Deine Mängel sind mittlerweile unsichtbar oder haben sich in Vorzüge verwandelt. Sie sehen nur noch deine blauen Augen und diesen süßen abgebrochenen Zahn. Dann müssen sie erkennen, dass sie nicht die Einzigen sind. Du bist nicht unsichtbar, auch ihre Freundinnen sehen dich, die Freundinnen deiner Freunde lieben dich, genauso wie die Frauen beim Yoga und die internationale Vereinigung junger Kellnerinnen. Wie Frauen, die sich unsterblich in lebenslänglich Inhaftierte verlieben, denken auch sie: Den kann ich haben. Und er darf mich haben. Er wird mir dafür dankbar sein und es wird wunderschön. Und das Schönste ist, dass er mir nicht davonlaufen wird. Wo soll er denn hin?

Du weißt, wo du hinwillst. Du willst weiter. Die anderen Frauen können es förmlich riechen. Deine vor bösen Vorahnungen schlotternde Freundin macht es ihnen wirklich leicht. Als das schöne Surfermädchen anschlendert und euch fragt, ob der Flug nach Sydney via Abu Dhabi hier abgeht (die Antwort steht auf dem Monitor, der in ihrem Blickfeld hängt, und sie fragt nicht euch, sondern explizit dich), zieht deine Freundin einen blitzschnellen Nasenvergleich und schaut so resigniert zurück in ihre Zeitschrift, dass du deine Hand von ihrer Stuhllehne nimmst und ihr den Rücken streichelst, während du dich als Sydney-Insider zu erkennen gibst. Surfergirl kann beruhigt zurück zu ihren Freundinnen schlendern, denn sie weiß nun, wie du heißt, und wird dich kontaktieren. Du hast deiner Freundin nichts versprochen; wenn, dann hat sie sich selbst etwas versprochen. Du liebst die Frauen und sie lieben dich.

*

Ihr seid gleichzeitig zum Schluss gekommen. Eine Seltenheit. So rar und harmonisch, dass es fast ein Grund wäre, zusammenzubleiben.

Nach eurem letzten großen Streit – ihr seid mittlerweile so laut, dass die Nachbarn die Polizei rufen, ihr werdet nicht handgreiflich, ihr brüllt nur und werft mit Dingen, was sich gefährlicher anhört, als es ist – legte sie ihre Füße in deinen Schoß und fragte: Sollen wir es lassen?

Ihr habt euch angeschaut wie ein Paar, das sich zum ersten Mal eine Immobilie anschaut. Ratlos und kleinlaut. Du hast gedacht, ich überlasse ihr die Entscheidung und werde sie akzeptieren. Ich vertraue ihr. Peace. Sie hat dir den Hinterkopf gekrault, so wie jetzt. Ihr hattet ein paar erlöste Minuten in eurer neuen Freundschaft, dann sagte sie: Ich sage, wir lassen es.

Du nicktest, und sie sagte: Wir haben alles probiert und es ging nicht. Du nicktest weiter, riebst deine Kopfhaut in ihre langen Fingernägel, so wie jetzt. Sie sagte: Wir haben gekämpft wie die Löwen, aber es geht einfach nicht. Wir haben alles gegeben und jetzt haben wir frei.

Dann fingt ihr an zu lachen. In diese Lachanfälle steigert ihr euch jedes Mal derartig hinein, dass die Nachbarn wieder klopfen und dass ihr eure Tränen auf das Lachen schieben könntet.

Das war gestern. Das heißt, ihr seid frisch getrennt. Und jetzt trotzdem hier. Ohne die Extremwitterung hättet ihr den Flug verpasst, woran ihr euch jetzt gegenseitig die Schuld geben würdet. Die Angst, dass die Trennung diesmal wahr werden könnte, macht euch vorübergehend vorsichtiger. Ihr benehmt euch wie Kinder, die eine letzte Warnung erhalten haben. Der höfliche Umgang strengt euch so an, dass ihr lieber streiten würdet, aber ihr reißt euch zusammen. Ihr könnt nicht mehr als sechs Stunden miteinander verbringen, ohne auszuflippen, und ihr haltet es nicht länger als zwei Tage ohneeinander aus. Außenstehende halten es nicht länger als zwei Tage mit euch aus. Hättet ihr nicht für den Flug diese ultrastarken Schlaftabletten besorgt, mit denen ihr euch eine Pause von euch selbst verschaffen könnt, es wäre nicht auszuhalten.

*

Dir geht es ausgezeichnet. Du bedankst dich herzlich beim Fahrer dieses kleinen Wägelchens, mit dem du durch den Terminal sausen durftest. Ihm ist es egal, dass ihr weder steinalt noch ernsthaft versehrt seid, er fährt das Wägelchen sowieso den ganzen Tag. Hoppla, fast hättest du die Krücke vergessen. Eine wirklich gute Idee von deinem alten Freund und Kupferstecher Hartmut, der auch keine Lust hat, zu Fuß durch Flughäfen zu hetzen und anschließend Schlange zu stehen. Schlaue Leute vermeiden Zumutungen. Wenn ihr in Miami landet, werdet ihr – selbstverständlich wieder mit dem Wägelchen – direkt zum Parkhaus fahren. Ihr müsst den Mietwagen nicht bei der Mietwagenstation holen, nein, der Wagen steht für euch bereit. Gewusst wie. Das sagst du zu deiner Frau und tätschelst ihr liebevoll die Hüfte. Ihre weißen Jeans heben deine Stimmung nochmals. So und nicht anders, oder Schatz? Deine Frau nickt. Etwas mehr Euphorie wäre an dieser Stelle wirklich angebracht. Du rufst deine Tochter an, um ihr zu erzählen, dass alles läuft wie am Schnürchen. Früher wärst du Business Class geflogen, aber seit du immer öfter Prominente in der Economy siehst, findest du: Man kann sein Geld auch anderweitig loswerden. Deine Frau geht in den Duty Free.

Hallo Schätzchen? Ich wollte nur Bescheid sagen, dass bei uns alles bestens geklappt hat, mein Sonnenschein. Deine Tochter ist so einsilbig wie deine Frau. Was soll das? Deine Tochter ist nicht die Tochter deiner Frau und nimmt dir übel, dass deine Frau so aussieht wie ihre Mutter in jüngeren Jahren. Da steigt selbst ein Schlitzohr wie du nicht mehr durch. Sie soll dir kurz deinen Enkel geben. Er ist etwas älter als dein jüngster Sohn, sein Onkel. Hört sich alles komplizierter an, als es ist. Die Sache ist die, dass du dich wirklich nicht lumpen lässt und die ganze Mischpoke von Herzen liebst. Sogar deine Exfrauen hast du stets in guter Erinnerung behalten und sie dich hoffentlich auch, ob nun als Liebhaber oder als Inhaber der bekannten Firma Zahlemann & Söhne, darauf hast du keinen Einfluss, aber selbst das nimmst du mit Humor. Du warst immer beweibt, ein Ausdruck, der dir gefällt, und bist der Meinung, dass man erst etwas vermisst, wenn man eine Vergleichsmöglichkeit hat. Du hast dir schließlich auch kein Smartphone gewünscht, als du noch dieses monströse Autotelefon hattest, oder? Große Sache damals, im wahrsten Sinne des Wortes. Jedenfalls warst du mit deinen Frauen immer glücklich, auch wenn irgendwann Routine daraus wurde, aber das ist ja beidseitig und normal. Gehört sozusagen dazu und hat auch seine Vorteile. Dann kam irgendwann jemand, der wieder frischen Wind brachte. Man wacht auf und merkt, dass man lebt und noch was will. Was anderes zum Beispiel. Alles ganz natürlich, quasi der Lauf der Dinge. Tel Aviv, wie der Franzose sagt, hahaha. Aber Scherz beiseite: An dieser Stelle kommt nichts Neues mehr. Man soll niemals nie sagen, aber wenn du dich das nächste Mal verliebst, wirst du dich deswegen nicht scheiden lassen. Das steht fest. Diese bronzehäutige Frau in Weiß, die dir dort drüben mit deiner Kreditkarte einen edlen Rum kauft – Augenblick mal, wieso eigentlich Rum, wenn man nach Miami fliegt? Miami ist fast Kuba! Wie auch immer: Diese etwas kapriziöse Sommerblüte wird jedenfalls deine letzte Ehefrau in diesem Leben sein. Es wundert dich, dass dir diese Entscheidung genau jetzt durch den Kopf geht. Aber sie gefällt dir. Der alte Wolf setzt sich zur Ruhe. Dir fällt ein Trinkspruch ein, den du in einem Film gehört hast. Wives and girlfriends, may they never meet! Herrliches Motto. Fast hättest du es deinem siebenjährigen Enkel gesagt, der dir am Telefon einen länglichen Witz erzählt.

*

Du hast dich immer viel geschämt und ernsthaft daran gearbeitet, dass es ein bisschen weniger wird, dass wenigstens das komplett irrationale Schämen aufhört, aber in deiner jetzigen Beziehung wurde es schlimmer als in deiner Schulzeit, die du praktisch stumm und mit einem knallroten Kopf verbracht hast.

Deine Bekannten sind glücklich mit Männern, die ständig auffallen und aus der Reihe tanzen, hupen, reklamieren, laut essen oder Schlimmeres. Du aber schämst dich für diesen vergleichsweise unauffälligen Mann, und zwar permanent. Er tippt dich an und hält dir seine Wasserflasche hin, du schämst dich. Er streckt sich und lockert seine Oberschenkel, du schämst dich. Er fragt den Mann neben euch etwas, und du möchtest im Boden versinken. Du schämst dich, wenn du seinen landläufigen, harmlosen Namen aussprechen musst, deshalb rufst du »Ähm?« oder »Hallo?«, wobei oft nur ein Krächzen herauskommt, und du vermeidest Sätze, in denen du ihn als deinen Freund bezeichnen musst. Du kennst Frauen, die ihren Freund knallhart als Lover bezeichnen. Als wollten sie einem dieses Bild – bei dem Wort *Lover* denkst du an einen nackten bleichen Mann, der unbeweglich auf einer Frau liegt, die er fast vollständig bedeckt – regelrecht in den Kopf hämmern. Welche Assoziationen das Wort *Freund* in anderen Leuten hervorruft, weißt du nicht, du weißt aber, dass du zu jung bist, um ihn als deinen Bekannten zu bezeichnen. Du ahnst, dass hier der Hund begraben liegt. Du denkst den Gedanken nicht weiter, er lässt dich wieder rot werden, wofür du dich abermals schämst, ein Kreislauf, den du manchmal versuchst zu stoppen, indem du die Luft anhältst. Doch es ist schon so: Du schämst dich dafür, dass ihr ein Paar seid, was bedeutet, dass ihr Sex habt, worüber niemand außer dir nachdenkt, denn abgesehen von deiner hypernervösen Körpersprache seid ihr so unauffällig, dass ihr ein erfolgreiches Gangsterduo abgeben könntet. Einmal hättest du dich fast geoutet. Eine Kollegin erzählte dir in der Kaffeeküche, dass sie ihr Klopapier immer im Büro klaue, nicht aus Geiz, sondern aus Scham, mit diesen Rollen im Laden und auf dem Heimweg gesehen zu werden – ballaballa, oder? Stimmt, dachtest du, das ist in der Tat ziemlich krank und hätte von dir sein können, das Problem deiner Kollegin ist allerdings nichts gegen deins.

Du bekommst einen Zuckanfall, als sich ein asiatischer Geschäftsmann neben dich setzen will. Dies ist der Sitz deines

Freundes, du weißt nicht, welche Sprache dieser Mann spricht, und du hoffst, dass niemand sieht, dass du gar nicht mehr aufhören kannst, mit dem Kopf zu schütteln. Der Mann hält dich für geisteskrank und geht. Wenn er im Flugzeug neben dir sitzen sollte, wirst du das nicht überleben. Dein Freund bringt dir ein Sandwich, das du gerne hinter einer aufgeschlagenen Zeitung essen würdest. Wenn er nicht zurückgekommen wäre, hättest du ihn ausrufen lassen müssen, ein Super-GAU, den du dir gar nicht näher ausmalen willst. Während er kauend mit dir redet, schaust du geradeaus und kaust deinerseits so unauffällig wie möglich. Dabei denkst du an den bevorstehenden Urlaub, euer erster gemeinsamer. Du hoffst, dass er nicht in den Pool springt, weder sich noch dich vor anderen mit Sonnencreme einreiben will und nicht englisch redet. All das wird er tun. Es ist das, was man im Urlaub tut. Was das heißt? Dass du dich auf dem direkten Weg in die Hölle befindest. Ins Fegefeuer der Peinlichkeiten. Ja, das ist zum Heulen. Aber nicht vor all diesen Leuten.

*

Ihr verwechselt gerade ein Fernziel mit einem Ausweg. Ihr fliegt in ein schönes Resort in Indonesien. Der Honeymoon-Overkill dort wird euch derart überfordern, dass der sporadische Sex, den ihr zu Hause habt, ganz einschlafen wird. Ihr werdet euch trotzdem gut verstehen, oder vielleicht gerade deshalb. Ihr werdet gemeinsam den wichtigsten Programmpunkt schwänzen, ein paar Tage nur, partners in crime, und froh sein, dass ihr es auf die angesammelte Müdigkeit schieben könnt.

Die vielen Blüten und Früchte im Luxusresort werden euch bereits an Tag zwei penetrant erscheinen. Fruchtbarkeit und

Paradies sind unglücklicherweise genau nicht eure Themen. Ihr werdet die rettende Idee haben, tauchen zu gehen, aber sie nicht umsetzen. Stattdessen wird euch Verlegenheit überkommen. An einem der letzten Tage wird sie sich, um vom Bett ins Bad zu gehen, eins der Laken nehmen. Sie wird es unter deinen Beinen wegziehen und sich umständlich eine Art Sari daraus knoten. Das Laken wird zu groß sein, sie ist nicht sonderlich geschickt. Sie wird weitermachen, so als dürftest du sie unter keinen Umständen mehr nackt sehen. Sie wird etwas von Aircondition murmeln und deinen Blick auf ihrem traurig gekrümmten Rücken spüren. Es wird der Moment sein, in dem euch klar wird, dass ihr nie wieder miteinander schlafen werdet.

*

Du bist die Einzige, die dem Popstar hinterherschaut. Vermutlich liegt es daran, dass man diesen Mann nur im deutschsprachigen Raum kennt und auch da nur in bestimmten Kreisen, was den Begriff Popstar etwas verzerrt. Dieser Mann ist ein Held seines Genres, eines Genres, das er eigentlich selbst erfunden hat, sein Umgang mit der deutschen Sprache ist legendär, seine Texte drücken exakt das Zeitgefühl der Generation vor dir aus, mit der du dich verbundener fühlst als mit deiner eigenen.

Der glaubhafte Star und seine Frau, die das Gegenteil eines Groupies ist, eine unprätentiöse herbe Schönheit, mit der er schon vor seinem Ruhm zusammen war, setzen sich lachend hin. Du weißt, wie angenehm diese Leute sind, du hast ein Volontariat bei einem öffentlich-rechtlichen Radiosender gemacht und einmal gesehen, wie die Frau den Star nach einem Interview abholte, um mit ihm und deinem Chefredakteur in einer stinknormalen Kneipe ein Bier zu trinken.

Dein Freund reißt dich zurück ins Hier und Jetzt. Leider macht er sofort den Fehler der Erfolglosen: Er äußert sich despektierlich über den Mann mit dem Erfolg. Eine Null spricht über eine Eins. Sofort hast du zwei Probleme. Du weißt, dass Stars, auch solche, die nur in Spezialmedien stattfinden, jede Reaktion auf sich, und sei sie noch so gut getarnt, sofort registrieren. Man wird das Getuschel deines Freundes also zur Kenntnis nehmen. Er hält sich die Hand vor den Mund und persifliert ein Flüstern, das dir lauter erscheint als ein Reden in normaler Lautstärke. Der Popstar unterhält sich, demonstrativ, wie dir scheint, mit einer alten Frau, die ihn nicht kennt, und zeigt, wie wohl er sich inkognito fühlt. Glücklicherweise ist er bald in Colombo oder Jakarta, wo ihn wirklich niemand mehr kennt, es sei denn, er hat einen Gig im dortigen Goethe-Institut.

Dein zweites Problem ist dein Freund selbst. Denn der, das fällt dir nicht zum ersten Mal auf, ist ein verbitterter Loser. Du hast alles, was er gerade sagt, in exakt diesem Wortlaut zigmal gehört, was ihm eigentlich klar sein müsste.

Du könntest aufstehen und ein paar Schritte gehen. Das Blitzeis ist an allem schuld. Gibt es eine Band, die Blitzeis heißt?

Du bleibst sitzen und hältst die Tirade deines Freundes mit ein paar trockenen, aber gezielten Bröckchen am Lodern. Du sagst: Ach, echt? Nö, finde ich jetzt gar nicht, wieso? Mit seinen Antworten schießt er sich ins Aus. Du weißt, du bist perfide, aber er hat es nicht anders verdient. Du bist diejenige, die jetzt noch etwas retten könnte. Du könntest ihn fragen, ob er auch etwas trinken will, oder ihm einen deiner Kopfhörer ins Ohr stecken. Du könntest ihn anlachen oder streicheln. Du drehst deinen Kopf scharf nach rechts und schaust ihm direkt in die Augen. Es sind die Augen eines Fanatikers, und weil du ein faires, liberales Mädchen bist, fragst du dich kurz, ob dieser Fanatismus nicht nötig ist, wenn man Künstler sein will. Nein, entscheidest du. Leidenschaft ja, dieser Wahnsinn hier definitiv nicht, und plötzlich weißt du, dass es vorbei ist.

Du wolltest schon gehen, als er dir zum ersten Mal seine Musik vorspielte. Du hast geahnt, dass sie dir nicht gefallen würde, und den Moment hinausgezögert. Als es dann so weit war, wusstest du nicht, was für ein Gesicht du machen solltest, denn was du da hören musstest, übertraf deine schlimmsten Befürchtungen. Kurz hast du sogar gehofft, er würde dich auf den Arm nehmen. Wäre dem so gewesen, du hättest vor Erleichterung gekreischt. Doch das war nicht sein Stil. Es wäre einfacher gewesen, wenn er einfach einen blöden Job gehabt hätte. Doch diese Musik und insbesondere die grauenvollen Texte, ja, das war er. Anschließend warst du zwar ernüchtert, aber eure Beziehung ging weiter. Seine Musik wurde von dir fortan behandelt wie sein Fußballverein: mit mütterlicher Nachsicht. Jetzt siehst du seinem Problem, das auch dein Problem ist, wieder direkt ins Gesicht. Der bodenständige Star und seine Frau rauchen mit der alten Dame eine E-Zigarette und unterhalten sich prächtig.

Du gibst deinem Freund eine letzte Chance. Du sagst gespielt müde und äußerst sanft, dass man, von der Musikrichtung mal abgesehen, diesem Mann dort drüben ja wohl nicht absprechen könne, ein wirklicher Poet zu sein, und zitierst eine seiner bekanntesten Textzeilen. Das ist doch echt genial, oder? Dein Freund, der nichts von deinem Ultimatum ahnt, spuckt Gift und Galle. Du merkst, dass du dir damit selbst ins Knie geschossen hast, denn du bist zwar wirklich clever und wenn es sein muss auch mutig, aber du bist kein Mädchen aus einem Film. Das würde jetzt aufstehen und gehen und ihn mit seiner Gitarre in seinem Elend sitzen lassen. Vielleicht würde es ihm sogar noch raten, es sein zu lassen. Das, was er macht und ist, reicht ganz offensichtlich nicht für das, was er gern wäre. Aber halt: Das wäre wirklich anmaßend. Er kann so lange an sich glauben, wie er will. Aber bitte künftig ohne dich.

Stattdessen bleibst du auf dem Flughafenstuhl sitzen und wühlst nickend in deinem Rucksack nach deiner Handcreme. Morgen werdet ihr in Thailand auf einer Insel ankommen, auf der man euch drei Wochen lang ununterbrochen mit Bob Marley beschallen wird, das weißt du vom letzten Mal dort. Zumindest wird sich damit eine Diskussion über die Musik erübrigen. Vielleicht versteht ihr euch ja dann wieder ganz gut.

*

Mit deiner ersten Frau war es aus, als eines Abends eine Frau in eure Stammkneipe kam und sich euch gegenüber an die Bar setzte. Ihr wart wie versteinert, deine erste Frau und du, als hättet ihr beide gewusst, dass diese Frau deine zweite Frau werden würde, was sie ja dann auch geworden ist. Jetzt hockt ihr hier an der Flughafenbar und trinkt ein Bier nach dem anderen, deine zweite Frau und du. Tja, so ist das Leben. Sitzen ist gut, Bier schmeckt.

*

Gähnend schlägst du *DIE ZEIT* zu. Du hast einen Artikel über die Schwierigkeiten Hochbegabter bei der Partnerwahl gelesen. Ihr Hauptproblem besteht wohl darin, dass sie sich im Gespräch sehr schnell auf eine Metaebene begeben, auf die ihnen Nichthochbegabte kaum folgen können. Abgesehen davon, dass sich der Artikel so las, als würden sich alle, die nicht

Mensa-Mitglied sind, also auch du, nur über Grunzlaute verständigen, fehlte ihm auch das Drama: Alle der zitierten Hochbegabten waren verheiratet. Du bist der Meinung, dass es keine Frage des IQ ist, ob man sich lieber auf der Metaebene unterhält oder über Dinge, die man sieht, über Zeugs eben, sondern eine Frage von Willen und Interesse, eine Frage der Gesprächskultur. Rein intelligenztechnisch wäre auch deine Frau dazu in der Lage.

Du wühlst in dem Papierhaufen neben dir, willst aber nicht weiterlesen. Zuoberst liegt ein Boulevardmagazin, auf dem eine Frau in einem fuchsiafarbenen Freizeitanzug ein Kleinkind seitlich auf Brusthöhe trägt. Diese Pose ist sehr anstrengend, wie du als zweifacher Vater weißt. Du blickst auf, als deine vor Müdigkeit völlig überdrehte Tochter sirenenartig aufheult. Deine Frau, die ebenfalls einen Freizeitanzug, eine Pudelmütze und eine Pilotensonnenbrille trägt, hebt sie hoch und geht in Richtung Toiletten. Dir fällt auf, dass sie die Kleine so hält wie die Frau auf dem Cover. Du denkst wieder an die Metaebene und an die Gespräche, die du mit deiner Frau führst. Es sind Hausfrauen- und Müttergespräche. Im Gegensatz zu deinem Vater bist du über jede Laus, die deine Kinder befällt, bestens informiert. Trotzdem könnte man sich wenigstens abends über andere Dinge unterhalten. Du weißt, dass man ein angeregtes Gespräch nicht erzwingen kann, aber du hast es versucht. Deine Frau wurde sauer. Eure Gespräche seien doch gut, schrie sie gereizt, ihr würdet eben beide arbeiten. Du solltest dich mal fragen, was der Durchschnittsmensch so redet. Adorno oder was. Adorno? Sie verstand ja nicht einmal dich. Die nonverbale Kommunikation dagegen funktioniert ganz gut, ihr habt weiterhin Sex. Das ist keine Selbstverständlichkeit, falls du die Bemerkungen deiner Freunde richtig deutest.

Du streckst dich und gähnst ausgiebig. Neben dir sitzt ein schweigendes altes Paar. Du denkst an deine Eltern und hast plötzlich die beunruhigende Vorstellung, wie dein Vater zu werden, der im Nonsensgewitter deiner Mutter seit fast fünf Jahrzehnten Zeitung liest, fernsieht und über seinen Kram nachdenkt, den er mit ins Grab nehmen wird. Das alte Paar teilt sich einen Apfel und du bist überrascht, wie sehr dich das rührt. Vielleicht redet man mit der Zeit einfach weniger? Dann aber bitte auch keinen Unsinn mehr, dann bitte gleich ganz Ruhe.

Als deine Frau vor dir steht, fragst du sie, ob ihr im Urlaub nicht anfangen solltet zu meditieren. Das wäre Sprachlosigkeit auf einem höheren Niveau, denkst du und findest diese Eingebung wirklich gut, wahrscheinlich hat dich das friedliche Bild der apfelessenden Greise in diesen Zustand versetzt. Deine Frau sagt irgendwas. Es sind nicht nur ihre Themen, die dich nerven, es ist auch, vielleicht sogar in erster Linie, ihr nasaler Tonfall. Du bekommst deine Tochter auf den Schoß gedrückt.

Was?, fragst du, verwirrt wie dein Vater. Du starrst auf den Hintern deiner Frau, auf dem »Juicy Couture« steht, und denkst: Trulla. Zeitverzögert verstehst du, was sie dich gefragt hat. Verdammt, denkst du und schaust dich um. Du hast nicht nur eine Tochter, die über drei Oktaven heulen kann, du hast auch einen Sohn, der bis vor kurzem noch neben dir saß und den ihr jetzt ausrufen lassen müsst.

*

Kurz bevor du vierzig wurdest, musstest du dir alles Mögliche abgewöhnen. Es war eine Scheißzeit. Eine Scheißzeit auf Entzug, die nur dafür da war, die Scheißzeit ab achtzig zu verlängern. Denn man wird ja nicht wieder dreißig, nur weil man mit vierzig den Fuß vom Gas nimmt. Jedenfalls hörtest du dir in irgendwelchen Kursen schlecht gelaunt an, wie du deine Angst besiegen, deine Achtsamkeit schärfen und deine innere Leere bekämpfen könntest. Um dein Leid zu verkürzen, hast du diese Pillen zur Rauchentwöhnung bestellt, die bereits niemand mehr nahm, weil sie suizidal machten. Beim Nikotinentzug halfen sie nicht, aber deine Fixierung auf diesen Mann war wie weggeblasen. Eines Morgens wachtest du auf und warst frei. Er war dir auf einen Schlag egal. Dass du ihm schon länger egal warst, hat dich vier Jahre deines Lebens gekostet, in denen du ihm hinterherranntest wie ein würdeloses Hündchen. Jetzt wart ihr euch beide egal, und er stand für dich gewissermaßen auf einer Stufe mit Zigaretten, was du ihm zum Abschied hättest mitteilen können, aber nicht einmal dafür reichte dein Interesse noch. Du weißt nicht, ob es einen organischen Zusammenhang zwischen der Rauchentwöhnung und dem Ende dieser ungesunden Verliebtheit gab, ob es tatsächlich die Pille war oder ob hier lediglich eine zeitliche Koinzidenz vorlag, aber bisher hattest du keinen nennenswerten Rückfall. Gut, du hast vorhin kurz darüber nachgedacht, ob du ihm eine SMS aus Burma schicken sollst, aber: no way. Eher würdest du eine rauchen.

Der Zustand völliger Zufriedenheit war natürlich nicht lange aufrechtzuerhalten. Du posaunst es nicht hinaus, du kommst klar, aber du hoffst, dass dies dein letzter Trip allein sein wird. Passenderweise liest du im *Lonely Planet*.

*

Eines Morgens, du hast ihn gefragt, ob er noch ein Ei will, hast du es zum ersten Mal gesehen. Er schaute auf und fragte:

»Was?«, und in diesem Augenblick hast du begriffen, dass er dich nicht ausstehen kann.

Dir war vorher nicht klar gewesen, dass das möglich ist. Hass wäre ein zu starkes Wort, er kann dich einfach nicht leiden. Er sagt, dass er dich liebt, nicht oft, aber immerhin. Damit meint er, dass du die Frau bist, mit der er schläft. Das schließe aber nicht grundsätzlich aus, dich auch zu mögen, dachtest du, als er dich wieder einmal anblaffte. Du hast ihn gefragt, ob er auch mit dir befreundet wäre, wärt ihr kein Paar. Die Frage war ihm zu hypothetisch. Schließlich fragte er sich auch nicht, ob er mit seinem Bruder befreundet wäre, wäre der nicht sein Bruder. Er wisse aber, dass er mit seinem Bruder nicht schlafen wolle. Diese Vorstellung fand er so absurd eklig, dass er minutenlang schallend lachte.

Die Art, in der er dir jetzt zu verstehen gibt, sitzen zu bleiben, während er mal eben nachschauen geht, ob sich etwas getan hat (was soll sich getan haben, alle hier angezeigten Flüge gehen frühestens in drei Stunden), sein unwirsches, herrisches Gebaren und die feste Überzeugung, er hätte hier irgendeinen Einfluss auf irgendetwas, fielen früher für dich in die Kategorie männliches Auftreten, heute machen sie dich krank. Die Angestellte hinter dem Boarding-Schalter lässt seinen Wutanfall an sich abprallen. Du nimmst dir vor, ihn künftig genauso unbeteiligt anzulächeln, wie sie das gerade vorführt. Er tippt mit dem Finger auf den Tresen vor der Frau, die froh sein kann, dass er ihr nicht auf die Schulter tippt, und du weißt, dass er jeden Satz mit *und fertig aus* beendet. Als zwei Flughafenpolizisten durch die Halle gehen, wünschst du dir kurz, sie würden ihn mitnehmen und in einem fensterlosen Kabuff zusammenschlagen. Von Mögen kann also auch bei dir nicht die Rede sein.

*

In Kürze wirst du mehrere Diagnosen hören: Erschöpfungs-depression, Entlastungsdepression, sekundärer Krankheits-gewinn. Damit wird man meinen, dass du dir mit deinem Zusammenbruch Ruhe verschafft hast. Oder auf dich auf-merksam machen wolltest. Doch noch stehst du nicht im Mit-telpunkt. Die Jungs telefonieren mit ihrem leiblichen Vater, einem in der gesamten Familie nach wie vor beliebten Tunichtgut, der selbstverständlich nicht für seine Kinder zahlt, und deine Frau telefoniert mit ihrer Mutter, von der sie sich erst vor einer Dreiviertelstunde verabschiedet hat.

Der kleinere Junge hätte von dir sein können, ihr kanntet euch schon, als sie mit ihm schwanger wurde, aber er ist von ihrem Ex. Du liebtest sie täglich mehr. Sie blieb noch weitere anderthalb Jahre bei ihm, bevor sie mit den beiden Kindern zu dir zog. Du nennst sie deine Jungs und liebst sie. Das Haus, das du für deine neue Familie gekauft hast, musstest du nach kurzer Zeit vermieten, weil deine Frau in der Nähe ihrer El-tern wohnen wollte. Deine Schwiegereltern lassen dich bei je-der Gelegenheit spüren, dass sie ihren ersten Schwiegersohn zurückwollen, und tun gebrechlicher, als sie sind. Dies hier wird euer erster Urlaub ohne sie sein.

Du siehst aus wie ein etwas langweiliger Hypertoniker, aber vermutlich bist du der leidenschaftlichste Mann in die-sem Flughafen. Deine Frau ist da pragmatischer. Sie ist weder besonders schön noch besonders nett, aber sie hat die Gabe, sich mit absoluter Selbstverständlichkeit auf Händen tragen zu lassen. Sie denkt selten über dich nach, denn du bist ja im-mer da. Du bist ihr zuverlässiger Schatten, weshalb sie dir jetzt ausrichtet, was du für ihre Mutter zu erledigen hast. Ja, hier auf dem Flughafen, geh doch bitte mal kurz ins Internet und überweis das für Mama. Dein älterer Stiefsohn gibt dir unwil-lig seinen Laptop, auf dem du jetzt herumtippst. Du machst, was man dir sagt. Du gehörst zu den wenigen Menschen, die wirklich für ihre große Liebe sterben würden. Pass auf dich auf.

*

Was ist los?

Was los ist? Das fragst du mich jetzt nicht ernsthaft, oder? Ich suche dich seit über einer Stunde.

Ich war hier.

Na super.

Ich habe die Leute gefilmt.

Aha. Schön für dich.

Fand ich auch. Ich werde mich im Übrigen nicht auf dein beleidigtes Getue einlassen. Nur mal so vorab.

Willst du ein Sandwich?

Ich habe die Leute gechannelt. Ich konnte sehen, wer sie sind.

Isabel, hör auf mit diesem Medium-Gefasel, du weißt, dass mich das nervt.

Ist ja gut. Weißt du eigentlich, dass ich mich schon zweimal auf dem Flughafen getrennt habe? Innerlich verabschiedet. Ich wusste, es war aus, als ich aus dem Flugzeug kam beziehungsweise ins Flugzeug stieg.

Aha. Thunfisch oder Mozzarella?

Und jedes dieser kleinen verzweifelten Tierchen hier wird das früher oder später erleben.

Was? Sich am Flughafen trennen?

Nein. Die meisten werden zusammenbleiben. Die werden diesen Moment haben, in dem es aus ist, und anschließend noch zehn Jahre so weitermachen.

Wenn du das sagst.

Nirgends liegt so viel zwischenmenschliches Grauen in der Luft wie am Flughafen.

Isabel, erstens: Schrei nicht so und hör auf, mit dem Finger zu zeigen. Zweitens: So sehen Leute aus, die stundenlang am Flughafen festsitzen. So sehen wir übrigens auch aus.

Du vielleicht, ich nicht.

Ja klar, genau.

Du verstehst mal wieder nichts. Nada, niente, nothing.

Wieso rufen die jetzt zuerst Istanbul auf, ich fass es nicht.

Meinst du, ich könnte mir in einem Hightech-Pharmalabor künstliches Gewebe bestellen und ein Herz daraus bauen lassen?

Bitte? Der Typ merkt, dass du ihn anstarrst. Ich weiß, dass dir das egal ist, aber er könnte gleich zwölf Stunden neben uns sitzen, und ich habe keine Lust auf diese Atmo. Schluck Cola?

Was? Nein. Lass mich mal weiter nachdenken, bitte.

Hör auf, diesen Mann anzuglotzen. Was soll das denn? Mann.

Ich muss rausfinden, was das kostet. Ein begehbares Herz mit Broken-Heart-Syndrom. Google das bitte mal.

Ich habe mein Telefon schon aus. Boarding. Komm jetzt.

Ein gebrochenes Herz sieht aus wie eine Tintenfischfalle.

Wie sieht eine Tintenfischfalle aus?

Wie ein gebrochenes Herz.

Witzig.

Man würde in diesem Herzen herumlaufen, es wäre zäh und glitschig. Ein Muskel eben. Dazu entweder O-Töne von Leuten oder Papier, Protokolle, die aus den Wänden hängen. Wie findest du das?

Das ist Kunstkurskunst. Kitsch. Herz vielleicht. O-Töne, die eigentlich von dir sind, nein.

Wieso nicht?

Weil du nicht der narrative Typ bist.

Und du bist kein Künstler.

Dito.

Was?

…

Das nimmst du zurück. Sofort nimmst du das zurück. Aber hallo nimmst du das zurück!

Okay: Du bist eine Künstlerin.

Ich liebe dich, weißt du das eigentlich?

…

Was gibt es da zu lachen?

Komm jetzt, Baby, es geht los. Wir fliegen.

Teil eins

Der Sprung

Alles beginnt mit Engelhardts Sprung.

Reza hatte sich eine Wohnung in einer alten Backstein-fabrik gekauft, mit Feuertreppen an den Außenwänden. Wie in New York, sagte jeder Zweite bei der Einweihungsparty. Engel-hardt langweilte sich bereits nach fünf Minuten. Was ist nur mit den Leuten los, fragte er sich. Was ist eigentlich mit dir los, fragte ihn Susanne, seine Freundin. Engelhardt trank und rede-te viel, auch um den anderen nicht zuhören zu müssen. Susan-ne stand neben ihm und streichelte seinen Unterarm, als wäre er ein Gorilla, den es in Schach zu halten galt. Er wusste, dass er von Schluck zu Schluck lauter wurde. Nach eins tauchte eine Gruppe jüngerer Leute auf, und Engelhardt fühlte sich kurz-fristig besser. Er drehte Rezas Anlage auf und tanzte mit einer Frau, die sich eine Knastträne auf ihre milchweiße Haut hatte tätowieren lassen. Ein Asi-Symbol in einem Aristokraten-gesicht, wow. Vielleicht wollte er dieser Frau seine Wildheit be-weisen, vielleicht wollte er seinen Freunden zeigen, wie sehr ihn ihre Weinabende anödeten, vielleicht wollte er dem Fest einen Höhepunkt verschaffen, es wird ein Impuls bestehend aus alldem gewesen sein. Jedenfalls nahm Engelhardt brüllend Anlauf und sprang über das Geländer von Rezas Feuertreppe aus dem ersten Stock in den Hof. Ein Stunt, dachte er, als er die eiskalte Eisenstange im genau richtigen Moment losließ.

In den Wochen darauf sieht Engelhardt, von Beruf Regisseur, einen Film, der eine einzige Kameraeinstellung hat. Die Darsteller treten ins Bild, reden hauptsächlich über ein Thema, nämlich Engelhardt, und gehen wieder ab. Gelegentlich gibt Engelhardt selbst einen Kommentar aus dem Off. Schmerzmittelbedingt ist der Film recht langsam, und er macht ihn nachdenklich. Immerhin ist es kein Nachruf.

Isabel betrachtet die Röntgenbilder seiner Beine.

Schau mal, Engelhardt, so schön bist du von innen.

Total schön.

Warum hast du das gemacht?

Ich schätze, ich brauchte mal einen Break.

Einen ist gut. Isabel lacht, Engelhardt grinst.

Ich war betrunken. Heißt, ich sollte es wohl lassen.

Nüchtern bist du unerträglich, Engelhardt, sagt Isabel. Du müsstest moderat trinken. Stimmt, denkt er, aber wie geht das?

Nach zwei Gläsern Wein bist du so umwerfend, dass ich mich jedes Mal frage, warum ich nicht mit dir zusammengeblieben bin.

Ach so, denkt Engelhardt. Isabel setzt sich auf sein Bett und schaut ihm direkt in die Augen, Engelhardt hält stand. Er ist auf Morphium oder etwas Ähnlichem und könnte Isabel für Tage in die Augen schauen, als wäre das seine Lebensaufgabe. Sie war deshalb nicht mit ihm zusammengeblieben, weil sie eines Tages geglaubt hatte, zu einem völlig Fremden nach Wien ziehen zu müssen, was einem Mordversuch an Engelhardt gleichgekommen war. Das war vor ungefähr fünf Jahren. Mit ihr hatte er das Gefühl gehabt, ein jahrzehntelanger Irrtum habe sich endlich aufgeklärt und sein eigentliches Leben gehe jetzt los. Das Leben, das ihm zustand, das er schon als Kind für sich eingefordert hatte, zappelig und zornig, weil er nicht ausdrücken konnte, was ihm fehlte. Ein Mensch wie Isabel, wie sich zeigte. Sie hatte ihn bald besser gekannt als er sich selbst und dieses Wissen gnadenlos gegen ihn eingesetzt, doch auch als Gegnerin fühlte sie sich richtig an, fand Engelhardt. Hätte seine Mutter ihm irgendwann gesagt, der Nachbarsjunge sei nun ihr Sohn und nicht mehr er, es hätte ihn weniger schockiert als Isabels Mitteilung, sie habe sich verliebt. Engelhardt, zu verstört, um wütend zu sein, half ihr beim Umzug, so wie die Male zuvor, ständig umzuziehen gehörte zu ihrem Lebensstil. Wie ferngesteuert fuhr er sie zu ihrem neuen Freund, stritt und vertrug sich unterwegs mit ihr, und erst als sie in der Wohnung des anderen Mannes standen, begriff er, dass es sich bei den drei Anwesenden um ein Paar und eine Einzelperson handelte, ihn. Damals hatte er das erste Mal den Drang verspürt, aus dem Fenster zu springen. Er stand im Dachgeschoss eines Fremden, den er kaum wahrnahm, dessen Gesicht er sich nicht merken konnte, lobte den Ausblick und erkannte plötzlich, wie lachhaft klein der Schritt wäre, der dieses fragile Gebilde, das man Leben nennt, innerhalb von Sekunden beenden könnte. Immer wieder dachte er später daran, wenn Züge einfuhren, wenn er in seinem Auto saß, wenn er an Fenstern stand. Und als er über Rezas Brüstung sprang, war es, als hätte er etwas, das lange anstand, endlich hinter sich gebracht.

Und dann, fährt Isabel fort, Engelhardt zu erklären, wie Engelhardt tickt, kippst du. Eine Zeitlang konnte ich auf die Uhr schauen und wusste, wann es so weit war. Aber du hättest dir von mir eh nichts sagen lassen.

Ich hätte mir alles von ihr sagen lassen, denkt Engelhardt.

Stimmt, sagt er und wirft einen Blick auf den Typen im Nachbarbett, ein graues Männlein, das nachts schnarcht und jetzt Isabel anerkennend mustert.

Jedenfalls geht dann irgendwann das Tor zur Hölle auf und man begegnet Doktor Hyde, sagt Isabel.

Mister Hyde, sagt Engelhardt müde.

Du bist die Pest, wenn diese Tür aufgeht, weißt du das? Sie strahlt ihn an. Engelhardt winkt ab. Diese Tür gibt es auch bei Isabel, und nicht nur, wenn sie getrunken hat. Wäre sie ein bisschen reflektierter, wüsste sie das.

Isabel beginnt die Lilien zu arrangieren, die sie mitgebracht hat und deren morbiden Duft sich Engelhardt denkt, weil er einen Nasenverband trägt.

Als sie aus Wien zurückkam, war er schon mit Susanne zusammen und verbot sich jeden Gedanken an Isabel. Er war gerade so weit, dass es nicht mehr ständig wehtat, und das Letzte, was er wollte, war ein Rückfall. Sein erster großer Film, ein Sozialdrama, das mit Preisen überhäuft worden war, hatte ihm dabei geholfen, sich nicht mehr amputiert zu fühlen. Sein größter Erfolg und sein größter Verlust fielen somit in dieselbe Zeit, wobei seinen Verlust niemand ernst zu nehmen schien. Offenbar hatte man in dem Paar Engelhardt und Isabel einen zeitweiligen Wahnsinn gesehen, der sich nun erledigt hatte. Selbst Freunde fragten ihn so unbedarft nach Isabel, als wäre sie nahtlos zu seiner netten Bekannten geworden. Als er sich den vierten Abend in Folge die Geschichte eines entlaufenen Dackels anhören musste, verschwand er auf dem Herrenklo und riss dort das Pissoir aus der Wand. Kurz darauf traf er auf Susanne.

Isabel kommt näher und Engelhardt kann ihr nicht ausweichen.

Sag mal, Angelheart, duschen die einen eigentlich ab, bevor man in den OP geschoben wird?

Nehme ich an, ja.

Du riechst aber, als würdest du direkt von Rezas Party kommen.

Danke, Isi.

Gerne, Angie.

Du musst mich jetzt in Ruhe lassen, ich kann nicht mehr.

Ich werde dich nie in Ruhe lassen, Engelhardt, ich bin dein Fluch.

Ich weiß.

Raus mit dir, denkt er, als die Schwester hereinkommt, bei der Isabel einen Cappuccino bestellt, als wäre sie in einem Restaurant. Die Schwester verweist sie auf den Gang. Bleib bei mir, denkt Engelhardt, dann schläft er wieder ein.

Engelhardt starrt Reza an, wie er zuvor den Matisse-Druck im Krankenhausflur anstarrte, bis ein Pfleger ihn zurück in sein Zimmer schob. Reza scheint sich selbst zu erzählen, wie gut ihm das Training für den Marathon tut.

Engelhardt fragt sich, seit wann Reza derart spießige Jeans trägt und wieso er sich am Thema Langstreckenlauf abarbeitet, was a langweilig und b ihm gegenüber absolut taktlos ist. Trotzdem gefällt es ihm, Reza anzuschauen. Er bewundert die Symmetrie in Rezas Gesicht, die perfekte Größe und Anordnung von Augen, Nase und Mund, die er zum ersten Mal bewusst wahrnimmt, so wie kurz vorher den *Blauen Akt*. Trifft Rezas Gesicht den Massengeschmack?

Das Laufen, sagt Reza enthusiastisch, öffne ihm die Augen. Endlich habe er wieder eine Beziehung zu seinem Körper und endlich könne er sich wieder auf sich und seine Entscheidungen verlassen. Wahnsinn, sagt Engelhardt.

Dann redet Reza über seine neue Wohnung, als hätte er vergessen, dass Engelhardt sie bereits kennt, und über Lydias Talent bei der Einrichtung derselben. Reza sollte aufhören, seine Freundin zu loben wie ein lernbehindertes Kind, denkt Engelhardt. Stell dir vor, Lydia hat den Wasserhahn auf- und wieder zugedreht. Engelhardt weiß nicht, wie lange er schon vor sich hin nickt, als Reza ihm ein Schreiben auf die Bettdecke legt, das aussieht wie ein Bescheid vom Finanzamt. Engelhardt versteht nicht gleich.

Filmförderungsanstalt, ein Ablehnungsbescheid, keine Förderung, sagt Reza.

Engelhard liest die Begründung. Die Kommission ist zu dem Urteil gelangt, Engelhardts Treatment sei unstimmig. Es folgen drei Sätze Begründung, in denen man seiner Geschichte Unverfilmbarkeit und ihm selbst völliges Unvermögen bescheinigt. Verklausuliert natürlich. Ein lapidares Nein hätte genügt, findet Engelhardt und weiß, dass er im Normalzustand sehr wütend wäre über diese als Bürokratie getarnte Bösartigkeit. Er hat sich um etwas beworben, was man abgelehnt hat. Normalerweise wünscht man in diesem Fall den Verlierern viel Erfolg auf ihrem weiteren Weg. Im Falle von entlassenen Mitarbeitern ist man sogar dazu verpflichtet.

Tja, sagt Reza, als Engelhardt die Rechtsmittelbelehrung vorliest, denn gegen diesen Bescheid kann Einspruch erhoben werden, der jedoch nur zur Kenntnis genommen werden kann, wenn alle geforderten Papiere fristgemäß und in zehnfacher Ausführung eingereicht werden. Engelhardt beginnt zu lachen, leise, weil er so abgedämmt ist, aber er lacht immer noch vor sich hin, als Reza ihm sagt, dass cr in nächster Zeit nicht mit ihm zusammenarbeiten wird, was aber nichts an ihrer guten Privatbeziehung ändere, zumal Engelhardt sowieso eine Auszeit brauche. Definitiv. In jeder Beziehung. Was soll das heißen, in jeder Beziehung, fragt Engelhardt, der Reza nicht ganz folgen kann, sich aber fragt, was ihm sein Produzent eigentlich bedeutet, wenn er nicht sein Produzent ist. Die Antwort kommt sofort, und sie ist ernüchternd.

Engelhard sieht Susanne am Fußende seines Bettes stehen und denkt an *Misery*, den Film, in dem Kathy Bates ihren Lieblingsschriftsteller pflegt, nachdem sie ihm vorher die Füße mit einem Vorschlaghammer zertrümmert hatte.

Doch sein Fußfiasko ist selbstverschuldet, und nicht er ist es, über den sich Susanne aufregt, sondern Reza: Rezas Verrat, Rezas gefährliche Wohnung, Reza ist schuld. Reza und die Filmförderung. Engelhardt muss sie unterbrechen:

Susanne, hör jetzt auf mit diesem Filmförderungsverschwörungsquatsch, die Sache ist durch. Das Treatment war einfach nicht gut. Der Tonfall der Absage ist eine Frechheit, keine Frage, aber das Treatment war halt so, wie es war, dann wird's eben die nächste Idee, das gehört dazu, so läuft das eben.

Ich mein ja nur.

Ich weiß, danke, aber jetzt reicht's.

Und jetzt bitte nicht auch noch beleidigt sein, weil ich meine Filmidee selbst nicht mehr genial finde, denkt Engelhardt, denn Susanne seufzt, als hätte sie es schwer mit ihm. Ich stecke in einer Krise, denkt er und zerbröselt den Panettone aus Rezas Präsentkorb, der erwartungsgemäß nach nichts schmeckt.

Ich habe mit deiner Mutter telefoniert.

Aha, was sagt sie?

Dass du schon als Kind autoaggressive Tendenzen hattest.

Susanne hätte ihm gern etwas Liebevolleres ausgerichtet, das sieht er, aber Engelhardt kennt seine Mutter und nickt nur.

Du warst bestimmt total süß, sagt Susanne und streicht ihm vorsichtig Haare aus der Stirn.

Geschmackssache, sagt Engelhardt und sieht sich selbst als Kind: Er spielt mit Messer, Gabel, Scher' und Licht, macht Feuer, spitzt Stöcke an, schießt mit Erbsen, trinkt aus verbotenen Flaschen. Er sieht sich neben seiner Mutter im Büro des Schuldirektors und in der Notaufnahme. Heute würde man ihm Ritalin verschreiben.

Susanne grüßt ihn von Veronica, der Frau mit dem Gefängnistattoo im Alabastergesicht, deren Namen er jetzt erst erfährt. Er kennt Susannes Trick, sich umgehend mit Frauen anzufreunden, die ihn interessieren könnten. Sie glaubt, weder er noch die Frauen würden das durchschauen. Veronica macht Mode und hat ein Haus auf Sardinien. Susanne, die Häuser liebt, kommt auf ihr Lieblingsthema zu sprechen, den Umzug aufs Land.

Wieso fängst du immer wieder davon an?

Weil ich raus aus der Stadt will.

Du also, aha.

Frank, du auch. Da hätten wir Platz und Bäume.

Das Baumargument ist Blödsinn, denkt Engelhardt, in Berlin gibt es genug Bäume.

Ich will, dass es dir wieder gut geht, sagt sie, was ihn rührt, weil sie es ernst meint. Er weiß nicht, wann es ihm zum letzten Mal wirklich gut gegangen ist, aber wenn er darüber nachdenkt, sieht er sich nicht auf einem Dorf.

Wir müssen raus hier, sagt sie und beginnt, Krümel von seiner Bettdecke zu sammeln.

Engelhardt, dessen linkes Auge sich entzündet hat, was in seinem Zustand eher Nebensache ist, schmiert sich Augensalbe ins Unterlid und betrachtet Susanne abwechselnd durch das eine und das andere Auge. Entzündet: eine bucklige Gestalt in Lumpen. Gesund: Susanne in fließender Seide.

Maren kennt eine gute Therapeutin.

Susanne, lass mich in Ruhe, es geht mir gut. Er lügt und er lallt.

Darf ich dich mal daran erinnern, was passiert ist?

Nein. Engelhardt schielt zum Nachbarbett, in dem sein Zimmergenosse so tut, als würde er seiner Frau zuhören, deren dicker, gebeugter Rücken ihn an eine Kröte erinnert.

Frank, du bist aus dem Fenster gesprungen.

Die Kröte verstummt kurz und redet dann weiter auf ihren hilflosen Mann ein. Engelhardt schließt die Augen.

Deine Haftpflicht zahlt wahrscheinlich für die kaputten Fahrräder.

Gut, sagt Engelhardt, der es leid ist, sich ständig bedanken zu müssen.

Ich hing den ganzen Vormittag in der Warteschleife. Jeder hat was anderes gesagt, aber es sieht gut aus. Dafür sind die ja da.

Ja.

Dafür zahlt man ja schließlich auch jahrelang ein.

Ja.

Seine Landung wäre anders verlaufen, wenn der Hof nicht voller Fahrräder gestanden hätte. Engelhardt schätzt, dass es trotzdem zu Brüchen gekommen wäre. Allerdings wäre er weniger zerkratzt. Warum stört ihn das alles so wenig?

Wenn du rauskommst, fahren wir auf die Hütte, okay?

Sie hat den Drang, jedes Haus, jeden Bauernhof und jede Gartenlaube, von der sie hört, sofort für sich zu beanspruchen. Engelhardt hat keine Ahnung, wovon sie dieses Mal redet, vermutlich von einer Hütte ohne fließend Wasser und Strom in den Alpen oder von einer zugigen Butze mit Reetdach an der Ostsee. Sie kneift ihm aufmunternd in einen großen Zeh.

Das werden wir alles sehen, sagt er, so wie es war, bleibt es auf jeden Fall nicht.

Okay, sagt sie und glaubt ihm, und er glaubt sich auch.

Engelhardt kommt aus dem Krankenhaus und trinkt nicht mehr. Er ist ein Suchtmensch, er mag es, Zustände herbeizuführen, und jetzt setzt er außerdem noch seine Schmerzmittel ab, obwohl er weiterhin Schmerzen hat. Wenn, dann richtig, denkt er. Der Winter endet, und er erlebt ein Frühjahr, das so beispiellos trübe ist, dass er meint, er bezahle damit für jede Minute seines bisherigen Lebens, in der er Spaß hatte. (Später wird er zu dem Schluss kommen, dass diese Büßergedanken Teil seiner Entzugserscheinungen waren.)

Als er sich einmal im Spiegel betrachtet, fällt ihm ein Wort ein, das ihn dann tagelang beschäftigt: erloschen. Es gilt für sein Gesicht, während sein Körper sich zu seinem Vorteil entwickelt. Das Gehen an Krücken erweist sich als effektives Training für den Oberkörper. Außerdem ist er dünner geworden, ein erfreulicher Umstand, dem er nicht traut, weil er seine Maßlosigkeit kennt. Susanne würde ihn auch lieben, wenn er sich verdreifachen oder halbieren würde, was ihm vorkommt wie ein übertriebenes Geschenk, das er nicht annehmen kann.

Er denkt an Isabel, die ihn nüchtern langweilig und betrunken abscheulich findet. Mad, bad and dangerous to know, hat sie über ihn gesagt. Es war ein Ausspruch einer verlassenen, verbitterten Lady über Lord Byron. Engelhardt fällt auf, dass er gern wieder ein bisschen gefährlicher wäre. Weil er nicht rausgeht und niemanden sieht, schaut er mehr Filme an als je zuvor. Er könnte Filmkritiker werden, gefürchtet, mächtig, einsam und verwahrlost. Er sieht sich selbst in Filmmontagen, die mit seinem Sprung beginnen. Mit pathetischem Pop unterlegt, denn er sortiert auch seine alten Platten, springt er, leidet er und kämpft sich zurück ins Leben. Sein Physiotherapeut, ein Unsympath mit einem grauen Zopf, wird durch eine durchtrainierte blonde Frau vertreten, die es tatsächlich versteht, ihn in Rocky-Stimmung zu versetzen. Wie platt, denkt Engelhardt, während er schwitzt und von dieser Frau gelobt werden will, aber so läuft's.

Als der Sommer kommt, ist er nicht der Alte, aber er ist wieder da. Er nimmt ein Jobangebot an, das er noch vor kurzem abgelehnt hätte und über das er sich jetzt freuen muss.

Ein Fernsehfilm, eine Liebesgeschichte, der es an allem mangelt, worauf Engelhardt Wert legt. Die guten Schauspieler trösten ihn, ihnen geht es genauso, sie werden sich gemeinsam mit diesem Schwachsinn arrangieren und das Beste daraus machen. Doch halt, Engelhardt in seiner geläuterten Version nennt kein Projekt mehr Schwachsinn, in das andere Leute ihre Arbeit gesteckt haben und das ihm seinen Lebensstandard erhält. Er wird bald wieder eine seiner eigenen Ideen umsetzen. Aber vorerst freut er sich auf diesen Dreh. Er freut sich darauf, rauszukommen.

Ich glaube, ich habe es geschafft, sagt er ein paar Wochen vor seinem vierzigsten Geburtstag zu Susanne, die vor ihm steht und kocht. Sie ist so klein, denkt er, süß.

Sie antwortet ihm mit einer ihrer Diagnosen: Er sei vor dem Sprung nur manisch gewesen und danach erstmals auch depressiv. Das könne jedem passieren und sei jetzt ausgestanden, hoffentlich.

Küchenpsychologie in der Küche, was für ein Scheiß, denkt er und will sich nicht streiten. Er weiß, dass sie sich für den einzigen Menschen hält, der ihn versteht, und es kotzt ihn an, doch er sagt nichts. Er steht einfach nur da und schaut auf ihren Nacken, in den er früher so gern gebissen hat. Sie schneidet Tomaten für einen Salat, auf den er keine Lust hat. Er weiß nicht, worauf er überhaupt Lust hat. Er könnte sich in die Spelunke unten an der Ecke setzen und sich zum ersten Mal seit seinem Sprung volllaufen lassen.

Er lehnt seine Krücke an den Tisch und umarmt Susanne von hinten. Sie legt das Messer beiseite, und zum ersten Mal seit Monaten schlafen sie wieder miteinander. Sie fasst ihn an, als wäre er eine Ming-Vase. Er erkennt sie nicht mehr, ihre Fürsorglichkeit stresst ihn schließlich so sehr, dass er Schmerzen vortäuscht und ins Bad geht. Er denkt an die vielen Male, die er auf Klodeckeln saß und nachdachte. Danach ging er zurück zu den anderen und wusste, was er zu tun hatte. Er übernahm Rechnungen, schmiss alle aus seiner Wohnung, überzeugte Fremde von seinen Ideen oder küsste Frauen. Jetzt sitzt er nur da und schaut auf eins der Geräte, mit denen sie ihren Fertilitätsgrad misst. Der Sex mit Susanne war gut gewesen, hatte aber zu keinem Kind geführt, was ihm leidtat. Für sie. Als sie klopft, öffnet er die Tür und schiebt sich wortlos an ihr vorbei ins Wohnzimmer.

Das war's, denkt er dort, ein verwundeter Riese auf einem Egon-Eiermann-Sofa, einem Sofa zum Anschauen, nicht zum Liegen, das ihn wütend auf Susanne macht, obwohl es ein Relikt aus der Zeit mit Isabel ist. Das war's, denkt er weiter, als er ihre nackten Füße auf dem Holzboden hört, weil er sich kontrolliert fühlt, weil er wegen ihr nicht fernsehen oder lesen kann und sie ihm jetzt auch noch sein Sexualleben versaut. Ein komischer Gedanke, den er aber gleich noch einmal denkt, um sich noch mieser zu fühlen.

Sie weiß, dass er wach ist, und kommt zu ihm. Auf dem Eiermann-Sofa ist kein Platz für zwei, so dass sie sich versehentlich auf das empfindlichere seiner Beine setzt. Er stöhnt auf, sie entschuldigt sich, und er weiß, dass sie ihm nichts mehr rechtmachen kann. Er kennt diesen Zustand von sich und Isabel, die irgendwann keine bequeme Stellung mehr neben ihm fand. Sein Körper war ihr immer im Weg, egal wie klein er sich machte, wie weit er sich zurückzog, er gehörte einfach nicht mehr neben sie. Engelhardt, nun in Isabels Rolle, seufzt. Isabel hat ihm ihr böses Vermächtnis in Form eines zu kleinen Sofas hinterlassen, Engelhardt schnaubt, unsicher, ob es ein Lachen ist. Schätzungsweise nein.

Was machen wir jetzt, fragt Susanne mit einer Ratlosigkeit,

die so wahrhaftig ist, dass er froh ist, dass er in der Dunkelheit ihre Augen nicht sehen kann.

Er befreit eine ihrer Hände aus dem eiskalten Händeknäuel in ihrem Schoß und beißt hinein, weil er etwas tun will, was Engelhardt in seinem Normalzustand tun würde. Als das Monster, das viele nicht mögen, aber einige wenige lieben.

Hör auf, sagt Susanne tonlos, er lässt ihre Hand frei, und sie legt ihren Kopf auf seinen Bauch. Ich werde nie keinen Bauch haben, denkt er, unpassend und passend zugleich, ich bin einfach ein fetter Typ.

Sie wird hören, wie es in seinem Bauch arbeitet, was ihm früher immer peinlich war, aber bei ihr nicht mehr. Sie wird auch hören, dass sein Herz stärker schlägt, denn er hat plötzlich Angst. Ihr Kopf hebt und senkt sich mit seinem Atem.

Was machen wir denn jetzt, fragt sie wieder, und er hofft, dass es sich bei der Nässe auf seiner Haut um Sabber handelt, nicht um Tränen, aber was wäre daran besser und für wen?

Ihre Arme schieben sich nach oben, bis ihre Hände auf seinen Schultern liegen. Sie drückt ihn auf der rechten Seite, was sich gut anfühlt, und streichelt ihn auf der linken, weil sie weiß, dass dort sein Schlüsselbein heilt. Sie liebt mich wirklich, denkt Engelhardt, warum?

Hm?, fragt sie seinen Bauchnabel, als hätte er etwas gesagt, was sie nicht verstanden hat.

Wir gehen auseinander, sagt Engelhardt zu Susannes Haaren auf dem Gipfel seines Bauches. Du gehst aufs Land und ich bleibe hier. Und wir bleiben Freunde, wenn das für dich okay ist, also wenn du das kannst und willst, meine ich.

Und als sie sich tot stellt, fällt ihm nichts anderes ein als: Es wäre mir eine Ehre.

Scheiße, denkt er, als er ihre Tränen auf seinem Bauch fühlt und seine eigenen auf seinen Schläfen.

Eins mit Viktor

Manchmal ist es besser, den Mund zu halten

Iris korrigiert sich: Fast immer ist es besser, den Mund zu halten.

Ich finde es aber fair, es ihm zu sagen.

Oho. Fair also. Na dann warten wir mal ab, ob er dir Absolution erteilt, Lydia. Good luck.

Danke.

Zwei Tage später habe ich es ihm gesagt. Ich habe gesagt: Du? Wir müssen mal reden. Eine klägliche Einleitung. Reza schaute kurz von seinem Laptop auf und fragte mich: Was gibt's denn?

Jetzt hätte ich noch abbiegen können: Der Mann mit den Fliesen hat angerufen. Räum gefälligst deinen Krempel weg. Endlich zu heiraten wäre auch steuerlich von Vorteil.

Stattdessen sagte ich: Ich habe was mit, ähm, Viktor gehabt? – und sprach den Satz versehentlich aus wie eine Frage.

Reza klappte schwungvoll seinen Laptop zu und glotzte mich an. Er sagte: Bist du bescheuert?

Ja. Tut mir leid.

Ich setzte mich raus auf die Feuerleiter und zündete mir eine Zigarette an. Reza führte ein Telefonat und verließ kurz darauf die Wohnung.

Reza ist mein Freund und Viktor ist Rezas ältester Freund.

Außerdem ist Viktor verheiratet und hat zwei Kinder. Reza hat in Viktors Familie Onkelstatus.

Ich müsste jetzt sagen: Ich weiß auch nicht, was in uns gefahren ist.

Ich weiß aber, was in uns gefahren ist, wir sind verliebt ineinander.

Wir sind besessen davon, miteinander besseren Sex zu haben als mit unseren Partnern. Nicht, dass wir die Bettleistung unserer Partner voreinander bewerten würden, das wäre ja geschmacklos.

Aber: Wenn es zwischen Viktor und Natalie so wäre wie zwischen Viktor und mir, würde er mehrmals täglich und ausschließlich mit Natalie schlafen.

Dasselbe gilt für mich und Reza.

Natalie wird mich hassen. Zu Recht. Reza hasst mich nicht.

Viktor schläft nicht mehr mit mir und ich schlafe nicht mehr mit Reza.

Ob Viktor noch mit Natalie schläft, weiß ich nicht.

Ich fände es gut, wenn Reza und Natalie herausfänden, dass sie viel besser zueinanderpassen. Es wäre gut möglich.

Für diesen Vorschlag würde mir noch mehr Hass entgegenwehen. Was angesichts meiner derzeitigen Situation fast egal wäre.

Viktor hat den Kontakt mit mir abgebrochen.

Ich frage mich, ob seine Kinder was davon mitgekriegt haben. Vielleicht wird das ältere sich irgendwann daran erinnern, dass Rezas Frau eines Tages verschwand und ersetzt wurde. Wieso frage ich mich das? Ich habe mir im Herzen dieser Kinder kein Denkmal gebaut. Sie wurden von Reza bespielt und beschenkt, während ich ihnen eigentlich immer recht deutlich gezeigt habe, dass ich ihre Eltern besuche und nicht sie.

In unserem Freundeskreis haben sich zwei Teams gebildet. Team Natalie fragt sich, wie man tun kann, was ich getan habe.

Team neutral ist nicht wirklich mein Team, redet aber nach wie vor mit mir.

Beide Teams können sich freuen, dass wir ihnen Gesprächsstoff liefern.

Die Untreue anderer wird immer ein beliebtes Thema bleiben. Es bietet so viele Identifikationsmöglichkeiten. Jeder kann sich fragen, was er an Natalies oder Rezas Stelle tun würde, ob er gewagt hätte, was Viktor und ich getan haben. Vor allem ich. Frauen kommen bei diesem Spiel schlechter weg als Männer. Es gibt kein männliches Pendant zur Schlampe.

Die Frauen werden darüber spekulieren, was Viktor an mir findet. Oder an Natalie. Oder warum ich nicht jeden Tag eine Kerze anzünde, weil Reza überhaupt mit mir zusammen ist, anstatt auch noch diese Nummer abzuziehen. Wie dreist ist das denn? Vielleicht fragen sie sich auch, was Viktor hat und Reza nicht. Das könnte ich ihnen erzählen, wenn sie den Arsch in der Hose hätten, mich zu fragen.

Das Moralisten-Kartell ist mächtiger als angenommen. Bisher bin ich Natalie zuliebe auf zwei Geburtstage und eine Hochzeit nicht eingeladen worden. Ich kann froh sein, dass ich nicht in einer Kleinstadt wohne. Trotzdem fühlt es sich manchmal so an.

Der riesige Kratzer an meinem Auto könnte von jedem sein.

Bald werden die Leute neue Themen und Probleme haben.

Ich hätte nicht damit gerechnet, dass Reza unsere Beziehung retten will. Ich hätte noch weniger damit gerechnet, dass Viktor in mir einen Fehler sieht, den er sich nun von Natalie verzeihen lässt.

Ich habe in Viktors Augen etwas gesehen, von dem ich mir sicher war, dass es das ist, wonach wir alle unser Leben lang suchen.

Ich versuche, Iris zu beschreiben, was ich gesehen habe. Wie wir wissen, sind die wirklich guten Dinge unbeschreiblich. Ich höre mir selbst zu und schäme mich für Wortwahl plus hechelnde Tonlage, aber vor Iris geht das und so ähnlich war's.

Also, ich saß auf Viktor, ja, und schaute auf ihn hinunter, und als er mir direkt in die Augen sah, hatte ich das Gefühl, dass mein Solarplexus sich öffnet und aus mir heraus eine Art Sonne scheint.

Iris sagt: Das ist der Vagusnerv.

Was?

Erzähl mal weiter.

Das Glücksgefühl ging durch jedes Gefäß, jedes Nervenende. Ich habe vibriert. Ich habe gleichzeitig keine Luft und zu viel Luft gekriegt. Am stärksten war es zwischen Herz und Kehle. Unglaublich.

Iris gibt einen schrillen Quiekser von sich, als säße sie in einer Achterbahn.

Im Ernst, ich hatte, und das war echt abgefahren, das Gefühl, dass etwas, was die ganze Zeit falsch war, jetzt richtig eingestellt worden ist. Ich war kurz auf der richtigen Frequenz.

Eins mit allem, sagt Iris.

Eins mit Viktor!, schreie ich, und Iris zeigt mit dem Finger auf mich und lacht sich kaputt.

Ein guter Orgasmus, stellt Iris dann sachlich fest. Sollte man öfter haben.

Nein, das war anders. Das war besser. Also bitte, ich weiß doch, wie ein Orgasmus geht. Das war mehr als Physis, glaub mir. Es kam erst, als er die Augen aufmachte.

Dann erzählt mir Iris, dass sie »es«, wie wir es schließlich nennen, auch einmal in den Augen eines Mannes gesehen hatte. Bevor wir in eine andere Dimension abdriften, relativiert Iris. Der Mann war ein Idiot, und »es« gibt es nicht. »Es« wird uns manchmal vorgegaukelt, damit wir weiter scharf drauf sind, uns fortzupflanzen. Das ist mir zu biologistisch. Mutter Natur rät mir also dringend zu einem Kind mit Viktor? Ich sollte Viktor, Natalie und Reza fragen, was sie von diesem starken Argument halten.

Reza ist nicht erschüttert, Reza ist konsterniert. Wahrscheinlich hat er sich von Viktor erzählen lassen, dass es sich um einen im Nachhinein nicht mehr nachvollziehbaren Ausrutscher handelte. Getriggert durch Alkohol.

Und selbstverständlich geht er davon aus, dass ich das genauso sehe.

Abgesehen davon, dass er verletzter sein könnte, was mich und meine Liebe zu ihm betrifft, scheint er sich überhaupt nicht zu fragen, was das alles mit der Qualität unseres Sexlebens zu tun hat. Ausrutscher hin oder her, das wundert mich schon.

Reza behandelt mich also so, als hätte ich etwas Blödes gemacht, das wir möglichst schnell vergessen sollten.

Das ist die komfortabelste Version der Geschichte, weshalb sie bei den anderen auch so gut ankommt. Natalie und Viktor machen eine Paartherapie, Reza hat bei mir einen gut, und ich bin kleinlaut.

Die unbequemere Version der Geschichte ist die, dass Viktor und ich uns lieben, was nicht besonders schön für unsere Partner ist, aber eine Tatsache, mit der wir jetzt umgehen müssten. Eine Sache, die Leuten täglich und überall passiert und die so alt ist wie die Menschheit. Gegen Entliebtheit hilft auch keine Paartherapie.

Und im Übrigen auch kein Sex. Ich habe es probiert. Es ist nicht schlimm, aber es ist auch nicht schön. Wir könnten die nächsten Jahre so weitermachen. Reza will Sex, also mache ich wieder mit, gebe mein Bestes und hoffe, dass danach für eine Weile Ruhe ist. Ich habe den traurigen Verdacht, dass viele Leute so leben. Viktor zum Beispiel.

Zum zweiten Mal lernte ich Viktor auf einem Fest auf dem Land kennen. Natalie fuhr am Abend mit den Kindern zurück in die Stadt, Reza etwas später auch, weil er arbeiten musste, Viktor und ich blieben. Und blieben. Und irgendwann organisierte Viktor uns ein Zimmer in diesem kalten, halbrenovierten Schloss, in dem wir weiter tranken, rauchten und redeten, bis wir zusammenbrachen und schliefen. Niemand dachte sich was dabei, auch wir nicht.

Zwei Tage später begannen wir, uns SMS zu schreiben. Seitdem reagiere ich auf den SMS-Eingangston wie ein Pawlow'scher Hund. Auch jetzt noch, wo nichts Gutes mehr kommt. In den folgenden Wochen wurden die Nachrichten erst lustiger, dann wurden sie sexy. Wir schickten uns Fotos, obwohl wir uns seit Jahren kannten, wir überschütteten uns mit Komplimenten und Fantasien. Das Futur wurde zu meiner Lieblingszeitform: Ich werde dich, ich werde mich, dann werden wir … Als wir uns endlich in einem Hotel an einem See verabredeten, wusste ich nicht, ob ich vor Vorfreude explodieren oder implodieren sollte. Wir haben dann alles getan, was wir uns gegenseitig angekündigt hatten.

In den darauffolgenden Wochen kam es zu ein paar Neuerungen.

Ich entdeckte mein Interesse an Iris' Tochter und passte ständig auf sie auf. Ich hörte Hip-Hop. Ich kannte die Bauvorhaben des Senats. Ich ging auf Fuck-Me-Pumps zum Heilpraktiker. Ich hatte es ständig eilig. Ich aß wenig. Mein Zungenbändchen war eingerissen. Ob das wohl der Grund für meine Einsilbigkeit war? Reza fragte nicht nach.

Reza sieht Viktor genauso oft wie vorher. Sie spielen Squash und treffen sich in Restaurants mit vortrefflicher Fleischqualität. Natalie ist Vegetarierin, ich bin ein Tabu. Ich weiß nicht, ob ich noch mit Iris befreundet wäre, wenn sie mit meinem Mann geschlafen hätte.

Dieses Verhalten zeigt mir, dass die Freundschaft zwischen Reza und Viktor über der Beziehung zwischen mir und Reza steht. Frauen kommen und gehen, unsere Freundschaft bleibt. Schön für die beiden, bitter für mich.

Als Reza sich dazu durchringt, mir eine zweite Aussprache vorzuschlagen, bin ich fast erleichtert. Ihm muss aufgefallen sein, dass ich beim ersten Mal praktisch nichts gesagt habe. Außerdem tut er oft Dinge, weil er meint, dass man sie tun muss.

Er fragt mich, was mit mir eigentlich los sei, und versucht sich zuerst einmal selbst an einer Antwort. Also analysiert er eine Weile an mir herum. Es wäre fast lustig, wenn es nicht so tragisch wäre. Das Bild, das dabei von mir entsteht, ist das einer gelangweilten und etwas schlichten Hausfrau mit Libido.

Seine gnadenlose Selbstkritik besteht darin, dass er einräumt, in letzter Zeit wenig Zeit gehabt zu haben. Das ist mir gar nicht aufgefallen, aber ich sage auch diesmal kaum etwas. Als er mir schließlich seine Begründung für »die Sache« mit Viktor unterbreitet, fange ich doch an zu schreien.

Auch daran ist Reza gewöhnt. Er schreit dann explizit nicht zurück, um noch deutlicher zu machen, wie armselig ich mich aufführe. Wenn er sich damit wohler fühlt, und ich bin nicht scharf drauf, dass er sich unwohl fühlt, soll er von mir aus meinen, Viktor und ich hätten uns kurzfristig getäuscht. Aber zu behaupten, das Ganze hätte mit meiner beruflichen Situation zu tun, geht gar nicht.

Ich falle ihm also ins Wort: Ich will keine Karriere. Ich will mich nicht verwirklichen. Nicht jeder kann und muss sich der Welt ständig mitteilen wollen. Ich bin zufrieden mit meinem blöden Job. Ich hätte gern mehr Geld, ja, aber auch das ist ja wohl kein Hinweis auf brachliegende Talente. Ich schreie so laut, das meine Stimme kippt. Reza wertet das als Zeichen dafür, dass er ins Schwarze getroffen hat. Er setzt einen jovialen Therapeutenblick auf und fängt an zu kochen. Es muss schließlich auch Underachiever geben, sage ich etwas leiser zu seinem Rücken. Er hasst Sarkasmus und ignoriert mich. Ich hätte ihn fragen können, wie er sich Viktors Verhalten erklärt. Viktor schüttet schon literweise Adrenalin aus, wenn er nur an seine Arbeit denkt, und hat trotzdem seine Frau betrogen.

Der Zauber einer Affäre besteht darin, dass man einander gefällt und alles, was nicht gefällt, das Öde, Langweilige und Neurotische, dem offiziellen Partner überlässt. Natürlich hat es ihm gefallen, dass ich alles, was er mir erzählt hat, neu und faszinierend fand. Fand ich wirklich. Und mir hat es gefallen, dass es ihm gefiel. Narzissmus hier, Unzufriedenheit dort, die

Gründe sind egal. Viktor und ich haben uns gut miteinander gefühlt.

Reza ist wie immer.

Keine eisige Stille, keine Spitzen, keine Beleidigungen, keine Anschuldigungen und auch keine Fragen. Reza hat wohl auch nicht so viel Lust auf meine Antworten. Sollte er einen lang angelegten Racheplan haben, ist er der beste Schauspieler der Welt. Dagegen spricht, dass er sehr stolz darauf ist, nicht nachtragend zu sein. Dagegen spricht auch, dass er sich nicht verstellen kann. Ich schaue ihm bewusster in die Augen als vorher und sehe einfach nur Reza-Blicke. Reza müde, Reza konzentriert, Reza im neutralen Reza-Modus. Ich nehme sein Gesicht in die Hände und schaue ihn so intensiv an wie möglich. Wahrscheinlich flackert mein Blick wie der einer Irren. Nach ein paar Sekunden grinst er und gibt mir einen trockenen Langzeitbeziehungskuss.

Ich bin der festen Überzeugung, dass Viktor seine Ehe nicht wegen der Kinder retten will, sondern wegen Natalies Vater, den er bewundert. Natalie stammt aus einer Architektendynastie und Viktor ist ein Groupie. Das wäre ein Grund, nicht mehr in ihn verliebt zu sein. Funktioniert aber leider nicht.

Da mein Ruf ruiniert ist, kann ich mich auch um meine Bedürfnisse kümmern. Ich habe das Bedürfnis, weiter mit Viktor zu schlafen, und werde ihm vorschlagen, dass wir dies auch tun.

Niemand würde uns diese Unverfrorenheit zutrauen, Viktor noch weniger als mir, klar. Ich werde ihm versprechen, dass wir seine wertvolle Prestige-Ehe schützen, niemals über die Zukunft sprechen beziehungsweise gar nicht sprechen, sondern uns aufs Körperliche konzentrieren. Das kann er nicht ausschlagen.

Und wenn doch, wird es ihn wahnsinnig machen.

Ich habe Viktor meinen Vorschlag per E-Mail unterbreitet und warte auf Antwort. Unterdessen baue ich mir eine kleine Psychohölle. Ich beobachte Reza und vergleiche ihn mit Viktor. Dann stelle ich mir Viktor und Natalie vor. Sehe ihn, wie ich ihn kenne und mag, und sie, wie ich sie kenne und nicht mag.

Die Abende verbringe ich im Internet, wo ich die Biographien bekannter Leute auf Ehebruch und Zweitehen durchforste, die genauso häufig vorkommen wie Alkoholismus, was ich wusste, aber die Bestätigung macht mir Spaß und Hoffnung. Oft ist es die zweite Ehe, die hält. Ich spekuliere also bereits auf eine Ehe, obwohl man mir nicht mal auf eine E-Mail antwortet. Irgendwann fragt mich Reza, ob ich ins Bett komme. Meist sage ich nein, weil ich will, dass er vor mir schläft.

Ich muss mir immer wieder die Aussprache zwischen Reza und Viktor vorstellen. Die beiden haben so schnell in ihre alte Freundschaft zurückgefunden, dass ich mich kurz gefragt habe, ob Reza Viktor einfach kurz eine reingehauen hat, um anschließend ein Bier mit ihm zu trinken. Diese Form der Kommunikation existiert, klar. Aber nicht bei diesen Männern.

Interessant ist, dass Reza offenbar tatsächlich nicht von Viktor enttäuscht ist. Das lässt mehrere Schlüsse zu. Erstens: Er verehrt ihn so sehr, dass er sogar mich mit ihm teilt. Zweitens: Ich bin ihm relativ egal. Drittens: Viktor schläft regelmäßig mit anderen Frauen, was nur Reza weiß, und diesmal war es halt dummerweise ich. Der Gedanke, dass auch Reza mich permanent betrügen könnte und mir diesen Ausrutscher deshalb fairerweise gönnen muss, kommt mir erst ganz am Schluss. Er stresst mich viel weniger als die Idee, bei Viktor eine von vielen gewesen zu sein.

Natalie und ich waren nie Freundinnen. Weil unsere Männer sich wie Brüder benehmen, eher so etwas wie Schwägerinnen, eine Zwangsgemeinschaft.

Wenn ich an unsere Gespräche denke, fällt mir nur Natalies Part ein, meine Antworten habe ich vergessen. Ich durfte also wissen, dass auch Natalie nur mit Wasser kocht: Ihr Kleid, ein Fetzen. Ihre Frisur, Schnittlauch. Ihre Kinder, total anstrengend. Ihr Job, dito. Ihr Haus, ein Chaos. Ihre Arme und Beine, eigentlich nicht mehr vorzeigbar. Ihre Kochkünste, bescheiden. Ihr Mann, eine Nervensäge, zwinker. Mein Kleid hingegen: total süß. Danke, Natalie, ich wusste gar nicht, dass dir Kleider von Zara besser gefallen als diese Fetzen von Marni. Diese Taktik wäre weniger augenfällig und plump, wenn sie ab und an ein paar Wahrheiten einstreuen würde, zum Beispiel die, dass sie eine borniertе Langweilerin ist.

Es ist egal, wie Natalie ist. Es ist egal, wie sie aussieht und was sie macht.

Es spielt keine Rolle.

Dafür, dass wir nie viel miteinander anfangen konnten, muss ich jetzt sogar dankbar sein. Die Frage ist, ob ich etwas mit Viktor angefangen hätte, wenn ich sie wirklich gemocht hätte. Ich weiß es nicht.

Viktor hat jedenfalls etwas mit mir angefangen, obwohl er Reza mag, ja liebt. Und obwohl ich mir die ständige Herumdeuterei ernsthaft verbiete, erkläre ich mir damit wieder einmal, dass er mich lieben muss. Irgendwie schon, oder?

Viktor hat mir eine Textnachricht geschickt. Er hofft, dass es mir gut geht – das macht mich sauer, weil es so gönnerhaft ist. Ggf mal nach dem Urlaub miteinander reden – das hört sich gar nicht gut an. LG, V – nach dem, was wir uns anfangs geschrieben haben, ist diese Abkürzerei ein Schlag ins Gesicht.

Nach längerem Abwägen zwischen einem Fragezeichen und OK entscheide ich mich für OK und sende.

Natürlich fahren wir nicht mit Viktor und Natalie auf die Belle-Île.

Wieso eigentlich nicht? Vielleicht sollten wir aus diesem Urlaub ein Retreat zur allgemeinen Auflockerung machen, unsere Tage demonstrativ nackt verbringen und mit der Person schlafen, die uns gerade passt. Stock aus dem Arsch und rein ins Kommunenleben. Vier Leute wären für dieses Szenario allerdings ein bisschen wenig. Wenn, dann richtig. Mir fallen einige Frauen ein, über die sich Reza, auch wenn er es niemals zugeben würde, wahrscheinlich freuen würde, aber kein weiterer Mann für mich. Im Gegensatz zu wahren Hippies würde mich auch die Anwesenheit der Kinder enorm stören. Teamfähig bin ich in puncto Sex auch nicht. Fazit: Ich würde gern mit Viktor allein auf die Belle-Île fahren.

Stattdessen fährt Viktor, wie ich über Ecken erfahre, mit Natalie, den Kindern, Natalies Schwester Isabel und zwei Männern, von denen ich noch nie gehört habe. Viel Spaß.

Währenddessen fahren wir mit Johannes und Vesna für zehn Tage nach Schweden. Johannes und Reza spielen Naturburschen, Vesna tut nichts, was mir ganz gut gefällt. Sie ist in einem Post-Doc-Programm, eine Information, die Johnny ständig wiederholt. Auf mich wirkt Vesna eher wie eine Person, die erst seit Kurzem attraktiv und deshalb so fassungslos über ihre eigene Schönheit ist, dass es ihr die Sprache verschlagen hat. Aber wie gesagt, ihr ätherisches Umherstreunen wirkt auf mich eher beruhigend. So als hätte ich mir eine teure Katze zugelegt. Traurigerweise interessiert mich nicht einmal, wie Reza sie findet. Und so bringen die Männer ständig Pilze und Fische ins Haus, während Vesna und ich uns in unserem fehlenden Enthusiasmus überbieten.

In den Stunden, in denen Vesna unsichtbar ist, also laut Johannes wissenschaftlich arbeitet, hänge ich auf der Veranda herum und lese John Updikes *Ehepaare*.

Vor Jahren habe ich dieses Buch beiseitegelegt. Jetzt, wo ich die Umrechnungsformel verstanden habe, liebe ich es. Verheiratete Leute mit mittelgroßen Kindern, guten Jobs und unbeherrschbarem Appetit auf die Partner der Freunde sind in meinem Umfeld zehn Jahre älter als in der Nähe von Boston in den Sechzigern. Ich hoffe, dass auch das Verblühen der Frauen, das Updike so präzise beschreibt, bei uns zehn Jahre später einsetzt.

Viktor und ich würden perfekt in dieses Buch passen. Wir wären Teil einer Gruppe Erwachsener mit Geld und Stil, die sich untereinander übereinander hermachen. Ich müsste nicht mehr so tun, als wäre ich an einer Karriere interessiert. Selbstverständlich wäre ich trotzdem eine ernst zu nehmende Gesprächspartnerin. Ab nachmittags gäbe es Cocktails. Für die Schwangeren etwas schwächere. Und guten Sex für alle. Das Einzige, was wir wahrscheinlich nicht tun würden, wäre Republikaner wählen. Aber wer weiß.

Nach ein paar Tagen sehen wir alle so skandinavisch gesund aus, dass wir uns betrinken müssen.

Ich bin die Anstifterin, Johannes scheint sich zu freuen und Reza entdeckt sein altes, etwas wilderes Ich wieder.

Vesna ziert sich anfangs, holt dann aber rasant auf. Sie ist die Erste, die tanzt. Irgendwann tanzen wir alle. Wir eiern in diesem Heile-Welt-Holzwohnzimmer umher und ich verwandle mich dabei ungewollt in eine verwirrte Seherin. Dabei habe ich nur ein paar Gläser Rotwein und zwei kleine Wodka getrunken. Ich sehe kurz, dass Johannes und Vesna ein Paar sind, das andere Paare verführt. Sehe mich und Reza als Deppen, die das seit Tagen nicht verstehen. Dann wieder sehe ich, dass Johannes und Reza einen Balztanz um Vesna aufführen, was mich zu einer überflüssigen alten Frau macht, auf deren Verschwinden die anderen drei nur warten. Dann wird mir kristallklar, dass alle Männer Lesbenfantasien haben und auch diese beiden hier nur auf eine Interaktion zwischen mir und Vesna warten. Zwischen Johannes und mir sehe ich selbst in diesem Zustand nichts außer wohlwollender Neutralität. Dann sehe ich kurz, wie Reza fragend auf mich zu tanzt und sich dabei wahrscheinlich unsere besseren Zeiten zurückwünscht. Kurz bevor sich alles auflöst, lösen auch wir uns voneinander und ich sehe, dass jeder von uns unglaublich allein und unverstanden durchs Leben taumelt.

All das sehe ich innerhalb nur eines Songs, »Love Is The Drug«, auf den wir uns einigen konnten. Kurz darauf tanzt Vesna wieder allein und beobachtet verstohlen ihre makellose Schönheit in den Scheiben einer Vitrine. Was für eine Verschwendung, denkt sie vermutlich, während Johannes und Reza irgendetwas tun, was mit Holzscheiten zu tun hat.

Bevor ich ins Bett gehe, frage ich die Männer, ob sie sich sicher sind, dass unter den vielen Pilzen, die wir hier verzehren, keine bewusstseinserweiternden sind. Ihre Antwort ist länglich, fachkundig und lautet verkürzt: ja.

Schräger Abend.

Schweden hat sogar mich etwas beruhigt. Weiterhin kein Anzeichen von Revancheplänen seitens Rezas. Er hat es sogar geschafft, Vesnas Aussehen unkommentiert zu lassen.

Ist er hochanständig, stumpf oder blind vor Liebe?

Diese Frage kann mir nicht einmal Iris beantworten.

Nach einem Vierteljahr hat sich meine Sehnsucht nach Viktor nicht gelegt. Ich rase nicht mehr so wie anfangs, aber ich bin keinesfalls geheilt. Ich warte auf unser Wiedersehen wie eine Soldatenfrau. Keine Ahnung, wie ich auf Soldatenfrau komme. Reza fällt nicht auf, wie hart ich seit unserer Rückkehr an meinem Aussehen arbeite. Ihm fiel vorher auch nicht auf, wie sehr ich mich zeitweise habe gehenlassen. Oder er sagt es nicht.

Ich lauere auf Gründe, auf Reza sauer sein zu dürfen, aber er liefert mir keine. Also bin ich darauf sauer.

Ich unterstelle ihm ein winziges Gefühlsspektrum. Er schäumt nicht, er brodelt nicht, in ihm weht ein konstant laues Lüftchen. Dabei hilft ihm sein ausgeprägter Zufriedenheitswunsch.

Die oder den mag er total gerne. Die oder der sind supernett. Die oder der ist nicht so gut drauf im Moment, aber hey: ist halt so.

Andere schätzen ihn für seine Zuverlässigkeit und Ruhe. Der Name Reza bedeutet Zufriedenheit. Das haben seine Eltern wirklich gut hingekriegt. Wäre er mein Sohn, wäre ich auch glücklich.

Einmal nenne ich ihn irrtümlich Viktor. Er, auf dem Weg ins Bad, bleibt kurz stehen und geht dann weiter. Ich hab es satt, mich schlecht zu fühlen.

Viktor und Natalie sind schon wieder verreist, diesmal nur zu zweit.

Ich bin depressiv. Reza: Ach, hör doch auf. Geh doch mal laufen.

Ich kann nicht mehr. Reza: Ach, komm mal her, du!

Du verstehst mich nicht. Reza: Ach komm. Klar verstehe ich dich. Aber du musst mal was machen.

Ich will nichts machen. Reza: Jeder will was machen. Wir finden was für dich.

Zeit für meine Standardschreierei: Nein, Reza, nicht jeder will was machen. Ich bin umgeben von Leuten, die sich selbst ausdrücken und aufreiben und aus dem Fenster lehnen und totarbeiten oder was immer die machen. Ich bin der Meinung, dass die meisten davon nur so am Rad drehen, weil sie unter Gruppenzwang stehen. So großflächig kann das innere Lodern gar nicht verteilt sein.

Ich greife aufs Fensterbrett und halte ihm einen Holz-Buddha vor die Nase, was, zugegeben, ein bisschen pathetisch ist. Ich schreie total unbuddhistisch: Je mehr man will, desto mehr leidet man. Dukkha nennen die Buddhisten das. Nichts zu wollen ist deshalb das Beste, was man überhaupt machen kann.

Leiden ist nicht Rezas Thema. Vielleicht sollte ich ihm den verstaubten Buddha über den Schädel ziehen. Er perfektioniert mal wieder sein hervorragendes Risotto und schenkt mir nickend Weißwein nach. Er kennt diese Tirade. Für ihn gehört sie zu mir. Und ich gehöre zu ihm. Punkt.

Ist es nicht so, dass die Wahnsinnigen immer die sind, die sich für normal halten?

Immer nach meiner Dukkha-Rede habe ich Kopfschmerzen. Wahrscheinlich, weil ich dazu prinzipiell Wein trinke und weil sie so unstimmig ist. Wäre ich an dem Punkt, an dem ich nichts will, würde ich nicht so leiden. In Wahrheit will ich nur nicht arbeiten. Shame on me.

Übermorgen sehe ich Viktor. Er schlägt vor, dass wir im Zoo spazieren gehen. Ich folgere, dass er wirklich Wert darauf legt, dass uns niemand sieht. Er will, dass wir uns voneinander verabschieden, während wir auf Nashörner starren. Oder auf Menschenaffen. Ich schicke ihm ein Fragezeichen.

Er schlägt ein altes, langweiliges Schwulencafé in Schöneberg vor. Ich bin zu Scherzen aufgelegt und schreibe zurück: Gayts noch?

Ich bin am Zug und schlage vor, dass wir uns im Hotel de Rome treffen.

Mir fällt niemand aus unserem Bekanntenkreis ein, der sich dort am Nachmittag herumtreiben könnte. Es sei denn, irgendwer braucht eine komfortable Unterkunft, weil er aus seiner Ehe verbannt wurde. Wie Viktor hoffentlich demnächst.

Er schreibt: OK, und diktiert mir die Uhrzeit.

Vorher treffe ich Iris. Sie hat einen Bandscheibenvorfall, der ihr irgendwie steht, sie ist schöner denn je. Nein, sie ist so schön, seit sie den Schritt aus der Ehe mit Clemens gewagt hat. Feige Frau zu mutiger Frau: Single, yeah, du hast dich getraut. Und du?

Ich sage nur: Du siehst super aus. Sie winkt ab. Wir werden die nächsten Stunden damit verbringen, über Viktor zu sprechen. Ich weiß es, Iris weiß es. Es gibt nichts Neues, nur Spekulationen. Nur noch dieses eine Mal, liebe, tapfere Iris. Es gibt drei Optionen, sagt Iris. Kein Kontakt mehr, aus Rücksicht auf alle anderen. Zweitens: Ihr macht weiter wie vorher. Diesmal unter dem Vorzeichen, dass die anderen es auf keinen Fall erfahren. Oder aber – Iris reibt seufzend unter ihrer Brille herum – Viktor ist in Aussteigerlaune und wechselt zu dir über.

Ich strahle sie an, als hätte sie mir versprochen, dass sie genau das für mich regelt. Ich bin in einem Zustand, in dem ich alles zu meinen Gunsten drehe. Hoffnung nennt man das. Oder krank. Ich kann froh sein, dass Iris keine raffgierige Wahrsagerin ist.

Sie fragt mich, was ich will. Sie weiß genau, was ich will.

Hast du schon mal darüber nachgedacht, was wäre, wenn er frei wäre? Iris schaut mich ernsthaft interessiert an.

Natürlich wären da früher oder später auch Dinge, die mich nerven würden. Ihn aber auch an mir. Was soll's?

Du hättest die Rolle der Ehezerstörerin und am Wochenende die Kinder an der Backe. Kinder, die dich hassen, wohlgemerkt.

Passend zum Thema rutscht Iris' Tochter Maya auf Strümpfen an uns vorbei und grüßt mich erst auf Befehl ihrer Mutter. Ich will nichts weniger als einen Kindersmalltalk mit Maya, also rede ich nach einem unechten Grinsen sofort weiter.

Das ist eben so, wenn man sich in unserem Alter begegnet. Da gibt's eben Kinder und deren Mutter. So what?

Hm, sagt Iris. Du willst diesen Typen wirklich.

Na klar, sage ich. Was meinst du, was er will?

Ich gehe mal davon aus, dass er alles will, sagt Iris. Er ist ein erfolgreicher Mann, und die sind so erfolgreich, weil sie alles wollen. Also seine Ehe, die mit seinem Beruf verflochten ist, und das weiß natürlich auch Natalie –

Ich unterbreche: Nicht abdriften, die ist egal.

Okay, fährt Iris fort, wenn du ihm Sex anbietest, ohne dabei sein Natalie-Konstrukt in Gefahr zu bringen, wird er das wahrscheinlich annehmen.

Maya ist zehn und spitzt die Ohren. Abmarsch, sagt Iris.

Und was ist mit Reza?

Iris überlegt kurz: Für den wird er sich eine Version zurechtlegen, in der er damit nichts zu tun hat. Er wird dir die volle Verantwortung zuschieben und komplett verdrängen, dass du die Freundin seines besten Freundes bist. Das machen Leute, deren Geld in Kinderarbeit entsteht, auch. Die wenigsten wollen anderen gezielt schaden, die meisten wollen nur, dass es für sie bestmöglich läuft, und dafür müssen sie dann die Leichen am Wegesrand übersehen. Das kann Viktor mit Sicherheit richtig gut.

Auf den Kinderarbeitsvergleich gehe ich nicht ein.

Kann natürlich auch sein, sagt Iris, dass er gar nicht mehr will, weil ihm das Risiko zu hoch ist. Oder weil sich die Geschichte für ihn erledigt hat.

Ich werde heute Nacht mies schlafen. Iris rudert aus Liebe zu mir ein bisschen zurück: Ist ja nicht so selten, dass Leute sich neu verlieben und ihre Familie verlassen, sagt sie. Aber ich wäre an deiner Stelle lieber zweckpessimistisch.

Dann fragt sie mich: Liebst du Reza eigentlich noch?

Ich zucke mit den Schultern, weil ich mich schon bei dem Gedanken, eine Analyse meiner Gefühle für Reza abzugeben, langweile. Ich denke: Eigentlich nicht.

Am Morgen vor unserem Treffen schlafe ich mit Reza. Ich zwinge ihn, später zur Arbeit zu gehen, und er lässt sich zwingen. Ich schreie den Hinterhof zusammen. Reza ist beeindruckt von seiner Performance.

Ich arbeite an meiner sexuellen Ausstrahlung und Reza an seinem körperlichen Wohlbefinden. Deal.

Am Nachmittag sehen wir uns zum ersten Mal seit einer halben Ewigkeit wieder und fremdeln. Das heißt, Viktor fremdelt mit mir. Über mich ergießt sich ein Schwall von Unverbindlichkeiten, den ich dringend stoppen muss. Andernfalls verabschieden wir uns nach diesem Tee mit einem kollegialen Händedruck. Ich konzentriere mich wie ein Schütze, der nur einen Schuss hat. Als er endlich einen Schluck trinkt, sage ich: Ich will, dass wir … Es ist nicht zu fassen, aber der Kellner schenkt mir tatsächlich jetzt nach. Ich sage: Tja … öhm, danke. Viktor reibt sich das Gesicht und sagt: Nein. Das geht einfach nicht.

Ich denke: Frechheit. Er weiß doch gar nicht, was. Deshalb sage ich in einem mir selbst neuen Erpressertonfall: Ich will, dass wir miteinander schlafen, und zwar jetzt.

Viktor steht auf und geht weg. Ich sitze da wie versteinert und drehe mich nicht einmal nach ihm um. Es kann nicht sein, dass er mich einfach hier sitzen lässt. Ein weiterer Kellner erscheint. Er nennt mich Madame, hebt die Teekanne an, stellt fest, dass sie leer ist, und fragt, ob es noch eine sein soll.

Viktor kommt im dynamischen Businessschritt wieder an, lehnt weiteren Tee rigoros ab und lässt den ersten auf unsere Zimmernummer schreiben.

Ich befinde mich in Schockstarre.

Kein Zoo, kein Schwulencafé, wir hier. Endlich.

Auf dem Zimmer macht sich Viktor sofort über mich her. Fast wütend, so als würde er mir sagen: Das wolltest du doch, oder?

Ich versuche mich auf sein rasendes, schnaufendes Tempo einzulassen und versage komplett. Steif wie ein Bootssteg liege ich angezogen unter ihm und denke: Wird Zeit, dass ich mal ein bisschen geil werde.

Wäre ich jetzt ein Mann, wäre alles noch schlimmer. So

schalte ich auf Showtime. Wir werfen unsere Klamotten im Zimmer umher, ich tue so, als wäre es mir vor lauter Leidenschaft egal, was mit meiner Wäsche passiert. Ich schlage mit dem Ellenbogen gegen den Nachttisch und ignoriere den klingelnden Schmerz. Meine Kontaktlinse verrutscht und wird sich hinter meinen Augapfel schieben. Ich werde damit leben. Meine Haut ist eiskalt, nicht sehr einladend, ihm offenbar egal. Sein Bart stachelt, sein Gürtel klemmt, er schwitzt und schmeckt nach Whisky.

Ich werde Viktor innerhalb der nächsten vielleicht zwanzig, vielleicht auch zweihundert Minuten zeigen, was er verpasst, wenn er den Kontakt zu mir abbricht. Nein, halt. Wer bin ich denn?

Ich unterbreche Viktor. Er macht ein Gesicht, als hätte ich ihm aus heiterem Himmel eine geknallt. Langsam, sage ich.

Irgendwann liegen wir da und atmen im gleichen Takt, so wie am Anfang dieses Jahres. Sein Kopf auf meiner Brust. Nur ich darf sehen, dass er seine Haare verliert, denke ich. Na ja, Natalie wird es auch schon aufgefallen sein.

Einer der Momente, für die das Rauchen erfunden wurde. Ich kraule mit der einen Hand sein Ohr, mit der andern seinen Unterarm und rieche uns beide.

Und jetzt, frage ich.

Er hebt den Kopf und schaut mich an. Sein Gesicht sieht ohne Brille unvollständig aus. Ich will mit einem Mann mit verkümmerten Maulwurfsäuglein zusammen sein.

Eine SMS landet von irgendwo her auf einem unserer Telefone. Er schaut nach seinem, ich ignoriere meins. Er legt es wieder weg und dreht sich zu mir.

Tja, sagt er. So geht das auf keinen Fall weiter, ne!?

Diesen blöden Satz plus unbeholfenen Tonfall plus verklemmten Nachlacher werde ich wieder und wieder abrufen, wenn ich mir Viktor abgewöhnen muss.

Er redet jetzt mit mir wie mit einem seiner Kinder: Wir müssen doch vernünftig sein, hm?

Ich: Was heißt denn vernünftig für dich?

Er: Komm, das weißt du doch genau. Meine Familie, Reza. Alles.

Ich: Ja und?

Ich biege gerade falsch ab, indem ich giftig und stur bin. Und da sagt er es auch schon:

Ich werde mich nicht von Natalie trennen.

Wenn wir schon dabei sind, kann ich das auch noch ertragen:

Weil du sie liebst …

Er sagt: Ja.

Was soll er sonst auch sagen? Ich schaue auf den toten Flachbildschirm, er schaut mich an und streichelt mir über die Wange. Hinter meinem Gesicht drückt ein Tränenstau. Tränen werden die Kontaktlinse wieder an ihren Platz spülen, denke ich weiter hinten, in der Pragmatismusabteilung.

Er sagt: Du liebst Reza doch auch.

Dieser väterliche Mitleidston ist wirklich schwer zu ertragen.

Ich sage: Ganz ehrlich? Nein, ich liebe Reza nicht. Ich liebe dich. Falls es dir noch nicht aufgefallen ist.

Ich bin zufrieden mit mir. Das war besser als Coolness, besser als Vernunft, die hier sowieso unangebracht ist.

Er ist hilflos, das hasst er, also muss er handeln. Er zieht sich an. Ein Akt, den ich grundsätzlich hasse. Er zerstört immer etwas und sieht niemals gut aus.

Sein Kopf steckt unter seinem Hemd, als er sagt: Reza liebt dich. Und das weißt du auch.

Ich denke: Na und? Verpflichtet mich das jetzt, mit ihm zusammenzubleiben oder was? Wenn das so wäre, müsstest du ja auch mit mir zusammen sein.

Ich sage: Tja. Das ist wohl nicht dein Problem, oder?

Er steht auf einem Bein, als er sagt: Ihr seid so ein tolles Paar.

Ich sage: Ihr auch.

Und kriege einen hysterischen Lachanfall, den er falsch versteht, denn er lacht erleichtert mit. Es ist grauenvoll. Während er sich fertig anzieht, veranstalte ich einen grotesken Mix aus Lachen und Weinen, der für Viktor und jeden anderen Mann, außer dem langmütigen Reza, ein Alptraum sein muss. Ich lege mir die Hände vors Gesicht und hyperventiliere hinein. Ich höre den Reißverschluss seiner Hose, höre seine Uhr klimpern, höre ihn seufzen. Wenn er gleich in den Fahrstuhl steigt, wird er noch lauter seufzen. Vor Erleichterung: So, das hätten wir. Abgehakt. Finito. Wird er denken, denn er ist der Typ, der unangenehme Dinge gern erledigt und weitergeht. Ich bin eher der Typ, der sich in bizarre Bilder flüchtet. Ich stelle mir vor, wie er den Hotelgang entlangläuft und versucht, mich abzuschütteln, weil ich mich an seinem Hosenbein festgekrallt habe, das ich nie wieder loslassen werde. Während er mich über den Hotelteppich schleift, gehen links und rechts die Türen auf und Leute in Bademänteln und Handtuchturbanen schauen aus ihren Zimmern. Ich lache heulend in meine Hände, die nach ihm riechen. Viktor kniet sich aufs Bett und zieht auf diese geduldige Papi-Art an meinen Handgelenken.

Du, flüstert er. Mein Name ist bereits Geschichte. Ich lasse mir die Hände nicht vom Gesicht nehmen. Papi hat ein bockiges Kind. Er sagt leise: Ich muss dann mal los. Das Zimmer ist bezahlt bis morgen. Ruh dich doch ein bisschen aus, hm?

Das Zimmer ist bezahlt bis morgen? Das haben Hotelzimmer so an sich, sofern sie sich nicht in Stundenhotels befinden, aber danke für das entsprechende Gefühl und beste Grüße an die Gattin. In meinen Ohren rauscht es. Der Schmerz fühlt sich an wie aus zweiter Hand, wie Empathie. Ist das hier real? Ja. Aua.

Als er versucht, mich auf den Scheitel zu küssen, fange ich an, nach ihm zu schlagen und zu treten. Genau das wollte ich unbedingt vermeiden. Aber die Dinge laufen eben selten nach Wunsch.

Ich liege im Bett, bis es dunkel wird, dann rufe ich Iris an, um sie ins Hotel einzuladen. Einladen ist ein Euphemismus, denn ich höre mich so desolat an, dass Iris, die auf einem Abendessen ist, sofort aufbrechen will. Maya ist bei Clemens, ihrem sonst nutzlosen, heute sehr nützlichen Vater. Auf Iris' Rat hin bestelle ich mir eine Flasche Champagner, die auf Viktors Kreditkarte geht oder auf meine, egal. Ich texte Reza, der mich gefragt hat: Steak oder Dorade?, dass ich den Abend mit Iris verbringe und bei ihr übernachten werde, was so gut wie stimmt.

Iris kommt mit zwei Bikinis und wir machen einen Spa-Abend.

Bei dem Abendessen ging es um ein neues Baby, zwei Trennungen und eine für alle doch sehr überraschende Insolvenz.

Die Geschichte von Viktor und mir ist bei den anderen auserzählt. Seit Monaten. Das Schlusslicht bin ich.

Als Iris schläft, lege ich mich auf den Rücken und sage mir alles, was ich bereits seit Monaten weiß. Nein, er liebt mich nicht, und nein, er hat mich nie geliebt. Er wird auch nicht leiden oder mich vermissen. Falls er sich wieder langweilt, wovon ich ausgehe, wird er mit anderen Frauen genauso viel Spaß haben wie mit mir, bevor er dann zu Natalie zurückkehrt. Wenn ich ihn wiedersehe, wird er sich in teflonartiger Freundlichkeit erkundigen, wie es mir geht. Sollte ich mit Reza zusammenbleiben, ist das gut. Sollte Reza demnächst mit einer neuen Frau bei ihm und Natalie auftauchen, sogar noch besser, weil bequemer und altlastenfrei. Sollte er mir glücklich verliebt mit dem attraktivsten und mächtigsten Mann der Welt begegnen, wird ihn auch das nicht treffen, sondern ebenfalls freuen. Das Gleiche gilt für eine Schwangerschaft meinerseits. Solange sie nicht von ihm ist, natürlich. Ich komme zu dem Fazit, dass es nichts auf der Welt gibt, womit ich Viktor berühren könnte. Viktor ist glücklich, unerreichbar und vor allem: weg.

Ich weiß, es gibt Schlimmeres, aber mir fällt im Moment nichts ein.

Vielleicht in ein paar Monaten. Mit dieser Aussicht schlafe ich ein.

Ein Mann geht vorbei

I'm standing alone, I'm watching you all,
I'm seeing you sinking.

The Stone Roses

Idioteninferno, denkt Bender, der verlernt hat, wie man eine Tanzfläche überquert, ohne permanent gestoßen und getreten zu werden. Es ist nicht das Benehmen der Leute, das ihn verwundert, sondern die Uhrzeit, es ist zu früh für Hysterie. Bender dreht sich zum DJ-Pult. Dahinter steht ein Milchgesicht, dem er sagen könnte: Wenn man B-Seiten von Hits spielt, die zehn Jahre älter sind als man selbst, macht das noch lange kein originelles Set. Dafür kauft man sich Raritäten und legt deren A-Seiten auf. Und vor allem sollte man mixen können. Er sagt nichts, sondern bleibt in der tanzenden Menge stehen. Er bekommt lange Locken ins Gesicht, was ihn ekelt, obwohl sie gut riechen. Früher roch es nach Rauch, heute riecht es nach Mensch und Kosmetik. Mensch ist stärker als Kosmetik. Haar, Haut, Atem, Schweiß, Muff. Um Bender herum wird gekreischt und gepfiffen, Arme fliegen in die Luft, und er wundert sich. Ist diese B-Seite dreißig Jahre zu spät zum Clubhit avanciert, ohne dass er etwas davon mitgekriegt hat? Nebel steigt auf, Stroboskoplicht setzt ein. Im Grunde hat sich nichts verändert, denkt er kurz. Als er ein paar Herren in Anzügen sieht, die er als Männer seines Alters und als Freunde erkennt, stellt er fest, dass sich doch einiges geändert hat. Zwei Frauen in langen Kleidern schieben sich grüßend an ihm vorbei. »Huhu Bender!« – »'n Abend.« Die erste kennt er nackt, die zweite hätte er vor sehr langer Zeit gern nackt gekannt. Sie hält eine Champagnerflasche am Hals, die sie so schwenkt, dass sie Benders Kinn trifft. »Ooops.« – »Kein Problem.« Doch ein Problem, du blöde Schnepfe, aber was will man machen? Bender reibt sich das Kinn. Isabel, Engelhardts Ex, steht in einem rückenfreien Abendkleid so statisch in der Menge, dass Bender sie an den Schultern nehmen und beiseiteschieben muss, um vorbei zu kommen. Ihm fällt auf, dass er Engelhardt noch gar nicht gesehen hat. »Hallo Isi, wo ist eigentlich der alte Sack?« Keine Reaktion von Isabel, die weiter auf ihr Gegenüber einredet. Auch für derartiges Verhalten ist es noch zu früh.

Es sieht aus, als wären zwei Dresscodes gleichzeitig ausgegeben worden: Come as you are und Black Tie. *La Grande Bellezza*, denkt Bender, als es Glitzerpartikel von der Decke regnet, beste Discoszene ever. Der Typ in dem Film wurde 65, das heißt, wir sind fast jung. Er geht stoisch durch den Glitterregen und lässt sich weiter anrempeln und bekleckern. Der Anzug muss sowieso in die Reinigung und Gin Tonic macht keine Flecken.

Als er zum zweiten Mal auf dem Herrenklo steht und sich fragt, was er hier eigentlich macht, quetschen sich zwei Frauen in die Nachbarkabine. Er überlegt kurz, ob er rausgehen und später wiederkommen soll, und bleibt. Er hört es nesteln und kichern. Die Trennwand reicht nicht bis zum Boden, er schaut auf ein Paar Schuhe, das er zuerst nicht versteht und danach auch nicht besser findet. Rechteckige Holzbretter, mit jeweils zwei Absätzen unter der Mitte des Fußes. Geishas tragen diese Art von Schuh, Bender weiß nicht, woher er das weiß, nimmt aber an, dass Geishas Frauen mit schönen Füßen sind, während die Zehen dieser hier nach oben gebogene Fleischklümpchen sind, in deren Mitte jemand Zehennägel gedrückt hat, die aussehen wie windschiefe, viel zu kleine Fenster. Die andere Frau trägt schwarze Stiefel, womit der Bender leben könnte, gingen diese Frauen ihn irgendwas an. Er reißt seinen Blick von den Füßen, starrt auf seine Schuhe, verschränkt die Arme und wartet.

»Und was ist das nachher noch für eine Party?«

»Lachners Freundin und noch jemand werden zusammen neunzig.«

»Zwei oder drei Leute?«

»Gute Frage. Zwei, nehme ich an.«

»Jeez, sind die alle alt …«

Bender zieht die Augenbrauen hoch.

»Hallo? Frankie wird vierzig.«

Bender nickt. Amüsiert.

»Bei Typen ist das auch was anderes.«

Ralf Bender, achtundvierzig, registriert Erleichterung.

»Sollen wir da mit dem Fahrrad hin?«

Bender schaut wieder auf die Geisha-Schuhe. Die Fleischklümpchen bewegen sich, als wären sie es, die reden. Grotesk. Kurz geht die Spülung, die Frau übertönt sie.

»Die Alte auf der Bar denkt, sie ist Madonna.«

Auf der Bar? Bender stutzt. An der Bar?

»Boah, schlimm. Schuss nicht gehört.«

Ein metallischer Gegenstand fällt auf die Fliesen.

»Menno.«

»Mennopause.«

Es kichert, es schnieft, es hustet. Wieder geht die Spülung. Reißverschlüsse ratschen, die Nachbartür geht auf, Absätze klacken davon. Bender setzt sich auf den Klodeckel.

»Kuckuck.« Ein Mondgesicht lugt über die Trennwand der Kabinen. Sein Dutt sitzt so mittig auf dem Kopf, dass Bender erst an einen Apfel, dann an Wilhelm Tell, dann an William

69

S. Burroughs denken muss, der seine Frau versehentlich erschoss, beim betrunkenen Versuch, Wilhelm Tell nachzustellen. Das Gesicht kaut Kaugummi und mustert ihn frech.

»Hi«, sagt Bender. Er wird den Umstand, dass er sich als Herr auf einem Herrenklo befindet, nicht rechtfertigen. Das Mondgesicht nickt wissend. Auch das findet er frech.

»Alles klar?«, fragt Bender.

Sie lässt den Blick über den Quadratmeter Klokabine schweifen und bleibt am Spülkasten hängen. Dort liegt Benders Senator-Card, die abgelaufen ist.

»Alles top, danke.« Bender hat keine Antwort mehr erwartet. Er hält ihrem Blick stand. Er würde dieses naseweise Mädchen gern wissen lassen, wer er ist. Dann erst könnte er mit ihr das tun, was man gemeinhin Flirten nennt. Bei Bender ist es eine minimale Abweichung von seinem Normalverhalten, nur für wenige Frauen wahrnehmbar und damit ganz in Benders Sinne. Er mag es nicht blumig, Bender mag es zielgerichtet. Und in den letzten Jahren äußerst selten. Sollte sie diejenige sein, die hier barfuß auf Geisha-Brettern herumklappert, würde das jeden noch so unverbindlichen Flirtversuch sowieso im Keim ersticken.

»Serafina?«, ruft ihre Freundin. Das Mondgesicht zwinkert ihm zu und verschwindet.

Hinter der Bar bewegen sich zwei Mädchen schnell und uneffektiv. Bender hat keine Lust zu drängeln und wartet. Er will ein Bier, weil er es nicht mag, wenn er auf weniger als einen Fingerbreit Wodka einen Eimer Tonic gegossen kriegt, in dem eine dreckige, pestizidverseuchte Zitronenscheibe schwimmt, wie sie eines der Mädchen gerade mit einem stumpfen Messer absäbelt.

Bei Bender hat der kleine Rauschversuch auf dem Klo etwas

bewirkt, das er intern als Pinocchio-Effekt bezeichnet. Sein Geist rast in einem hölzernen Körper herum und beobachtet sich selbst beim Denken. Knapp nickt er ein paar bekannten Gesichtern zu und denkt sich das Gespräch. Ja ja, geht gut. Geht bald los respektive ist gerade im Kasten. Gratuliere. Danke und selbst so? Komm doch endlich mal raus zu uns. Klar, wenn das Wetter wieder besser wird. Und sonst so: Boot gekauft, Marathon gelaufen, endlich den richtigen Osteopathen gefunden, Dings ist nach New York gezogen, Hinz hat sich von Kunz getrennt, Projekt läuft, Kinder werden groß, Umzug steht an, Steuern nerven. Next! Verzicht auf: Auto, Kohlenhydrate, Cholesterin, Nikotin, Rausch.

Heute Nacht wird auf den Verzicht verzichtet. Gerechtfertigter, gezielter Exzess zu Ehren Engelhardts. Bender hat trotzdem keine Lust auf ein Gespräch.

Auch nicht mit Reza, der sich jetzt neben ihn schiebt und ihn grüßt. Er war Engelhardts Produzent und ist es nun nicht mehr, Bender kennt die Einzelheiten nicht und will sie nicht hören. Viktor kommt und beklopft Reza ausgiebig. Die Freude der beiden wirkt so unbändig, als hätten sie sich nach Jahrzehnten wiedergefunden. Bender gönnt sie ihnen, auch wenn sie im diametralen Gegensatz zu seiner Stimmung steht. Er würde es hassen, jetzt angefasst zu werden.

Zwei Frauen Anfang zwanzig schieben sich zwischen Bender und die Bar. Mädchenabend. Er starrt auf einen weiteren Dutt und einen mausbraunen Pilz über einem ausrasierten Nacken. Bender erinnert sich dunkel an eine Zeit, in der ihn Frauen mit ausrasierten Nacken fast um den Verstand gebracht hatten. Vorausgesetzt, sie trugen dazu Make-up und Ohrringe, keine Hornbrillen. Bender verpasst seine zweite Chance auf ein Bier. Die Mädchen drängeln sich wieder an ihm vorbei, und zwei Jungs, an die zwei Meter groß, versperren

Bender die Sicht. Er klebt unbeweglich in einer immer größer werdenden Woge sehr junger Leute und fühlt sich etwas isoliert, aber nicht schlecht. Er kann sich nicht erinnern, dass man ihn mit Anfang zwanzig auf vierzigste Geburtstage eingeladen hat.

Engelhardt hat seit Kurzem keine Frau mehr, mit der er es sich hätte gemütlich machen können, er hat auch keine Frau, die ihm geholfen hätte, einen Event mit Stil zu organisieren, und so hat Engelhardt, der verständlicherweise nicht allein vierzig werden wollte, seine Raver-Reflexe reaktiviert und seine alten Freunde plus zur allgemeinen Erfrischung auch eine Busladung Jüngerer zu dieser Sause hier eingeladen. Von einem Durchschnittsabend in einem Club unterscheidet sich die Party nur durch den Tisch für die Geschenke neben dem Eingang. Bender hat einen exzellenten Single Malt darauf gestellt, von dem er bezweifelt, dass er angemessene Beachtung finden wird. Egal. Trotzdem hätte er jetzt gern einen Schluck davon.

Er bestellt Scotch, den das Barmädchen erst findet, nachdem es alle Flaschenetiketten durchgelesen hat, und den sie dann, nachdem sie ihn mit einem Schnapsglas abgemessen hat, über einen Berg von Eiswürfeln kippt, die Bender demonstrativ wieder herausklaubt und auf den Tresen haut. Bier oder Alkoholfreies wären auf Engelhardt gegangen, den Whisky zahlt Bender und tippt extrem großzügig, um das Barmädchen zu verwirren, was ihm jedoch nicht gelingt.

Eine alte Freundin von Doro, seiner Freundin, umarmt ihn herzlich. Bender legt ihr seinen Pinocchio-Arm auf die Schulter und nickt sparsam.

»Naaaa?«, sagt Ariane und somit ist der Ball in Benders Feld, der sonst nie »Na?« sagt, aber jetzt. Dann nickt er mehrmals, obwohl er kein Wort versteht, woraufhin sie lachend beide Daumen reckt. Nicken war gut, Ariane ist schön.

Eine junge Frau stellt sich zu ihnen und schaut sich schlecht-gelaunt um. Bender fragt sich, ob Ariane jetzt auch mit Mädchen in diesem Alter ausgeht, als ihm einfällt, dass sie schon vor allen anderen ein Kind hatte. Er addiert ungefähr achtzehn zu zirka 1996 und landet in der Gegenwart. Kommt hin, ja. Er erinnert sich nicht an das Kind selbst, er erinnert sich nur an das Kind als Thema. Es hat abstehende Ohren, die aus seinen langen, glatten Haaren hervorschauen, weit auseinander stehende grüne Augen und zieht einen verächtlichen Mund, den es dunkelrot geschminkt hat. Ariane hat mit einem Fotografen, dessen Namen man zeitweise kennen musste und der Bender jetzt nicht einfällt, ein Fabelwesen in die Welt gesetzt, das mit dieser Party genauso zu fremdeln scheint wie er.

Ariane reicht ihrer Tochter einen Drink, Bender hebt sein Glas und sie stößt lachend ihr Bier dagegen, das Mädchen bleibt reglos stehen. Bender fragt sich, ob sie zuprosten old school findet oder diese Geste einfach noch nie gesehen hat. Sie trägt ein asymmetrisches schwarzes Gewand, das Bender einer Galeristin zwischen fünfzig und sechzig empfehlen würde. Sie will anders aussehen als ihre Mutter, normal, denkt er tolerant. Er hofft, dass Ariane kein Gespräch zwischen den Generationen erzwingen will, denn das Mädchen sendet Wellen der Verachtung aus, die ihm unangenehm sind. Außerdem: Was wäre das Thema? Die Schule? Ariane beginnt zu tanzen, ihre Tochter setzt sich gelangweilt auf einen Barhocker. Bender wird von seinem Anwalt angerempelt, der sich von seiner Freundin durch die Menge ziehen lässt. Clemens winkt ihm zu, taxiert das Mädchen, schaut dann wieder auf Bender und verschwindet in der Menge. Bender fragt sich, wie man es aufnehmen würde, wenn er mit einer Abiturientin zusammen wäre. Als das Mädchen ihm huldvoll zulächelt, lächelt er erleichtert zurück, ein Reflex, der ihn sofort ärgert. Seit wann lässt er sich von einem Gör zum Deppen machen? Offensichtlich seit genau jetzt.

Man sollte ihr eine scheuern, denkt Bender und fragt: »Noch ein Drink?«

»Danke, ich hab noch«, sagt sie und spricht ins Ohr ihrer Mutter.

Ariane schüttelt den Kopf und hält ihrem selbstgefälligen Kind den Zeigefinger vor die Nase. Zeit für ein Verbot, aber welches?

Vielleicht will das Kind ins Bett und darf nicht. Ariane zieht Benders Ohr an ihren Mund: »Party ... Neukölln ... nicht in Frage«, versteht er. »No way!«, schreit Ariane überflüssigerweise gleich zweimal, er reibt sich das Ohr und schaut das Mädchen an, dessen Überlegenheit in sich zusammengefallen ist und das jetzt fast heult. Tja, denkt Bender, Neukölln muss wohl ohne dich auskommen. Er hatte immer genug Geld, nicht in Neukölln wohnen zu müssen. Jetzt gehört er nicht mehr zur Altersgruppe für einen Hype, was er im Falle des Bezirks Neukölln nicht schlimm findet.

Er denkt an sich. Auch er ist ständig auf der Suche nach dem besseren Ort durch die Stadt gefahren. Allerdings ohne seine Mutter. Es war gut und es ist lange her. Jetzt sind die hier dran: Macht was draus, hört auf mit diesem rückwärtsgewandten Retromüll und kreiert mal was, das uns schockiert. Uns, die Schocker von einst. Er unterbricht seinen inneren Zeitgeistvortrag und winkt seufzend ab, ertappt von Arianes Tochter, die ihn gähnend mustert.

Ein DJ aus einer anderen Zeit, aber offensichtlich noch im Dienst, schleppt seinen Plattenkoffer Richtung Tanzfläche, den zweiten zieht er auf Rädern hinter sich her. Ein alter Mann auf Reisen. Sein verlebtes Gesicht nickt Bender kurz zu. Das namenlose Kind hockt traurig an der Bar und betrachtet seine schwarz lackierten Fingernägel. Kinder wollen ohne ihre Eltern feiern, egal, wie die feiern, denkt Bender und findet diese Feststellung kurz bemerkenswert.

Als er zum dritten Mal von der Toilette kommt, hat er zwei kurze Gespräche geführt und einmal probiert zu tanzen. Er eckte und kantete ein bisschen auf der Tanzfläche umher, hielt dann halbherzig nach Doro Ausschau und entschied, dass man zu den Stone Roses am besten saß und wippte.

Der verwitterte DJ hält ihm ein Schnapsglas unter die Nase, Bender trinkt mit ihm und genießt das einvernehmliche Schweigen, in dem sie auf die Tanzfläche starren, als wäre sie das Meer. »Die sind komplett anders drauf als wir«, sagt der DJ dann in sein Ohr, im Gegensatz zu Ariane so, dass es Bender nicht weh tut und dass er ihn versteht. Der DJ nickt mit dem Kinn auf die Menge. »Ich kann nicht mehr einordnen, warum die gut drauf sind oder aggro.« Er zeigt auf die Leute, die vor ihnen tanzen, Bender sieht nichts, was er nicht schon gesehen hätte. »Keine Ahnung, was die sich reinpfeifen«, fragt sich der DJ, dessen Dandy-Parfum nicht zu seinem zerfledderten Aussehen passt. Bender zuckt mit den Schultern. Was sollen sie sich reinpfeifen? Chemische Drogen? Medikamente? Was wäre daran neu? Er ist nicht nur zu faul zu fragen, er legt auch keinen Wert auf die Theorien des Veteranen. Bender mag Gespräche über Drogen nicht, sie langweilen ihn und unterstellen gleichzeitig einen Konsum, der niemanden etwas angeht. »Aber fest steht, dass die völlig andere Vibes haben als wir damals. Die switchen ständig zwischen Brutalo-Proleten und Schmusehippies. Total weird.«

Der DJ zeigt auf die Leute, Bender versteht seine Fassungslosigkeit nicht, hatte eigentlich immer ihn für einen Weirdo gehalten, nickt aber. Der Bass massiert seine Organe, immer-

75

hin ist die Anlage gut. Ein Mann leckt die nackte Schulter seiner tanzenden Freundin ab, eine schöne Frau tanzt derart neben dem Takt, dass es aussieht, als hätte sie einen Hirnschaden, und wird dabei von zwei Typen angetanzt, die zwei andere Frauen wegdrängeln, die sich zwar gut bewegen, aber weder groß noch blond sind. Nichts daran weist auf eine neue Dimension des Drogenkonsums hin. Vielleicht handelt es sich schlicht um ein paar Bier, vielleicht sogar um nichts. Ein verfilzter Junge nimmt einen Schluck Wasser aus einer Flasche und lässt es in den Mund einer aufwändig tätowierten Frau träufeln. »Und«, schreit der DJ und zeigt wieder in die Menge, »die saufen nicht mehr.« Bullshit, denkt Bender, gesoffen wird immer. Er klopft dem Veteranen auf die Schulter und geht weiter.

Weniger hölzern, aber weit davon entfernt, ein vibrierender Teil der Party zu sein, stellt sich Bender wieder an die Bar und bestellt einen weiteren Whisky. Arianes Tochter ist mittlerweile in ein Gespräch mit Viktor und Reza vertieft, das so aussieht, als würden sich drei Erwachsene ernsthaft unterhalten. Die Gesichter der Männer, besonders Viktors, strahlen interessiert. Als Reza dem Mädchen Bender vorstellen will, winkt sie ab. Was heißt das, fragt sich Bender. Dass sie mich bereits kennt? Dass ich ein Freund ihrer Mutter bin und damit alt? Uncool by nature? Sagt man uncool noch? Bender lacht kopfschüttelnd vor sich hin.

Neben ihm versucht Viktors Frau Natalie einen Tee zu bestellen und wird dafür von den Barmädchen mit verstocktem Unverständnis abgestraft. »Die können kein Deutsch«, ruft Reza, der sich hier auszukennen scheint. Das Wort Tee könnte man auch verstehen, wenn man Englisch, Französisch, Spanisch oder überhaupt irgendetwas spricht, denkt Bender. »Detox«, schreit Natalie. »Gut«, sagt Bender und beschließt zu gehen, bewegt sich aber nicht zum Ausgang, sondern lässt sich von der Menge zurück ins Gewimmel saugen.

Die Musik ist in der Zwischenzeit erst in Minimal Techno und dann in Discoklassiker übergegangen. Die Leute, die dazu tanzen, sehen zwangsläufig aus wie auf einem Betriebsfest. Luftballons schweben herum, nein danke. Was ist das hier? Leute im Jahr 2014 persiflieren Leute, die Mitte der Neunziger die Siebziger wiederentdeckt haben? Nein. Es handelt sich schlicht um Einfallslosigkeit. Bender unterbricht sich, weil er weiß, dass er andernfalls wieder bei seinem ewigen Monolog landen würde, der ihn mittlerweile selbst langweilt. Jeder, der Bender kennt, kennt ihn, am allerbesten Doro, die geduldigste Frau der Welt. Wo ist die überhaupt?

Bender kehrt zurück an die Bar wie ein neurotischer Tiger. Der Mann, der auf jedem Event fotografiert, grüßt ihn und bleibt neben ihm stehen. Dann bittet er ihn höflich, einen Schritt beiseitezutreten, und fotografiert Arianes Tochter, eingerahmt von Viktor und Reza. Sie weiß noch nicht, dass in ihrer Erinnerung all diese Nächte irgendwann zu einer verschwimmen werden, Höhepunkte und grauenvolle nächste Tage inbegriffen, aber sie weiß, dass man auf einem Foto die Wangen einziehen, das Kinn senken und knapp über die Kamera schauen muss. Ihrer Modelkarriere stehen somit nur noch ihre Pausbacken im Weg.

Bender hat seine Pflicht auf Engelhardts Party erfüllt, ja übererfüllt, im Gegensatz zu Engelhardt, der noch nicht mal zu sehen ist, was sein Problem ist und nicht Benders, der jetzt grußlos den Ort wechseln wird. Bender will gerade ernsthaft nach Doro suchen, als es am anderen Ende der Bar scheppert und kreischt. Eine zierliche Gestalt in einem Catsuit steigt auf den Tresen und pfeift auf den Fingern. Bender glotzt stolz auf ihren perfekt geformten kleinen Hintern, als sie sich nach unten beugt und Ariane nach oben zieht. Okay, dieser Auftritt noch, danach gehen wir, denkt Bender etwas besser gelaunt und zeigt dem Barmädchen sein leeres Glas. Das Barmädchen zuckt bedauernd die Schultern und zeigt auf Ariane und Doro. Nein, diese Performance darf keinesfalls durch den Barbetrieb gestört werden. Das gilt auch für Bender, der seit fast zehn Jahren mit Doro zusammen ist, die ihren Namen zeitweise D'Oro schrieb, was ihr Bender aber zusammen mit dem ebenfalls erdachten und nicht mehr zeitgemäßen Nachnamen Sapporo ausgeredet hatte. D'Oro Sapporo alias Dorothea Conrady ist ein Bewegungsgenie. Ihre Beweglichkeit hatte Bender sofort angezogen. Ihm war nicht klar gewesen, dass er nach einer Frau suchte, die seine Stimmung hob, doch als er sie zum ersten Mal sah, löste sie etwas in ihm aus, das sich so gut gelaunt und beschwingt anfühlte, dass er es haben musste. Er wollte Doros Leichtigkeit und er bekam sie, entgegen der landläufigen Vorstellung davon, wie sich eine stabile Liebe anzubahnen hatte, ohne eine längere Kampf- oder Bewerbungsphase: Bender hatte sie gesehen, zum Lachen gebracht, mit nach Hause genommen und aus dieser Nacht eine Beziehung gemacht.

Bender schaltet wieder ins Jetzt. Der Barbetrieb geht weiter, Doro und Ariane scheinen in einem Paralleluniversum zu tanzen. Diese Party ist so dysfunktional, dass selbst die Uraltidee »Wir tanzen auf den Tischen« die Stimmung nicht hebt. Immerhin ist Engelhardt jetzt anwesend, er pfeift und klatscht und infiziert damit kurzfristig die Leute in seiner Nähe. Tja, denkt Bender, lahmes Pack, weg hier. Er sieht, wie Engelhardt sich nach seinem kurzen Stimmungsversuch wieder auf seine Krücken stützt, und nimmt seinen Gedanken zurück: Engelhardt ist ja wirklich lahm, das hatte er ganz vergessen. Viel besorgniserregender ist allerdings sein Gesamtzustand: Engelhardt, das Viech, ist kaum wiederzuerkennen. Seine vorübergehende Verletzung wirkt nicht männlich oder verwegen, sie wirkt eigentlich nicht einmal vorübergehend. Er sieht aus, als wäre ihm etwas Wichtiges abhandengekommen, sein Mojo, denkt Bender und sucht nach einem Wort für Engelhardts neues Aussehen. Unscheinbar? In dem Moment schaut Engelhardt zu ihm rüber und macht das Victory-Zeichen. Armer Kerl, guter Typ, Bender wird demnächst in Ruhe mit ihm essen gehen. Dann, denkt er, als er wieder in die dröge Masse schaut, müssen eben die anderen ein bisschen mehr Gas geben, damit das hier was wird. Schon allein ihm zu Ehren, verdammt noch mal, dieser Mann ist krank und wünscht sich eine Party, also bietet sie ihm gefälligst! Er schaut wieder nach oben an die Bar. Als Ariane in die Knie geht und Doro sich breitbeinig über sie hängt und auf einer imaginären Gitarre schrammelt, findet er trotzdem, dass weniger in diesem Fall mehr wäre. Er liebt Doros Zeigefreudigkeit, liebt seine Frau im Mittelpunkt. Eigentlich, doch nicht jetzt. Die Aktion ist unangebracht, das sollte Doro auffallen. Stattdessen tritt sie ein Glas von der Bar und erntet missbilligende Blicke, die sie nicht bemerkt.

Bender schaut sich an der Bar um und hat das Gefühl, niemanden mehr zu kennen. Neben ihm hat Arianes Tochter wohl einen guten Witz gemacht, denn Viktor und Reza lachen. Ein sehr betrunkener Typ in Benders Alter greift nach Doro und Ariane. Sofort aufhören mit dem Quatsch, denkt Bender, als könne man ihn hören, als hätte er das Kommando über das Geschehen. Er begegnet einem Blick. Das Mondgesicht mit dem Apfelduft steht in einem Wald aus Oberkörpern und leuchtet ihn an. Sie lächelt ihm zu, als hätte er in einem Haufen Wahnsinniger eine Verbündete gefunden. Er fühlt sich angemacht und irgendwie ertappt und würde ihr gern klarmachen, dass sie seine Situation falsch einschätzt: Nein,

79

kleines Mädchen, es ist nicht so, dass derartige Veranstaltungen ihn verunsichern, es ist vielmehr so, dass sie ihn aufgrund ihrer Austauschbarkeit und Sinnlosigkeit nerven, denn Bender trifft man normalerweise auf Events anderen Kalibers. Er hebt seinen Whiskytumbler in ihre Richtung. Elder statesman, will er das sein? Zu spät. Sie mustert ihn, während sie sich von ihrer Freundin ins Ohr schreien lässt, dann grinst sie ihn an, und er versucht sich an einem Lächeln. Als sie mit dem Kinn auf die tanzenden Frauen auf der Bar deutet und amüsiert die Augenbrauen hochzieht, schwillt seine Zunge an. Er weiß plötzlich, wen sie vorhin mit der Alten auf der Bar meinten, schaut nach oben zu Doro und schaut wieder nach dem Mondmädchen, das cool sein rechtes Augenlid herunterklappt, während es seiner Freundin antwortet.

Er sieht Doro in einem anderen Licht. Im Licht dieser Party. Doro ist, und das ist der Lauf der Dinge, in die Jahre gekommen. Die Lampe, unter der sie jetzt tanzt, leuchtet jedes einzelne gnadenlos aus. Bender weiß nicht, was genau sie für ihre Schönheit tut und zahlt, war sich aber immer sicher, mit einer außergewöhnlich zeitlosen Frau zusammen zu sein. Sie hat einfach nur ihren Stil nie geändert, denkt er jetzt, gealtert ist sie schon. Als er ihr ebenmäßiges Profil betrachtet, erkennt er zum ersten Mal eine Müdigkeit, die ihn schlagartig traurig macht. Dann dreht sie sich zu ihm und Bender beruhigt sich wieder etwas, denn ihr Showgesicht, das »Word up« ruft, sieht aus wie immer. Ihr Körper ebenfalls. Perfekt proportioniert, biegsam, *petit*.

Es hat ihn nie interessiert, was Frauen untereinander voneinander hielten, warum sie sich bekriegten, während sie sich gleichzeitig zu mehr Solidarität aufriefen, was er immer lächerlich fand. Hier an dieser Bar sah er sich zum ersten Mal mit den Gedanken jüngerer über ältere Frauen konfrontiert.

Vielleicht ist diese hier einfach ganz besonders stutenbissig, fragt sich Bender kurz und entscheidet dann, dass ihn so etwas auch weiterhin nicht kümmern wird. Doro soll einfach diesen Unsinn lassen und mit ihm gehen, sofort.

Frank Engelhardt tanzt im Stehen und schwingt seine Krücken über der Menge, kurz blitzt sein altes Naturell wieder durch. Früher gehörte Engelhardt zu Doros Verehrern. Früher. Er wird von ein paar Frauen umtanzt, die mit ihren Mützen, Mänteln und Bierflaschen aussehen wie Penner, die sich um eine brennende Tonne tummeln. Definitiv nicht mein Style, denkt Bender, dem es vorkommt, als stünde er in einer Masse gleich aussehender Leute, aus der nur er sich hervorhebt. Und dieses präpotente Dutt-Mädchen, das ihn weiterhin taxiert. Sie hat den perfiden Vorteil, ihren Vorteil zu kennen. Bender wusste in ihrem Alter nicht, dass jung sein unbezahlbar ist. Er schaut zwischen den jungen, gelangweilten und den älteren, aufgedrehten Frauen hin und her wie auf einem Tennismatch und reißt sich selbst aus seiner Grübelei: nicht ernst nehmen, diesen Quatsch hier. Schlechte Party, mieses Koks, blöde Leute, gleich vorbei, scheißegal. Das Problem ist nicht Doro, denkt Bender, das Problem sind diese Kinder hier, deren Möchtegerncoolness einen ungünstigen Kontrast zu ihrem Enthusiasmus bildet. Ungünstig für Doro. Benders Schwermut hält sich hartnäckig. Als Doro noch einmal richtig aufdreht und zappelt wie unter Strom, ist plötzlich das Mondgesichtmädchen am Tresen, schwingt sich hinauf und beginnt zu tanzen. Bender scheint es, als würden nun alle auf das Mädchen starren, das gehäkelte Hotpants trägt und klugerweise Stiefel und keine Geisha-Flipflops, die sich demzufolge an den Füßen der Frau befinden, von der sich Engelhardt jetzt das Hemd aufknöpfen lässt.

Doro und Ariane scheinen sich über den Neuzugang zu

freuen, obwohl das riesige Mädchen sie zu Backgroundtänzerinnen degradiert. Doro setzt ihren Lieblingsgesichtsausdruck auf und macht große Augen zum Schmollmund. Bender, dem zum ersten Mal bewusst wird, dass sie absichtlich dumm guckt, so plakativ dumm wie die Dummen in einem Stummfilm oder Zirkus, wird ernsthaft ärgerlich. Ariane will einfach nur sexy sein und sexy bleiben, und es sieht aus, als könnte ihr das gelingen, viel Glück. Doro hingegen setzt auf eine Taktik, deren Verfallsdatum schon vor Jahren abgelaufen ist, und das stört ihn so maßlos, weil er es nie gesehen hat, obwohl er es eigentlich wusste. Zu Benders Unglück, das jetzt aufzieht wie ein Gewitter, fühlt es sich an wie die Entdeckung eines Makels, den sie ihm verheimlicht hatte und der sich jetzt umso abstoßender offenbart. Bender schaut in den Barspiegel und dann wieder auf seine Freundin. Er erkennt sich, aber er erkennt sie nicht mehr. Er sieht keine Fremde, vielleicht wäre das besser, weil absurd und flüchtig wie diese Veranstaltung. Bender sieht jemanden, dem er einst nahe war und nun nicht mehr. Jemanden, den er lange nicht mehr gesehen hat und der sich in eine komplett andere Richtung entwickelt hat. Eine alte Bekannte, die sich danebenbenimmt. Und weil er obendrein in einem Zustand ist, in dem ihm jeder seiner Gedanken nicht vorkommt wie ein Gedanke, sondern wie ein Zitat, das veröffentlicht gehört, resümiert er: Doro ist ein altes Kind. Diese Erkenntnis in seiner aktuellen Situation auf dieser Veranstaltung findet Bender so unerträglich, dass er sich am liebsten Augen und Ohren gleichzeitig zuhalten will. Stattdessen haut er auf den Tresen und zeigt den beiden Dumpfbacken dahinter sein leeres Glas.

Frauen über vierzig sind nicht mehr niedlich, sondern wenn, dann bitteschön schön, beschließt Bender, weiterhin im Definitionsmodus, und würde diesen Merksatz am liebsten auf ein Schild pinseln und Doro vor die Nase halten. Er will, dass Doro aufhört, diese Zuckerschnute zu ziehen und sich vor diesen Kindern hier zum Affen zu machen, er will, dass sie sich ihrem Alter entsprechend benimmt, und vor allem will er in einer Bar stehen, in der man ihn anständig bedient. Die Frage ist auch, wer überhaupt das Publikum für Doros Exhibitionismus sein soll – so wie es aussieht, nicht Bender, dessen Anwesenheit am Tresen sie nicht einmal zu bemerken scheint, kein Blickkontakt, kein Lächeln, stattdessen eine Frau, die sich ins Nichts hinein vergeudet, sich sinnlos verballert, anders kann man es nicht nennen. Das alles ist so niederschmetternd, dass Bender fast vergisst zu atmen.

Miss Mondgesicht springt unter Applaus wieder vom Tresen. Doro und Ariane haben den Kontakt zum Rest des Raums vollends verloren und tanzen weiter für ein Publikum, das sie nicht feiert, sondern behandelt wie Go-go-Girls. Bender dreht sich weg, als ihm auf den Arm geklopft wird. »Birne oder Mirabelle?«

Reza zählt die Leute durch wie ein Lehrer bei einer Klassenfahrt. »Warte noch, bis die alten Mädchen fertig sind«, rät ihm Arianes Tochter und grinst so blasiert, dass Bender, der sich ansonsten als Gentleman bezeichnen würde, entscheidet, dass exakt jetzt der richtige Zeitpunkt wäre, sie nach Strich und Faden zu vertrimmen. Eine der von ihr verhöhnten Frauen da oben auf dem Tresen ist ihre Mutter, ein weiteres Desaster, aber glücklicherweise nicht Benders. »Lass mich mal vorbei«, sagt er und lässt Fantasie und Wirklichkeit weit auseinanderklaffen, indem er das Mädchen betont sanft beiseite schiebt. Das Wort *vorbei* bleibt in seinem Kopf stehen. Vorbei, vorbei, vorbei. Lasst mich vorbei, ihr hängengebliebenen Pfeifen. *Es ist vorbei.* Und er schiebt sich weiter Richtung Ausgang, ein Seher unter Blinden, so fühlt er sich.

Als Bender in die Nacht hinaustritt, ist er etwas versöhnter. Er denkt an den DJ-Veteranen und gratuliert sich zu seiner Berufswahl, die ihn nicht zwingt, als alter Mann in Clubs zu stehen. Jeder Schritt zu seinem Auto bringt ihn ein Stück näher an seinen gewohnten Geisteszustand. Er wird den Wagen stehen lassen, aber es ist beruhigend, ihn zu sehen. Hallo. Unter dem Scheibenwischer pappt ein Strafzettel, den er sofort zerreißt, kurz wieder wütend auf alle, die sein Leben erschweren, und das sind im Moment wirklich alle, einschließlich des Taxifahrers, der seinen ausgestreckten Arm ignoriert. Beim nächsten Fahrgast wird er sich über zu wenige Fahrgäste beklagen. Vorbei. Bender macht sich zu Fuß auf den Weg, inhaliert die feuchtkalte Luft und freut sich kurz, ohne genau zu wissen, warum.

Zwei Blocks weiter trennte die Mauer Mitte und Kreuzberg, historisch aufgeladen, aber nicht mehr erkennbar, und Bender muss an einen Bauzaun pinkeln. Er liest das gleißend hell beleuchtete Schild der Bauherren und Architekten, das Apartments mit Flussblick anpreist – ein Fluss, der unspektakulärer ist, als das Schild weismachen will. Als Bender nachdenklich seine Hose arrangiert, hält ein Wagen neben ihm. Okay, denkt Bender, während er einsteigt, eine Frau will mich fahren, das ist neu und war wohl mal an der Zeit.

Und? Du so?, fragt das Mondgesicht, während es Gas gibt, und als Bender anfängt zu reden, löst sich etwas in ihm, und alles, was aus ihm herauskommt, all seine Geschichten und Ansichten sind mit einem Mal wieder aufregend und neu.

Sphinx ohne Geheimnis

Glückszwang, denkt Ariane. Das Licht kurz vor Sonnenuntergang auf dieser Insel ist eine Zumutung für alle, die nicht glücklich sind. Der dritte Mann fährt, das kleine Kind hat sich in einen erschöpften Schlaf geplärrt. Endlich. Ariane schaut stumm aus dem Fenster in den honiggelben Abend, als wäre sie ebenfalls ein Kind, ein trauriges, das man irgendwo hinkutschiert.

Der dritte Mann unterhält sich vorn mit ihrer Mutter.

Hendrik, so heißt der dritte Mann, und ihre Mutter ähneln sich in ihrer Art der Kommunikation. Sie machen gern Aussagen, denen niemand widersprechen kann, es sei denn, er möchte sich als Ausgeburt der Hölle outen. Massentierhaltung ist nicht okay. Massengemüseanbau ebenfalls nicht. Privatfernsehen ist Massenverblödung. »Krieg finde ich aber auch ganz schön doof.« – »Bitte?« – »Schon gut.« Der dritte Mann schaut misstrauisch in den Rückspiegel. Ariane schaut wieder aus dem Fenster.

»Da vorn bei dem Kreisverkehr musst du links.«

»Was?«

»Links.«

»Ich weiß.«

Jedenfalls wachsen wir uns schon lange kaputt. Und die Leute kapieren es einfach nicht. Schau mal hier, Autohaus, Autohaus, Möbelcenter, wie viel denn noch? Hier links? Genau. Man sollte weniger fliegen. Und auch fahren. Man sollte öfter mal die Klappe halten, denkt Ariane.

»Mach mal lauter bitte, danke.«

Das Radio bereitet die Insel auf die Samstagnacht vor. Die Musik hat sich nicht verändert, denkt Ariane. Ein paar Atemzüge lang spürt sie eine Simulation der Vorfreude auf die Nacht, an der sie nicht teilnehmen wird. Halbnackte Leute fahren auf Motorrollern an ihnen vorbei. Haare flattern, Hemden blähen sich im Wind, glatte Beine schmiegen sich an behaarte Beine. Sie tun nichts, außer hintereinanderzusitzen, aber Ariane würde sofort mit jedem von ihnen tauschen. Der Fahrtwind würde nach Pinien riechen, aber das kleine Kind, das verdächtig nach etwas anderem riecht, könnte vom offenen Fenster aufwachen, was Ariane auf keinen Fall riskieren will.

»Perfektes Timing«, sagt der dritte Mann und meint damit, dass sie pünktlich zum Sonnenuntergang am Strand angekommen sind. Ariane schafft es nicht, sich mit ihm zu freuen. Das Zuschlagen der Autotür und ihr zügiger Gang Richtung Meer befehlen dem dritten Mann, alles Nötige aus dem Auto, inklusive Mutter und Kleinkind, mitzubringen.

Ariane geht hinter zwei jungen Mädchen in leuchtend bunten Bikinis, die sie erst aufhört zu beneiden, als sie sieht, dass sie sich in Gebärdensprache unterhalten.

Der erste Mann steht breitbeinig im Sand und winkt ihr von Weitem entgegen. Seine Freude ist echt. Das große Kind fotografiert einen Hund. Ariane stellt fest, dass sie der Anblick dieses Teils ihrer Familie erleichtert. Der erste Mann und sie waren defizitäre Eltern gewesen, das große Kind ist trotz allem groß geworden und winkt jetzt ebenfalls.

»Hallo Mama«, sagt das große Kind, das nicht wünscht, dass man in diesem Urlaub über seine berufliche Zukunft spricht. Ariane kann sich nicht daran gewöhnen, dass dieses Kind sie konsequent Mama nennt. »Baby!«, ruft der erste Mann, legt seine Hände auf Arianes Taille und spielt den ausgelassenen Tänzer, der er einst war. Ariane weiß, dass er weiß, dass der dritte Mann sie so sehen wird. Sie tanzen kurz. Im Gesicht des großen Kindes sieht man, dass es lieber mit Leuten seines Alters an diesem Strand wäre. Ariane kennt dieses Gefühl.

Ihre Mutter und der dritte Mann errichten mit großem Tamtam ein Strandlager. Gute Plätze, gute Sicht, gleich geht es los. Ihre Mutter redet unablässig mit beiden Kindern und beiden Männern. Ariane folgt ihrem Schatten durch den Sand und denkt an den mittleren Mann.

Jedes Sandkorn auf dieser Insel erinnert sie an den mittleren Mann.

Sie hat ihn zu keinem Zeitpunkt vergessen, wie könnte sie das, hier aber ist er ihr so nah, dass sie ihn fast riechen kann. Ariane verdrängt den Gedanken an das mittlere Kind, das es nicht gibt, denn nichts, was der mittlere Mann nicht wünschte, sollte geschehen, solange Ariane es verhindern konnte. Weder vorher noch nachher hat sie sich je so sehr um etwas bemüht wie um den mittleren Mann.

Der dritte Mann dachte, sie sei allein, als er sie traf. Ariane war nie allein. Aber sie behauptete es oft und glaubte es teilweise selbst. Dass es doch einen anderen Mann gab, wie sich recht schnell herausstellte, schreckte den dritten Mann nicht ab, sondern entfachte seinen Eroberungswillen. Nachdem sie sich für ihn entschieden hatte, war er so beseelt, dass sie anfing, ihn zu verachten. Er kannte sie nicht wirklich, woher also diese Liebe und Verehrung. Sie tat nichts, gab nichts, und er war begeistert. Schwacher Mann, dachte Ariane, ein starker Mann würde sich schnellstens aus dem Staub machen, zu Recht, ich habe keine Kraft für einen starken Mann, traurig, aber wahr. Die Idee, ihn zu heiraten, fand sie trotzdem schön. Und vor allem beruhigend, was sich ja nicht ausschließt. Eine Liebe muss wachsen, hatte Doro gesagt, die Einzige, die meistens wusste, wie sie sich fühlte. Liebe ist da oder eben nicht, hatte Ariane geantwortet, aber warten wir mal ab. Kurz darauf wurde sie schwanger.

Ariane beobachtet, wie der dritte Mann Flugzeug mit dem kleinen Kind spielt und dabei weiter mit ihrer Mutter spricht, die sich suchend nach ihr umschaut. Seine vorbildliche Elternschaft reicht für zwei.

Sie fand ihn anfangs attraktiv. Bis sie feststellte, dass er sich selbst auch sehr attraktiv fand. Seine Eitelkeit passte nicht zum Rest seines eher kargen Charakters, weswegen Ariane sie ihm übelnahm. Sie hatte ihn sich ausgesucht, weil er sie an ihre große Liebe erinnerte. Er würde nie erfahren, dass er ein glanzloses Plagiat war.

Der erste Mann sieht wie immer etwas verkommen aus, er würde es sicher eher markant nennen, auf jeden Fall ist er zufrieden mit sich. Außerdem verfügt er über die einnehmende Fähigkeit, sein Leben zu genießen, während der dritte Mann alles seinem überbordenden Wunsch unterordnet, ein guter Vater, Stiefvater, Schwiegersohn, Partner und Mensch zu sein.

Ariane bestellt Bier für sich und den ersten Mann, Wein für ihre Mutter, Alkoholfreies für die Kinder und den unfehlbaren dritten Mann.

Der Strand sieht genauso aus, wie er aussehen muss. Das Licht stimmt, die Statisten stimmen. Die glücklichen braunen Körper bilden einen Stamm, der sich auf einen Kult vorbereitet. Diejenigen, die weder glücklich noch braun sind, gehören auch dazu. Alle stehen im Getrommel und warten auf den Showdown der Sonne.

Ein junger Mann drängelt sich an ihr vorbei und zieht mit

Daumen und Zeigefinger seine Mundwinkel nach oben. Was soll das, denkt Ariane, die weiß, was das soll: Dies ist eine Kultstätte des Frohsinns, also mach mit oder verschwinde, aber mach doch lieber mit, denn wir sind nicht nur gut drauf, sondern auch tolerant. Diese Geste war immer schon eine Unverschämtheit. Übergriffig, denkt sie und lächelt kurz ins Leere, der Typ hat ihr längst seinen öligen Rücken zugedreht. Sie lässt ihr Gesicht wieder fallen und schaut rüber zu den anderen. Wie ihre große Tochter ist auch sie zum falschen Zeitpunkt mit den falschen Leuten hier, nur dass sie keiner versteht. Kurz hängt ihr das eigene Selbstmitleid so zum Hals raus, dass sie zu tanzen beginnt. Einen kleinen Mami-Shuffle, den sie sofort sein lässt, als man ihr die Getränke auf die Theke knallt.

Der mittlere Mann war nie lange bei ihr. Er redete genug, um ihr Seelenverwandter zu werden, er war zu selten da, um sich zu wiederholen. In ihrer Erinnerung sehen sie beide aus wie die Leute in dieser Bucht: halbnackt und strahlend gesund. Wenn er nicht da war, also meistens, warf er sie in einen Limbus, in dem sie sich nur von seinen Lebenszeichen ernährte. Es gab nichts, was sie hätte ablenken können. Es gab nichts, was sie mehr wollte als mit ihm zusammen sein. Stunden, Tage, selten ganze Wochen, sie nahm, was sie kriegen konnte, flog ihm nach, dann wartete sie wieder. Das große Kind lebte in dieser Zeit bei seinen Großeltern. Zwischenzeitlich hatte es sich auch in die Familie einer Schulfreundin verliebt und zog es vor, dort zu wohnen, bis eine der Großmütter diesen Zustand wieder unterband. Einer der Männer, die Ariane nicht zählte, ein netter Typ, der sie geliebt hatte, während sie auf den mittleren Mann wartete, wollte, dass das große Kind zu ihm zog. Dieses Angebot war wie eine Ohrfeige und führte dazu, dass Ariane ihre Tochter zu sich zurückholte.

Sie trinkt von ihrem Bier und sieht, wie das große Kind das kleine auf dessen hohe Stirn küsst. Das Kleinkind wird bald in eine aufwändige Phase der Förderung eintreten, die im Leben des großen Kindes nicht einmal als Idee existiert hatte. Ariane fragt sich, ob ihre Tochter ihre Kindheit mit der ihres Halbbruders vergleichen wird. Mit Sicherheit, denkt sie und wischt den Gedanken fort.

Ihre Mutter und die beiden Männer drehen sich gleichzeitig in ihre Richtung. Ihre Mutter legt sich die Handkante an die Stirn und winkt mit der anderen Hand. Sie sieht gut aus, die Sonne und die Farben stehen ihr. Ariane winkt zurück. Ich bin die Frau, die immer Zigaretten holen geht und immer zurückkommt. Sie nimmt die Getränke und geht durch den Sand.

Er ist feucht und kühl geworden.

Jedes Sandkorn auf dieser Insel erinnert sie an den mittleren Mann.

Am Nachbartisch sitzen sechs Holländer.

Wie können so viele Jungs in diesem Alter fast gleich gut aussehen, fragt sich Ariane. Einer der Jungs mustert sie, dann ihre Tochter, die glühend und prall neben ihr sitzt und sich unauffällig mit Wein volllaufen lässt.

Ariane nickt ab und zu, während ihre Mutter redet, die das kleine Kind auf dem Schoß hat und füttert. Griechenland ist das Thema der Mutter, Griechenlands Schönheit und Preis-Leistungs-Verhältnis. Wären sie in Griechenland, würde sie von Spanien reden. Eine griechische Insel hätte den Vorteil, sie nicht an den mittleren Mann zu erinnern. Ariane auf Naxos.

Sie starrt an ihren essenden Kindsvätern vorbei auf die jungen Männer. Sie sieht muskulöse Gliedmaßen, blonden Flaum, feuchtes Haar, weiße Zähne, blanke Nägel, Strandkörper. Der mittlere Mann hat sich auf sechs junge Holländer verteilt und

sitzt lachend am Nachbartisch. Er wird nächsten Monat sechs-
undvierzig. Vielleicht ist er schlecht gealtert. Vielleicht sollte
sie ihn treffen, um sein Phantom loszuwerden? Nein. Er wohnt
in London, mehr darf sie nicht wissen.

Ariane nimmt ihren kleinen Sohn auf den Schoß und
riecht an seinem Kopf.

»Die Mittelmeerküche ist einfach die beste, da kann man
sagen, was man will, salud!« Die Mutter hebt ihr Glas.

»Ich mag lieber japanisch«, sagt das große Kind altklug.
Ariane grinst.

»Jeder, wie er mag, mein Schatz«, sagt ihre Mutter. Sie klingt
dabei so liebevoll, dass Ariane schuldbewusst zusammenzuckt. Ihre Mutter drückt ihre Hand und zeigt auf den Espres-
so, der vor ihr steht.

Der erste Mann betrinkt sich mittlerweile mit dem Spezial-
schnaps der Insel, sein gutgelauntes Verbrechergesicht strahlt
rot. Der dritte Mann fragt sie, ob er ihr den Kleinen wieder ab-
nehmen soll. Ihre Tochter unterhält sich mit ihrer Großmutter und behält dabei die jungen Holländer im Auge. Sie wird
mich unglücklich machen, denkt Ariane. Ich werde ihr Glück
nicht aushalten. Sie weiß, dass sie niemandem so viel Glück
wünschen sollte wie diesem Mädchen, ihrer Tochter, die sich
selbst großgezogen hat.

Eine lachende Althippiefrau rauscht heran und umarmt
die Wirtin. Sie ist im Alter ihrer Mutter, hat aber eine andere
Ausfahrt genommen. Früher Elfe, heute Hexe, denkt Ariane.

Sie spürt den Blick des dritten Mannes, also schaut sie ihn
an und erkundigt sich, ob es seinem Magen besser geht. »Seit
gestern geht's wieder, ja«, sagt er ohne erkennbaren Sarkasmus. Er kann nicht wissen, dass sie ihn ganz anders lieben
könnte. Er denkt, so sparsam, wie sie ihn liebt, liebt sie eben.
Falls er dennoch etwas ahnte, würde er diesen Verdacht nicht

verfolgen. Der dritte Mann beschäftigt sich nicht mit Fragen, auf die er keine belegbare Antwort hat. Vielleicht ist er deshalb der Typ für eine kleine, vernünftige Liebe. Nichts, was der dritte Mann gern hat und sagt, hat mit dem Gefühl zu tun, das Ariane als Liebe bezeichnet. Denn diese Liebe ist nicht fair, nicht politisch korrekt, nicht solidarisch. Diese Liebe überlebt das Zusammenleben nicht. Mit dem mittleren Mann hatte es keinen Alltag gegeben. Vielleicht war er trotzdem damals schon auf der Suche nach einer Frau dafür. Vielleicht lebt er jetzt genau so ein Leben wie sie. Vielleicht ist er für eine andere Frau nur der Trostpreis. Niemals. Oder doch?

Seit Kurzem hat sich Ariane einen Satz zugelegt, ein stumpfes Mantra, mit dem sie sich unterbricht, wenn sie sich im Kreis dreht. Sie denkt: Es ist, wie es ist.

Ihre große Tochter hält ihr einen Vogel vor die Nase, den sie aus einem Partyflyer gefaltet hat. »Ikebana!«, ruft Ariane etwas zu begeistert.

»Origami«, sagen Oma und Enkelin gleichzeitig. Sie sehen sich so ähnlich, dass die Kleine jetzt schon wissen könnte, wie sie mit Mitte sechzig aussehen wird.

Máx – liest sie auf dem Flügel des Vogels. Irgendetwas wird als *máximo* angekündigt, das Höchste, yeah. Der mittlere Mann heißt Max. Diese Insel ist der mittlere Mann. Sie dreht sich zum Tresen. Das Personal scheint an das laute, offensichtlich grundlose Gelächter der Hippiefrau gewöhnt zu sein. Der erste Mann grinst amüsiert. Er liebt Freaks. Der dritte Mann hat einen verkniffenen Zug um den Mund. Seine Menschenliebe gilt eher den gesichtslosen, gebeutelten Massen.

»Auf einem Trip hängengeblieben«, bemerkt der erste Mann.

Ich auch, denkt Ariane und stellt den Papiervogel so, dass sie den Namen nicht mehr lesen kann.

Als sie aufblickt, sieht der dritte Mann ihr direkt in die Augen, während er ihr mit der winzigen Hand ihres gemeinsamen Sohnes zuwinkt.

Ariane reißt die Augen auf. So bleiben die Tränen in den Augenwinkeln stehen.

Es ist nicht sicher, ob man ihren Arm retten kann. Es ist auch nicht klar, wann sie aufwachen wird und in welchem Zustand sie dann sein wird.

Man kann nicht genau sagen, woher sie die Kopfverletzungen hat. Autoteile sind durch die Luft geflogen, als ein paar Mietwagen auf den Parkplätzen direkt am Wald explodierten.

Der Waldbrand hat die Bucht überrascht. Einige Leute sind über das Wasser geflohen. Andere davongerannt. Die Entscheidung, wie man den Flammen am besten entkommt, allein treffen zu müssen, hat den dritten Mann unter größeren Stress gesetzt als das Feuer selbst. Während der erste Mann eine archaische Abenteuerlust in sich spürte, die den dritten Mann wütend machte. Im Gegensatz zu ihm fühlte er sich für die Gemeinschaft verantwortlich. Eine, so konnte man sagen, Schicksalsgemeinschaft, deren Mittelpunkt Ariane bildete, die jetzt fehlte. Seiner Tochter zuliebe entschied sich schließlich auch der erste Mann gegen das Schwimmen in die Nachbarbucht, und so rannten sie und riefen dabei nach Ariane, die verschwunden war, als die anderen nach der knallroten Sonne einen unwirklich großen Mond feierten.

Wer sie tatsächlich fand, ist ebenfalls nicht klar. Als sie im Krankenhaus ankamen, hatten die Schichten der Retter und Ärzte schon mehrmals rotiert.

Jetzt wechseln sie sich ab. Arianes Mutter sitzt mit dem Kleinkind in der Finca. Die Männer und das Mädchen bilden ein überreiztes Trio.

Der dritte Mann geht auf dem Gang auf und ab und schimpft unablässig auf die Idioten, die nicht kapieren, dass man hier in den Wäldern unter keinen Umständen rauchen darf.

Das große Kind sagt: »Ich glaube, Mama hat im Wald geraucht.«

»Was?«, fragt der dritte Mann grantig.

»Das Feuer kam, nachdem Ariane verschwunden ist. Und Ariane raucht immer, wenn sie abhaut.« Das Mädchen zeigt seine Handflächen und zieht die Augenbrauen hoch, um seinem Stiefvater zu zeigen, dass er auf diese Schlussfolgerung auch mal selbst hätte kommen können.

Der dritte Mann schüttelt genervt den Kopf und winkt ab.

»Sie war immer meine Flamme«, murmelt der erste Mann.

»Bitte?«, sagt der dritte Mann entgeistert. Das Mädchen starrt seinen Vater kurz an, dann beginnt es zu kichern. Der dritte Mann ist fassungslos. Er denkt: Total krank und abgefuckt. Er versucht das große Kind weiter zu mögen, während er sich seinen Hass auf den ersten Mann eingesteht, was ihn erstaunlicherweise erleichtert und nicht beklemmt.

»Ihr könnte mich mal, alle«, sagt der dritte Mann.

Seine schnaubende Missbilligung hebt die Stimmung der beiden anderen.

Der dritte Mann sitzt an ihrem Bett.

»Unserem Sohn wird es immer gut gehen«, sagt er zu Arianes verbundenem, verkabeltem Körper. Er bemerkt, dass er sich anhört wie an einem Totenbett, aber der dritte Mann hat sich nie als Mann der originellen Worte gesehen. Um ihre gesunde Hand zu drücken, müsste er auf die andere Seite des Bettes gehen. Er fühlt sich zu schwach zum Aufstehen. Er hat alles gegeben und das hier ist das Ende. Dass dieses Ende mit

Arianes Unfall zusammenfällt, wird er nicht plausibel erklären können. Niemand würde ihm glauben, dass er diese Beziehung, ungefähr eine Stunde bevor Ariane – wie auch immer – lebensgefährlich verletzt wurde, endgültig beendet hatte. Er hatte mit dem ersten Mann, den er verachtet, dem großen Kind, das er bemitleidet, und Arianes Mutter, die er ganz gern mag, obwohl er auch sie zwischenzeitlich verachtet und bemitleidet, im Mondlicht gesessen und gesehen, wie sie wieder einmal ging.

Die Erklärungen, die er sich selbst für ihr Verhalten gegeben hatte, hingen ihm noch mehr zum Hals raus als ihr waidwunder Blick und ihr trauriger Jeanne-Moreau-Mund, für den er einmal alles getan hätte. Sie war so schön, so fragil, so bedürftig, und er war eine Retternatur. Doch das Märchen war aus, ihre Zeit um, Arianes Geheimnis gelüftet. Es gab keines. Ariane war die Sphinx ohne Geheimnis.

Sie war nicht besonders kompliziert und die Sache noch viel weniger: Ariane war mit ihm zusammen, weil kein anderer da war. Diese Wahrheit gefiel dem dritten Mann nicht, sie tat ihm sogar so weh, dass er sie jahrelang nicht zulassen konnte. Jetzt war sie fällig.

Dass sie allein nicht lebensfähig ist, ist ein Problem, aber nicht mehr seins. Und er denkt dabei nicht an ihren derzeitigen Gesundheitszustand, sondern an Arianes Herangehensweise an das Leben an sich, das zum größten Teil er geregelt hat. Was okay war, wie er sich immer wieder gesagt hat und irgendwann nicht mehr, denn er regelte und liebte jahrelang in ein schwarzes Loch hinein. Er weiß nicht, wie er sich verhalten hätte, wenn sie ihn mit einer Krankheit konfrontiert hätte. Er hatte sich informiert und wünschte sich insgeheim etwas zu finden, eine Diagnose, auf die er ihre Ablehnung schieben konnte. Ihm fiel auf, wie viele Begriffe aus der Psychiatrie ständig und überall benutzt wurden, ihm war all das neu. Dysthymie oder Depression?, fragte er sich, mittlerweile bewandert, wenn er diese wunderschöne Frau durch sein Leben schleichen sah wie eine Untote. Eher Dysthymie. Unbeliebt bei Therapeuten, schwer zu diagnostizieren, früher schlicht als Schwermut bezeichnet. Sie behauptet immer, sie sei gesund. Vielleicht hat sie recht. Vielleicht ist Dauerunglück nicht zwangsläufig eine Krankheit. Vielleicht liegt es an ihm, daran, dass er offenbar einfach nur normal ist. Umso richtiger ist es, dass er geht. Sein Statement zum Thema Kind hat er bereits abgegeben. Er würde da sein. Die Verantwortung tragen. Immer.

Der dritte Mann sucht nach einem angemessenen Ton einer Frau gegenüber, die an Apparaten hängt und nicht bei Bewusstsein ist. Normalerweise führen Aussprachen mit ihr zu nichts. Sie hat ihn dastehen lassen wie einen zwanghaften Spießer, der einen Freigeist beschneiden will. Eins der Geräte piept, er steht auf und hört sein Knie. Du hast mich fertiggemacht, Ariane. Was heißt Schwester auf Spanisch? Hermana? Sagt man das auch zur Krankenschwester? Ariane liegt unverändert atmend da, das Piepen hört auf und er setzt sich wieder. Er könnte ihr jetzt sagen, dass er kein Kontrollfreak und schon gar kein Hampelmann ist und sie kein Freigeist, sondern eine Versagerin.

Er drückt nun doch ihre gesunde Hand und sagt: »Ariane, wir müssen dringend mal reden. Aber werde erst mal gesund, hm?« Er beugt sich über ihr lädiertes Gesicht, als ihre Mutter und ihre Tochter hereinkommen. Er richtet sich auf, fühlt sich, als hätte er etwas Unerlaubtes getan, etwas Perverses. Die beiden sind wie immer mit sich beschäftigt. Das Mädchen hat sich aus irgendeinem Grund zurechtgemacht, als gehe es in eine Disco. Seine Großmutter weint ununterbrochen. »Mit dir hat sie endlich die Kurve gekriegt«, sagt sie. Der dritte Mann weiß nicht, was er auf dieses verstörende Lob entgegnen soll. Er glotzt auf Oma und Enkelin und begreift schlagartig, dass deren gemeinsame Anwesenheit bedeutet, dass sein kleiner Sohn irgendwo allein mit dem ersten Mann ist. Er stürmt auf den Gang.

Die Nachricht von Arianes Erwachen erreicht sie, als sie in einem schmierigen Restaurant zu Mittag essen. Der erste Mann hat für sich und seine Tochter Arroz Negro bestellt, der nicht schwarz ist, sondern militärgrün. Das Kind ist angewidert, der Vater amüsiert.

»Ich glaube, die haben einfach versucht, eine normale Paella nachträglich schwarz zu färben«, mutmaßt der erste Mann. Dieser Betrug aus der Küche lässt bei dem großen Kind endlich die Tränen fließen, die seit dem Unfall irgendwo hinter seinem ratlosen Gesicht feststeckten. Der dritte Mann ist widerwillig gerührt, als er sieht, mit wie viel Liebe der erste Mann seine Tochter tröstet und küsst.

Arianes Mutter hat sich in ihre Erkenntnis verrannt, Ariane wäre zum Zeitpunkt ihres Unglücks zum ersten Mal glücklich gewesen. Sie wiederholt sie in allen Varianten und beginnt dann wieder von vorn.

»Hatte Mama etwa eine Scheißkindheit?«, fragt das große Kind, ernsthaft interessiert. Auf diese Schlussfolgerung ist die Großmutter bis dahin nicht gekommen. Sie widmet sich den Essensresten im Gesicht ihres kleinen Enkels. Der erste Mann, der der Meinung ist, dass Ariane, wenn überhaupt, dann mit ihm glücklich war, wird von einem weiteren Anfall von Liebe zu seiner Tochter überwältigt und bietet ihr eine Zigarette an. Das Kind lehnt dankend ab.

Als das Krankenhaus den dritten Mann anruft und ihm

mitteilt, Ariane sei wieder ansprechbar, fasst sich Arianes Mutter ans Herz und ruft: ein Glück!

Der dritte Mann kann endlich aufhören zu denken, Ariane hätte das, was passiert ist, verdient. Erleichtert umarmt er ihre Mutter.

Der dritte Mann wundert sich, als die anderen sich auf den Gang setzen und ihn allein zu ihr schicken. Die drei Schritte in das Krankenzimmer sind zu kurz, um darüber nachzudenken, was das bedeutet. Er dreht sich um und sieht die anderen an der Wand sitzen. Sie strahlen eine Einigkeit aus, die ihm nie aufgefallen ist. Familie, denkt er und geht in das Zimmer.

Arianes Augen glänzen noch heller als sonst. Flackernd folgen sie der Schwester, die mit quietschenden Schuhen den Raum verlässt, und beginnen dann den dritten Mann zu fixieren. Ich bin's, sagt er und lächelt sie an. Sie lächelt zurück und lacht schließlich leise. Er denkt: Sie erkennt mich nicht.

Sie sagt: »Da bist du ja endlich.«

Soul

Phileas erwacht von einem Hämmern. Die Frau hat ihm nicht direkt den Schlaf geraubt, das war bei ihm nicht möglich, aber sie musste die ganze Nacht in seinem Unterbewusstsein herumgegeistert sein, sonst wäre sie nicht das Erste, an das er jetzt denkt.

Sie trug ihren Kopfverband mit einer solchen Würde, dass er auf den ersten Blick als Turban hätte durchgehen können. Und ebenso würdevoll sang sie auch falsch. »Running Up That Hill« war ein ungeeigneter Karaoke-Song, möglicherweise für jeden außer Kate Bush selbst. Phileas, der den ganzen Abend versucht hatte zu verdrängen, wie unerträglich er Karaoke fand, entdeckte die Frau, als er grußlos verschwinden wollte – und blieb. Sie konnte sich nicht zwischen Chorus und Leadstimme entscheiden und piepste sich durch beides, yeah, yeah, yoooh. Warum tut sie sich das an, fragte er sich. Oder hört sie nicht sich, sondern das Original? Phileas fragt sich öfter, was andere Leute hören.

Ihr rechter Arm hing herab wie ein gebrochener Flügel, und unter der Kopfbinde lief ihr der Schweiß ins Gesicht wie Regen. Als sie fertig war, verfolgte er sie an die Bar wie eine Vision.

Mit ihrer Freundin bildete sie eine Variation der gängigen Paarung der Schönen, die mit der Hässlichen ausgeht. Sie waren die Fröhliche und die Traurige. Die fröhliche Freundin hüpfte um sie herum wie ein Krankenhausclown, bekleckerte sie versehentlich mit ihrem Drink und begann an ihr herumzuwischen, weiterhin Grimassen ziehend und lachend. Als der nächste Song einsetzte, stürmte die Fröhliche auf die Bühne, um dort wie wild zu tanzen, während die Traurige sich auf einen Barhocker setzte und ihr zuschaute wie ein Gespenst.

Phileas sprach sie an, fragte sie, wie es ihr gehe, die falsche Floskel, was sie nicht zu stören schien. Als sie sich ihm zuwandte, drehte sie nicht nur den Kopf, sondern ihren gesamten Oberkörper und begann so unvermittelt auf ihn einzureden, als hätte sie auf ihn gewartet. Ariane, so hieß sie, schlug mehrere Songs vor, die man gemeinsam singen könnte, und er lehnte dankend ab. Sie hielt sich an seiner Schulter fest, schwankte auf ihrem Barhocker, und als er seinen Kopf in einem ungünstigen Augenblick drehte, stieß er gegen ihre Stirn, und sie ließ von ihm ab. »Das war ein Unfall«, sie zeigte auf ihren Kopfverband. Dann schwieg sie, und ihre fundamentale Traurigkeit kehrte zurück, eine Traurigkeit, die offenbar nichts mit dem Unfall zu tun hatte, sondern zu ihr gehörte.

Er, der sonst Alkohol ablehnte, nahm ihre Einladung an. Er trank und ließ die Frau auf sich wirken. Sie schaute auf die Bühne, wo mittlerweile ein paar Leute David Bowie sangen. Wenn sie versucht, sich mit den anderen zu freuen, wirkt sie noch isolierter, dachte Phileas. Dann vollführte sie ihre nächste Zombie-Drehung in seine Richtung und sang, ch-ch-ch-changes.

Und obwohl sie wieder keinen Ton traf, wusste Phileas, dass sie der Mensch war, den er für seine Musik brauchte.

Rupert hat keine Ahnung gehabt, dass das beste Mietverhältnis seines bisherigen Lebens von einem Liebesverhältnis abhing, das ihn nichts angeht.

Engelhardt hat ihnen das Souterrain als Studio überlassen, doch wie sich jetzt herausstellt, gehört es nicht ihm, sondern seiner Freundin Susanne, die gerade mit verschränkten Armen im Studio auf und ab geht. Sie hat irgendetwas verändert, denkt Rupert, ihre Haarfarbe vielleicht, er ist sich nicht sicher, weil er sich nie genauer mit ihr befasst hat. Jedenfalls ist sie stark geschminkt und bewegt sich anders, weil sie High Heels trägt und ein Kleid anstatt Jeans. Es ist Sonntagmittag, und sie wohnt hier im Haus. Er hofft, sie sieht nicht für ihn so aus.

»Meldet er sich bei euch?«

Er hat sie verlassen, denkt Rupert. Und sie will irgendetwas hören, das Rupert ihr nicht liefern kann. Sie nickt ihm aufmunternd zu und er hat das Gefühl, vor einem Tribunal zu stehen.

»Engelhardt? Eigentlich nicht.«

Engelhardt hat Rupert und Phileas den Auftrag für eine Filmmusik verschafft, ihnen seine alten Platten geschenkt, und man sieht ihn ab und zu. Wenn man eine Bar namens »Das Tier« besucht, aber das wird Rupert Engelhardts Ex nicht erzählen.

Susanne reibt sich kopfschüttelnd die Nasenwurzel. Rupert hofft, dass sie nicht derart frustriert ist, dass sie alles, was mit Engelhardt zu tun hat, hassen, zerstören oder kündigen muss. »Ist ja nicht eure Schuld, dass er auf meine Kosten Mäzen spielen muss und dass er einen an der Waffel hat«, murmelt Susanne. Rupert nickt, stimmt, er ist unschuldig.

»Okay«, seufzt sie müde wie eine kapitulierende Mutter. »Ihr bleibt vorerst hier und ich überlege mir was. Einverstanden?«

»Okay«, sagt Rupert und denkt: Shit.

Der Deal mit Engelhardt lautete: mietfrei und unbegrenzt. Egal was bei ihren Überlegungen herauskommen würde, es wäre eine Verschlechterung.

»Ich kenne eine Frau, die super singt«, sagt Susanne, wie jedes Mal, wenn sie ihm begegnet. Meist im Treppenhaus, wo er auch Engelhardt kennengelernt hatte. Und er sagt dann: »Echt?« Woraufhin sie sagt: »Ja, die Maren, ihr müsst euch unbedingt kennenlernen, die ist klasse.« Und dann gabelt sich Ruperts Weg. Manchmal antwortet er: »Unbedingt.« Manchmal: »Na ja, wir singen ja selbst«, so wie heute. Und sie antwortet, wie immer: »Ich sag dir Bescheid, die ist wirklich toll.«

Rupert hasst Networking ins Nichts. Es strengt ihn an. Er kennt alle Leute, die er kennen will. Und die wenigen, die er kennen will und nicht kennt, sind tot oder lebende Legenden.

»Wir können es ja so machen«, sagt Susanne, »dass wir einen Mietvertrag aufsetzen, ihr zahlt Summe X und dann habt ihr auch eine Sicherheit und nicht nur das Wort von Frank Engelhardt, das, mal unter uns, nichts wert ist.«

Kurz so zu tun, als würde ihn diese singende Tante interessieren, hätte ihm eventuell ein paar hundert Euro monatlich gespart. Oder was immer sich Susanne unter »Summe X« vorstellt. Bloß nicht nachfragen.

Rupert arbeitet gegen seine Natur. Er sagt: »Sieht deine singende Freundin auch so gut aus wie du?«

Susanne lacht. Sie scheint sich ernsthaft zu freuen. Rupert ist immer wieder fasziniert von diesem Knopfdruck-Effekt, auch wenn er ihn so gut wie nie nutzt. Rupert hat sich in Berlin verliebt, weil er das Gefühl hatte, es wäre eine Stadt ohne Codes, was nicht ganz richtig ist, aber im Vergleich zu den Städten, in denen er bisher gelebt hat – London, Montpellier und Barcelona –, dann doch irgendwie. Der Code, dass Frauen es mögen, schön gefunden zu werden, ist nicht besonders komplex oder kulturspezifisch, aber Rupert schien es anfangs, als hätten die Frauen hier Komplimente nicht nötig. Als würden sie denken: Wenn er mich nicht schön fände, würde er nicht mit mir reden, trinken, tanzen, schlafen, womit sie ja größtenteils recht hatten. Eine Herangehensweise, die nicht nur selbstbewusst war, sondern auch fantasievoll. Rupert wird eine deutsche Frau heiraten. Eine coole Frau, die mit sich im Reinen war und sich das ganze Theater einfach spart, weil das effizient ist oder emanzipiert. Der Grund ist zweitrangig. Und während Susanne auf ihrem Telefon herumtippt und hoffentlich nicht diese Maren einbestellt, denkt Rupert so intensiv an seine nächste, noch unbekannte Freundin, dass er kurz Lust bekommt, Susanne auf das Sofa zu werfen.

Die Lust verflüchtigt sich, als sie ihr Telefon wegsteckt und das Studio inspiziert wie eine Maklerin, die Regler des Mischpultes berührt, das Fagott in die Hand nimmt. Rupert fällt auf, dass er sich ab jetzt in einem Abhängigkeitsverhältnis befindet, das sie ausnutzen könnte. Wie, möchte er sich nicht vorstellen, doch Fakt ist, dass sie so oft und so lange hier herumhängen kann, wie es ihr passt. Vielleicht sucht sie Gesellschaft, vielleicht vermutet sie, Engelhardt käme öfter vorbei, vielleicht will sie – wie er vor ein paar Sekunden – Sex?

»Was machst du gerade?«, fragt Susanne. »Ich suche den Schirm«, sagt Rupert, weil ihm eingefallen ist, dass ein bisschen Aufbruchsstimmung nicht schaden kann, denn Phileas scheint nicht mehr zu kommen.

»Ich bringe mir Fagott bei.« Er nimmt ihr das Instrument aus der Hand, von dem er nicht genau weiß, wie man es im Deutschen betont. Die Bedeutung des Wortes, englisch ausgesprochen, beklemmt ihn.

»Das war doch die Ente in *Peter und der Wolf*, oder?«

»Der Großvater«, sagt Rupert.

»Ja klar«, sagt Susanne und nickt nachdenklich. »Der Großvater. Die Ente war ja die Oboe.«

Deutsche Frauen, denkt Rupert, wissen viel, aber nicht alles.

Drei Monate nach seinem sechsundzwanzigsten Geburtstag erlebt Phileas den ersten Kater seines Lebens. Er bekämpft ihn mit vier Spiegeleiern und vierzig Liegestützen. Danach tanzt er zu einem seiner Stücke, bis er das angenehme Gefühl hat, dass jedes Knöchelchen seines zwei Meter langen Skeletts an der richtigen Stelle sitzt. Das Aufheben, das alle Welt um das Trinken und den Tag danach macht, erscheint ihm übertrieben. Wie so vieles.

Als er sein Fahrrad losschließt, entdeckt er die Quelle des Hämmerns. In der Restaurantküche im Seitenflügel klopft ein bulliger Mann in schwarzer Kochkleidung Schnitzel, was Phileas besser gefällt als eine Baustelle.

Er setzt sich auf sein Fahrrad, fährt über das nass glänzende Kopfsteinpflaster und lässt sich durchschütteln. Er fragt sich, ob er Rupert wirklich mag oder nur sehr lange kennt, Zustände, die sich häufig vermischen. Er fragt sich, was zwischen ihm und Rupert bleiben wird, wenn er sich heute von ihm trennen sollte, und er findet keine Antwort darauf. Er fragt sich, ob er Rupert vermissen wird, und stößt dabei auf eins seiner Defizite im Umgang mit anderen Menschen, jedenfalls aus deren Sicht: Er vermisst die anderen nicht.

Er schaut in die tief hängenden Wolken, die heute keine betongraue Einheit bilden, sondern eine abwechslungsreiche Landschaft, und denkt an London. Es fühlt sich gut an, plötzlich die Stadt zu vermissen, die er so gut kennt und die ihn nicht immer gut behandelt hat. Wie eine Frau, die ihn nicht gut behandelt hat und nach der er sich weiterhin sehnt, was ihm bisher noch nicht passiert ist. Trotzdem: Meine Sehnsuchtsfähigkeit ist normal ausgeprägt, denkt Phileas. Er fährt am Ufer entlang, schaut auf die Trauerweiden und die Schwäne im dunklen Kanalwasser und fragt sich, ob sein kurzes Heimweh ausreichen würde für die Art von Song, die ihm vorschwebt. »Mercy, Mercy Me« fällt ihm ein, ein perfektes Soulstück, in dem es nicht um Liebe geht, sondern um Umweltverschmutzung. Nein, denkt er dann, er ist nicht Marvin Gaye, der wahrscheinlich auch ein berührendes Stück über einen Kochtopf hätte schreiben können. Aber er wird finden, was ihm fehlt. Er wird Zeit mit dieser Frau verbringen und den Rest der Zeit allein. Er verlässt das Ufer und biegt in Ruperts Straße ein.

Er fragt sich, was er Rupert anbieten könnte, sollte der traurig oder sauer werden.

Er sagt: »Rupert, lass uns Freunde bleiben«, und gerät mit dem Vorderrad in eine Fuge zwischen den Pflastersteinen.

Er schlingert, fängt sich wieder und sagt: »Rupert, ich brauche dringend eine Pause.« Dann denkt er, dass es lächerlich wäre, Rupert mit Sätzen abzuspeisen, mit denen überdrüssige Männer – auch Rupert, auch Phileas – versuchen, Frauen loszuwerden. Rupert würde lachen. Er sieht ihn vor sich, fuchtelnd, hustend, wiehernd. Rupert verschluckt sich und lacht weiter, Tränen laufen über sein Gesicht, Bier aus seinen Nasenlöchern. Er lacht und lacht und Phileas lacht bei dem Gedanken an dieses Lachen. Wenn er einen Freund hat, dann ist es Rupert. Im Moment will er ihn nicht mehr sehen, und er wird niemals wieder Musik mit ihm machen, aber er ist sein Freund. Vielleicht wird Rupert das verstehen. Vielleicht auch nicht. Phileas hält an, steckt sich Kopfhörer ins Ohr und radelt zum Studio.

Rupert bietet Susanne einen Tee an, den sie dummerweise annimmt. Sie mag es hier, gewöhn dich an sie oder zahl Miete oder – abwarten, denkt Rupert und wühlt nach Teebeuteln. Barry's Tea aus Irland ist besser als englischer Tee, das weiß nur er. Okay, er hat es von Phileas übernommen und weiß nicht, ob es stimmt, es sind Teebeutel, mehr nicht.

Als er Susanne, die es sich bequem gemacht hat und seine Platten durchgeht, den Tee bringt, schreitet Phileas in den Raum.

»Endlich«, sagt Rupert, Susanne schaut auf und scheint dasselbe zu denken.

Bingo. Sie will sich ihren alten Typen von einem jungen Typen aus dem Hirn ficken lassen, denkt Rupert und schaut Phileas hinterher, der sein Ultra-Light-Fahrrad mit zwei Fingern durch den Raum schiebt, weiterhin schreitend wie ein nasser Pharao. Der Typ ist echt nicht ganz dicht, denkt Rupert, und sie will IHN. Sie würde auch mich nehmen, aber nur notfalls, denkt er dann, nur halb sauer, denn er würde sie auch nicht wollen, würde aber gern gewollt werden. Wie eigentlich jeder, oder? Gutes Songthema.

Phileas, der kein Problem damit hat, Stunden oder Tage zu spät zu kommen, hat auch kein Problem damit, die Leute, die er hat warten lassen, nicht zu grüßen und komplett zu ignorieren. Seine Kopfhörer im Ohr, poliert er sein Rennrad und summt dabei etwas, was sich ohne das Originalthema anhört, als würde er schlecht träumen. Rupert tippt auf Jazz.

Phileas ist ein Genie, und wie viele Genies eine Insel, weshalb sie entweder in geschlossenen Anstalten sitzen, unerkannt einen Scheißjob machen oder zu Stars ihres Fachs werden. Phileas hat Glück, dass so ein netter Kerl wie Rupert ihn entdeckt hat, und er hat Glück, dass Rupert ebenfalls Musiker ist, kein Wunderkind wie Phileas, aber talentiert genug, dass kein anderer Beruf für ihn in Frage käme, und – und das ist der springende Punkt: Rupert ist Realist. Das Mastermind für sie beide, denn Phileas denkt nur in Musik und für den Moment, eine großartige Gabe, die aber nicht besonders businesstauglich ist, was Phileas nicht weiß, weil es ihn nicht interessiert.

Phileas trägt einen Fedora, der ihm steht, weil ihm auch

eine ausgepresste Orangenhälfte stehen würde, ein teures Kaschmirsakko, weil er sich teilweise von seiner Mutter einkleiden lässt, die sich einen normalen, erfolgreichen Sohn wünscht und dieses Problem hartnäckig versucht über die Kleiderfrage zu klären, dazu eine Art Leggings, die er zwar eher tragen kann als die meisten Männer, allen voran Rupert, die ihn aber noch dünner macht. Rupert hätte wetten können, dass Susanne seinen Hintern betrachtet, aber Susanne pustet versonnen in ihren Tee. Sie kennt jede Menge Hintern, sie kennt Sergei Prokofjew, sie trägt mittags Disco-Make-up, sie ist eine coole deutsche Frau, die sich nicht für cooler hält, als sie ist, und sie überlässt uns diesen Raum, zumindest im Moment noch, for free. Rupert wuchtet sich neben sie auf das Sofa, ihre Tasse schwappt über, sie quiekt erschrocken, und als sie mit ihm lacht, sieht Rupert, was Frank Engelhardt an dieser Frau gefallen hat.

Jesus!, denkt Phileas. Er hatte erwartet, Rupert allein anzutreffen.

Das Heckel-Fagott, das Rupert angeschafft hat und das so viel gekostet hat wie ein Kleinwagen, liegt zwischen Damenschuhen, Plattenhüllen und Papayas. Rupert ernährt sich tagsüber von Obst, abends von Wurst.

Die Wahrheit ist, dass er für eine Soul-Platte, egal ob Northern Soul, Retro Soul oder einfach nur Soul, kein Fagott braucht. Obwohl Phileas die Idee gefiel, denn er holt gern neue Instrumente in sein Leben, lernt sie kennen, spielt auf ihnen, fühlt sich angezogen, abgestoßen, lauscht auf die Zwischentöne, erforscht die Gefühle, die sie in ihm auslösen, fasst sie an, verbringt Nächte mit ihnen, bringt sie an ihre Grenzen, macht sie sich schließlich gefügig und entscheidet dann, ob er sich in sie verliebt hat oder nicht. Er mag das Fagott.

Die andere Wahrheit, und deshalb stört Susannes Anwesenheit, ist die, dass Phileas auch Rupert nicht für eine Soul-Platte braucht. Er hört weiter John Coltrane und poliert den Fahrradrahmen. Er putzt gern Dinge, aber keine Räume. Rupert putzt gar nichts gern, was Phileas nervt. Die Küchenzeile riecht nach Bier und Erbrochenem, was aber auch an den Papayaresten oder dem Stück Parmesan liegen könnte, das auf Ruperts Reisepass liegt.

Durch die Musik hindurch hören Rupert und Susanne sich an, als würden sie sich kitzeln. Phileas putzt weiter. Als Kind hatten ihn seine Schwestern ständig gekitzelt, manchmal auch seine Mutter. Eine Folter, bei der der Gefolterte lacht. Als er sich umdreht, sieht er, dass die beiden einfach nur über Ruperts Tablet hängen und über irgendetwas lachen, ein Youtube-Video vermutlich.

»Alles okay, Phileas?«, ruft Rupert. Phileas gießt Wasser über seinen Teebeutel.

Susanne ruft ihn jetzt: »Philly, ich wollte nur mal schauen, was ihr so treibt.«

Er zieht die Kopfhörer aus den Ohren und dreht sich um.

»Hi Susanne, alles klar, mach's gut, bis bald.« Begrüßung, kurzer Mittelteil und Abschied in einem netten Satz. Er sagt ihn immer wieder, in vielen Sprachen, er kann ihn auf Deutsch, Französisch und Portugiesisch, er hat ihn sich auf Hindi und Arabisch beibringen lassen, weil er meistens will, dass Leute sofort nach der Begrüßung wieder gehen, was sie in der Regel nicht einfach so tun. Auch Susanne bleibt sitzen. Rupert fragt wieder: »Alles okay?« Phileas nickt. Rupert sollte wissen, dass er will, dass Susanne geht. Nette Frau, aber entweder er oder sie.

Susanne erhebt sich so abrupt, als hätte sie ihn gehört.

»Ich pack's dann mal, ich muss zum Capoeira.« Sie steigt in ihre hohen Schuhe.

Rupert kniet sich vor die Anlage und legt kopfnickend eine seiner Platten auf. Als die Nadel auf die Rillen trifft und es zu knistern beginnt, hebt er den Zeigefinger und macht den glücklichsten Ausdruck, zu dem ein menschliches Gesicht fähig ist. Phileas weiß es, obwohl er nur Ruperts Hinterkopf sehen kann. Susanne überschreit den Dancehall, den Rupert jetzt aufdreht, kommt auf ihn zu und sagt ihm, dass sie für drei Wochen in die Sonne fliegt und dass sie danach alles Weitere hier besprechen, weil Frank ja ausgezogen ist. Frank? Ah, Engelhardt, klar. Phileas nickt. Ja, und wenn sie dann wieder da ist, wäre es doch super, wenn sie ihr endlich mal ihre Musik vorspielen könnten. Phileas nickt, klar, warum nicht. Oder sie macht ein Essen. Auch das, klar. Eine Geruchserinnerung durchfährt ihn, als er ihr pudriges Parfum riecht. Sie hält ihm die gespreizte Hand entgegen, er gibt ihr seine five, warum nicht, und die Erinnerung wird klarer, sie ist nicht erotisch, es ist das Parfum seiner Mutter. Shalimar, denkt Phileas.

Dann springt er in drei langen Sätzen in die Mitte des Raums, nimmt den Arm von der Platte und sagt laut in die schlagartige Stille, was er will: »Wir müssen reden.«

Rupert nickt, Susanne geht.

»Ich muss alleine ein Album machen.«

»Wie stellst du dir das vor?«

»Überlass das mir.«

Rupert widmet sich seinen Dreadlocks. Er zieht sie ins Gesicht und schielt darauf. »Phileas, was ist das für eine schwachsinnige Idee, und wie kommst du darauf?«

»Es ist ganz einfach: Ich will alleine Musik machen. Das machen übrigens viele Menschen.«

»Aber wir sind ein super Team, Mann.«

Phileas schweigt und wippt mit dem Fuß. Er mag seine

Chelsea Boots, und er wird darauf nicht antworten. Er will, dass Rupert es hinnimmt, wie es ist.

Rupert seufzt, als spräche er mit einem verstockten Kind. »Okay, Alter, pass auf: Wir nennen uns anders, hm? Wheeler & McKenna. Okay?«

Phileas betrachtet weiter seinen Schuh. Die Sohle ist leuchtend lila. Ob sein Name in einem Projekt vorn oder hinten steht, ist ihm egal. Sie sind nicht Kruder & Dorfmeister oder Simon & Garfunkel, es wird kein & mehr geben, er, Phileas Wheeler, wird allein Musik machen und demzufolge auch allein entscheiden, wie er sich nennt.

»Vergiss nicht, dass ich die ganzen Deals hier an Land gezogen habe.« Rupert macht eine ausladende Geste, als stünde der Raum voller Deals.

Sie hatten ein paar einträgliche Werbejobs, haben den Score für einen Film komponiert, was Phileas nicht schwerfiel, ihm aber auch nicht besonders gefiel, und ein paar Songs für eine junge Sängerin geschrieben, aalglatten R&B, der den Karrierestartschuss für die Sängerin abfeuerte, die ihn seither täglich anskypt und nach Berlin ziehen will.

»Das war gut für uns.« Phileas meint damit, dass sie einander nichts schulden, Rupert hat die Aufträge rangeholt, Phileas hat sie ausgeführt. Er wird sich niemals darüber streiten, wessen Anteil daran größer war. Seinetwegen kann Rupert seinen Namen allein darunter setzen, speziell unter den Schmierlappen-R&B.

»Und wieso machen wir nicht so weiter? Ich hole die Leute an den Start und du kannst in Ruhe dein Ding machen?« Rupert sieht verzweifelt aus. Shit, denkt Phileas.

»Weil ich keine Leute mehr will. Keine Werbung, keine Filme, keine Plattenfirmenleute. Das war okay, aber jetzt ist es vorbei.«

Rupert streckt die Arme nach oben, lässt sich über die Sessellehne nach hinten fallen und stöhnt. Phileas wechselt das Bein und betrachtet seinen anderen Schuh. Er ist genauso schön. Er wird sich ein weiteres Paar kaufen. Und er wird ab heute wieder seine Musik komponieren. Hiernach.

Rupert kommt so schwungvoll aus seiner Rückbeuge, dass Phileas zusammenzuckt. Er beugt sich nach vorn und wird lauter: »Phileas, wir stehen kurz davor, dass bei uns alles super läuft. Bisher lief es gut, bald geht es durch die Decke. Von mir aus trete ich mehr in den Hintergrund. Ich könnte in Interviews auch immer der sein, der nichts sagt ...«

»Willst du hier in dem Studio bleiben?«, unterbricht er Rupert.

Rupert kommt näher. Phileas kann seine Dreadlocks riechen. Sie riechen wie ein Handtuch, das man in der Waschmaschine vergessen hat. Rupert sollte sich einen Fön zulegen. Rupert sollte sich die Haare schneiden. Interessiert das Phileas wirklich? Nein.

»Ja klar, Alter, was denkst du denn? Wir sind hier in Kreuzberg, das kostet nichts, nicht mal den Strom. Auch das habe ich gerade wieder für uns beide mit Susanne klargemacht. Ich glaube, du checkst das gar nicht, weil du eben kein Checker bist. Musiker: ja, Checker: nein. Und das macht überhaupt nichts, denn ich checke gern für dich mit. Sehr gerne sogar.«

»Ich gehe nach Spandau. Da gibt es leere Fabriketagen«, sagt Phileas.

»Du bist wahnsinnig, du verarschst mich«, sagt Rupert, jetzt in einem Falsett, das bedeutet, dass er ernsthaft sauer wird. Dann folgt er Phileas' Blick zu dem Stapel alter Platten, die Engelhardt ihnen geschenkt hatte.

Er greift sich die oberste und hält sie Phileas vors Gesicht.

»Spandau also, ja?«, lacht er und dreht das Spandau-Ballet-

Cover hin und her. Phileas muss mitlachen. Unfreiwillig, wie beim Kitzeln. Rupert hat ihn erwischt, Spandau war gelogen, der Rest nicht.

Rupert lacht weiter. Seine Locken wippen, sie führen ein Eigenleben, und Phileas wünscht ihm, dass er es schafft, eine Band zu gründen, in der er mit ein paar ähnlichen Typen Spaß hat.

»Hör zu, Rupee, das hat überhaupt nichts mit dir zu tun, sondern ich muss einfach alleine ein paar Lieder schreiben, die man nur alleine schreiben kann. Das muss sein. Verstehst du das?«

»Nein, das versteh ich nicht. Schreib ein paar Lieder allein und nebenher läuft unser Ding weiter.«

Phileas' Körper verhärtet sich. Lass mich in Ruhe, zäher Rupert. Hau ab!

»Ich muss dafür alleine sein«, schreit Phileas. Rupert hebt die Hände.

»Das hat mit der Alten zu tun«, sagt er und richtet den Zeigefinger auf Phileas, der ihn fragend anschaut. »Die Alte gestern, die Freundin der Freundin von Bender. Du weißt schon.« Rupert zieht die Lippen ein, was ihn schlagartig komplett entstellt, wodurch ihm aber ein so treffendes Bender-Gesicht gelingt, dass Phileas sich erinnert.

Bender war früher ein wichtiges Plattenfirmentier und ist jetzt Berater, Verleger und weiterhin vernetzt wie kein Zweiter. Bender war einmal hier gewesen und hatte etwas, das Phileas nie hat und das Rupert als »Laberflash« bezeichnet.

Sein Laberflash bestand aus einer Aneinanderreihung von Namen. Namen von Superstars, Namen von deutschen Stars, die Phileas nur teilweise kannte, an denen Bender sich aber laut Eigenauskunft eine goldene Nase verdient hatte, Namen von Clubs, die schon vor Phileas' Geburt geschlossen wurden, von DJs, Videoregisseuren und Magazinen, die in den Neunzigern meinungsbildend waren, quollen aus seinem lippenlosen Mund, der nicht direkt hässlich war, aber eben unvollständig. Sein Lieblingsname im Moment war offenbar Pharrell Williams, an den Phileas ihn wohl erinnerte, vielleicht auch nur aufgrund der gleichen Initialen, aber da hatte er bereits entschieden, dass Rupert sich weiter mit Bender unterhalten müsse, er hatte ihn schließlich auch eingeladen. Rupert und Bender verschwanden also ins Kumpelnest, einen Laden, den man laut Bender kennen musste, und Phileas hoffte, es würde sich keine Kooperation mit Bender ergeben, die auch ihn betraf.

»Wieso Bender?«

»Benders Frau war gestern Abend da und du hast ihre Freundin angemacht. Also erzähl mir nicht, das hier hat nichts mit ihr zu tun. Du machst sonst nie Frauen an, sondern sie dich. Und plötzlich willst du dein Leben ändern. Auf meine Kosten, auf *unsere* Kosten.«

Rupert steht auf und schlappt zum Kühlschrank. »Was willst du mit der Tante? Ein Duett singen?« Phileas und Rupert lachen getrennt vor sich hin, die Karaoke-Nummer muss nicht näher besprochen werden, bitte. Danke.

Rupert kommt mit einem Bier zurück, beugt sich von hinten über Phileas und streicht über seinen rasierten Schädel. »Als ich dich zum ersten Mal gesehen habe, hatte ich einen *man crush*, meinen ersten und einzigen, wusstest du das?«

Phileas ist nicht homophob, er hat eine generelle Menschenphobie, aber er lässt sich weiter streicheln. Nein, er wusste nicht, dass der betont heterosexuelle Rupert kurzfristig auf ihn stand, bei seiner Aufmerksamkeitsspanne wohl etwa acht Sekunden lang, und es wäre ihm eigentlich auch egal, wenn er jetzt nicht das Gefühl hätte, dass diese Information seine Trennung von Rupert nochmals erschweren würde.

»Seit wann stehst du auf alte Frauen?« Rupert rülpst, Phileas schweigt.

»Also nicht alt-alt, aber die Bender-Frau ist ein paar Jahre jünger als Bender und die Bender-Frau-Freundin auch so in dem Dreh … schätze ich.«

Phileas denkt an Ariane, die todtraurige Freundin der Bender-Frau, und der Gedanke, Rupert zu erklären, wieso er einen Menschen braucht, der leidet, der immer leiden würde, unabhängig von den äußeren Umständen, dessen Lebensaufgabe darin besteht, unglücklich zu sein, weil er endlich Schmerz in seine Stücke bringen will, einen Schmerz, den er selbst hören, aber nicht fühlen kann, weil andere Menschen und diese Welt ihn nicht tief genug verletzen können, weil sie nicht weit genug zu ihm vordringen – dieser Gedanke macht ihn so unendlich müde, dass er sich kurz hinlegen muss.

Was will dieser Wahnsinnige, fragt sich Rupert und betrachtet Phileas, der sich Diskussionen oft durch spontanen Tiefschlaf entzieht.

Er setzt sich Phileas gegenüber und unterdrückt die Angst, die in ihm aufsteigt. Er kennt diese Angst. Über ein Jahr lang hatte sie ihn terrorisiert und gelähmt, als Emily ihm zeigte, dass er ihr nicht genügte, nie genügen würde. Sie hatte es ihn mit spitzen Hinweisen wissen lassen, die sein Aussehen und seinen Lebensstil betrafen, aber es waren keine Warnungen, weil bereits feststand, dass sie ihn verlassen würde. Um sie daran zu hindern, hatte er sich verbogen und neu erfunden, in schlecht, wie er später dachte, er wurde zu einer verkümmerten Ausgabe seiner selbst. Emily wollte vorankommen. Wie ein Kind entwuchs sie im Monatstakt den Dingen, die sie vorher gemocht hatte. Ihrer Wohngegend, ihrem Musikgeschmack, ihrem Kleidungsstil, ihm. Rupert verteidigte sich und sein Leben, das Leben eines Künstlers, nicht das eines Rumhängers. Er konnte warten, bis jemand erkannte, was er tat. Das hörte sich gut an, wenn er sich mit Emily stritt. Das hörte sich pathetisch und dumm an, gestand er sich ein, als sie weg war. Nach seinem ersten großen Auftrag lernte er den heilsamen Effekt von ausreichend Geld kennen und schwor sich, nie wieder gleichzeitig verlassen zu werden und pleite zu sein, was ihm bisher auch gelungen ist.

Phileas, der jetzt auf dem viel zu kurzen Sofa liegt wie ein gigantischer Embryo, hatte ihn nicht gewarnt. Im Gegensatz zu Emily ist er nicht unzufrieden mit Rupert, sondern will genau das, was er sagt: allein sein. Rupert kriecht mit beiden Händen in sein Hemd und kratzt sich einmal ordentlich durch. Er weiß, dass andere Leute (Emily, Phileas) das nervt, aber es muss sein. Da keinerlei Anzeichen für eine Hautkrankheit bestehen, glaubt er, dass das Wachstum seiner Körperbehaarung für den Juckreiz verantwortlich ist.

Verlass mich nicht, Alter, denkt er und hört auf, in seinem Brusthaar herumzuscharren. Er weiß, dass Phileas niemanden braucht, um Musik zu machen, und in diesem Moment fällt ihm auf, wie sehr er selbst, Rupert, jemanden braucht, um überhaupt etwas zu machen. Als Phileas versucht sich zu drehen, im Schlaf versteht, dass der Platz nicht ausreichen würde, und sich wieder zusammenrollt, würde Rupert seine Machtposition als Nichtschlafender gern ausnutzen, ist sich aber nicht sicher, wie. Ihn würgen, boxen, ablecken, festbinden, anmalen, ihm etwas einflüstern? Er könnte auch in seinen Hut pinkeln, der neben dem Sofa liegt, und dann? Als Emily ihn verließ, suhlte er sich monatelang in der Standardfantasie des gekränkten Egos: Er stellte sich vor, ihr wieder zu begegnen. Reich und natürlich mit einer anderen Frau, kurznasig und langbeinig, beides war Emily nicht, beides wäre sie gern. Trotzdem war sie schön und wurde täglich schöner, besonders nachdem sie ihn verlassen hatte. In Phileas' Fall wird es derartige Fantasien nicht geben – durch wen sollte er ihn denn ersetzen, und warum sollte Phileas das stören? Er braucht niemanden, und hier muss Rupert sein Phileas-Bild erstaunt aktualisieren. Phileas lebt allein, scheint sich reibungslos zu verständigen, zu ernähren und zu kleiden. Ja, er kleidet sich sogar gern. Rupert rutscht aus dem Sessel und setzt sich im Schneidersitz vor das Sofa. Phileas riecht nach Backzutaten, Zimt – Kakao – Nüsse, kombiniert mit einem antiquierten Herrenduft, nein, Rasierwasser, obwohl ihm praktisch kein Bart wächst: Holz – Tabak – Pferd. All das scheint er sich allein auszudenken und umzusetzen, wer auch sonst, bis hin zu seinen Sammlungen an Manschettenknöpfen und Schuhen. Rupert, in diesem Punkt weitaus schlechter aufgestellt, wäscht hier im Studio. Sein Blick fällt auf ein paar Plastiktüten voller schmutziger Sachen, er steht auf und befüllt die Maschine. Er fängt an zu wirbeln, als müsse er Phileas auf diese Weise von seiner Unersetzlichkeit überzeugen, und widmet sich auch gleich noch der Küchenzeile und dem Leergut. Nein, Phileas braucht Rupert nicht als Organisator, nicht als Beschützer, als Übersetzer schon gar nicht, denn Phileas' Deutsch ist besser als seins, fast poetisch, auch wenn Rupert das nur ahnen kann. Sehr viele Bierflaschen, wer trinkt hier so viel?

Für Rupert spräche dann nur noch, dass Phileas in ihm sein kreatives Gegenstück sieht – was er im Moment verneint – und gern mit ihm zusammen ist, wovon Rupert immer ausgegangen ist, was er jetzt aber bezweifelt, obwohl es ihm wehtut. Phileas sind letztlich nicht nur die meisten anderen Menschen egal, sondern alle. Er, Rupert, ist ihm vielleicht weniger egal als der UPS-Mann, aber der Unterschied wird marginal sein.

Er stützt sich auf die Spüle und betrachtet ein paar Reisnudeln und alten Kaffeesatz. Er wird wütend: Ich habe Phileas entdeckt, ich hatte die Idee, nach Berlin zu gehen. Das kann er nicht bringen, er hat doch sonst niemanden. Er korrigiert sich: Phileas hat mehr Sozialkontakte, als ihm lieb ist. Aber so geht das nicht, wir haben einen Deal, das ist er mir verdammt noch mal schuldig, als Freund, als Mensch!

Anblick und Geruch der Spüle sind so trostlos, dass Rupert zwar aufgestützt bleibt, aber sein Gesicht zur Seite dreht. Ein Taschenkalender mit früh verstorbenen Musikern, auf dem ein Post-it klebt: *Klinge für Cerankochfeld!* Das ist nicht wirklich stimmungsaufhellend, aber besser.

Der Kalender gehört Phileas, vermutlich das Geschenk einer Frau, die annahm, ihn zu kennen. Tote Musiker, drogensüchtige Musiker, traurige Musiker. Das Dritte führt zum Zweiten, das Zweite zum Ersten. Sehr dankbares Thema für eine Anthologie, die im Grunde jeder an einem Nachmittag zusammentragen könnte. Phileas ist nichts davon, und er weiß, dass genau darin sein Manko besteht. Er findet, ihm fehle die Tragik, die nötig ist, um Menschen zu berühren, durch ihren Gehörgang in ihr Herz vorzudringen. Leider kann Rupert ihm an dieser Stelle nicht weiterhelfen. Phileas traurig zu machen ist vermutlich gar nicht möglich. Es ist absurd, denkt Rupert und spuckt auf die Nudeln in der Spüle. Ich bin ihm nicht deprimierend genug.

Drogen hatte er ihm selbstverständlich schon angeboten, das bringen die Umstände mit sich, wenn man sich seit der Schule kennt. Phileas hat sie mit der Begründung abgelehnt, sie würden bei ihm nicht zu den gewünschten und auch nicht zu den unerwünschten Effekten führen, kurz: nicht wirken. Da Phileas weder besonders moralisch oder ängstlich war noch Wert auf die Meinung anderer legte, besteht kein Grund, ihm das nicht zu glauben. Allerdings sollte er dringend einen

Arzt deswegen aufsuchen, denkt Rupert. Da stimmt doch was nicht, hirnorganisch, gesamtorganisch, ein Gendefekt? Das hieße ja auch, und diese Schlussfolgerung beeindruckt ihn kurz so sehr, dass er seine Verlustangst vergisst, dass bei Phileas jede Art von Medikament nicht wirkt. Neben dem Kalender liegt ein Leuchtmarker, mit dem er *DOCTOR* auf das Post-it schreibt.

Anschließend hat er das Gefühl von getaner Arbeit. Weniger Dreck, weniger Flaschen, Maschine läuft.

Seine Angst vor Phileas' Abgang – dem er zutraut, dass er, wenn er ausgeschlafen hat, mit seinem Rennrad aus der Tür spaziert und sich nie wieder meldet – kehrt schlagartig wieder, diesmal so stark, dass seine Schläfen beginnen zu pulsieren. Er legt seine Unterarme auf die Waschmaschine, darauf seine Stirn, was ihn kurz beruhigt.

Seine Füße betrachtend sucht er nach Trost, nach einem Grund, warum alles nicht so schlimm ist: weil Leute nun mal kommen und gehen, weil das Leben weitergeht, weil er dann eben allein weitermacht, das hat er bei Emily schließlich auch geschafft, und wer weiß, wofür es gut ist. Es funktioniert nicht. Diejenigen, die gehen, verlangen immer, dass man es akzeptiert, bieten aber nie eine Alternative an. Sein leiblicher Vater war gegangen und hatte sich von seinen Kindern gewünscht, dass diese bitte unbedingt verstanden, ja verinnerlichten, dass dies nichts, aber auch gar nichts mit ihnen zu tun habe. Kindern, aber auch Erwachsenen, also Leuten im Allgemeinen, deren Geburtstage man vergisst und die man ständig versetzt, kommt trotzdem hin und wieder der Gedanke, das könnte etwas mit ihnen zu tun haben, du Arschloch, denkt Rupert, der ansonsten der Meinung war, dieses Kindheitstrauma gut weggesteckt zu haben, auch indem er sich ständig von seinem Vater Geld lieh, das er nicht zurückzahlte.

Jetzt liegt er mit der Stirn auf seinen Unterarmen und sieht zu, wie Tränen auf seine Schuhe tropfen.

Phileas weiß, dass Rupert über der Sofalehne hängt und ihn anschaut. Gleich wird er an ihm herumfummeln oder die Musik aufdrehen. Phileas öffnet die Augen und dreht Rupert sein Gesicht zu, sein leeres Gesicht, dessen Neutralität die meisten Leute befremdet, Rupert nicht. Rupert strahlt ihn an, als wäre er die schönste Frau der Welt, ein Rettungsboot, ein Tigerbaby, sein erstes Kind, ein Koffer voller Geld – Rupert hat eine so lebendige Mimik, warum schauspielert er nicht, verdammt, musikalisch ist er oberes Mittelfeld, oberes, aber Mittelfeld, die Welt ist voll davon, aber nicht von diesem Gesicht. Phileas hält Ruperts Blick stand. Schaut in seine anatomisch unspektakulären Äuglein, die so warm und glücklich leuchten können, und das, obwohl er geweint oder stark gekifft hat, Phileas tippt auf Ersteres und versucht den Moment auszudehnen, indem er sich konzentriert. Denn in diesem Augenblick sieht er nicht nur Rupert, losgelöst von allem, was den wahren Rupert überlagert, die Essenz des Rupert, ja, vielleicht ist es das: Ruperts Seele. Sondern auch er, Phileas, spürt etwas in sich, das sehr flüchtig ist und praktisch nicht zu beschreiben und damit das, was er unbedingt mit seiner Musik ausdrücken will, das Erkennen dieser Seele, Liebe, wenn man so will.

Es liegt in der Natur der Sache, dass dieser Moment nicht forciert oder wiederholt werden kann und kurz ist. Rupert beginnt sich unter den Achseln zu kratzen, gähnt und entlässt dabei eine tropisch feuchte Bierfahne in Phileas' Gesicht, dessen Rückverwandlung in einen Menschenvermeider dadurch beschleunigt wird. Ja, es wäre schön, nur die reine Seele der anderen sehen zu können, paradiesisch, makellos, aber so ist es nicht, denn sie wird in einem Körper herumgetragen, und es ist diese Körperlichkeit, vor der es Phileas so graut. Bei Rupert ist sie überdurchschnittlich stark ausgeprägt, seine Seele wird umhüllt von einem ruhelosen Organismus, an dem er sich ständig zu schaffen macht und mit dem er permanent Geräusche produziert. Was ihre Freundschaft zu einem Wunder macht, wie Phileas immer wieder feststellt.

Rupert packt Phileas' Handgelenke, er will kämpfen, denn er fasst nicht nur sich gern an, sondern auch andere, was ein Ausdruck seines liebesfähigen Inneren ist, Phileas aber trotzdem stresst. Er springt auf.

»Ich glaube, wir machen es umgekehrt«, nimmt er das Gespräch wieder auf, so als hätte er nicht geschlafen. »Ich mache die Musik, und du bist der Mann, den man sieht.«

»Hm?« Rupert beginnt, an seiner Nagelhaut zu kauen.

»Zu konzeptionell?«, fragt Phileas, dem sonst aber kein anderer Anteil einfällt, den Rupert an seinem Album haben könnte. »Ich dachte, vielleicht könnte dein Gesicht auf dem Cover sein, du könntest in den Videos zu sehen sein et cetera.« Rupert kaut weiter, es sieht angestrengt aus, weil er nachdenkt oder weil die Nagelhaut zu fest sitzt.

»Cover? Videos? Weißt du eigentlich, welches Jahr wir haben?« Rupert springt auf und geht auf und ab.

Phileas fällt weiterhin nichts ein. Er reibt sich den Schädel. Rupert redet zu laut.

»Also, um das richtig zu verstehen: Du setzt dich jetzt an ein paar Songs, die du schon immer mal allein schreiben wolltest, und dann ist mein Gesicht auf dem Cover?« Phileas fällt die Sinnlosigkeit dieser Idee jetzt auch auf. »Soll das dann Kunst sein, oder etwa neu? Typen treten mit Helmen auf, Typen lassen sich mit Papptüten auf dem Kopf fotografieren, Typen lassen Comic-Charaktere singen, alles schon dagewesen. Und du willst jetzt mein Gesicht auf deiner Platte? Wozu?«

Rupert fährt mit beiden Händen zwischen seine Dreadlocks und kratzt sich die Kopfhaut. Er verfällt in zynisches Gemurmel und steckt seine Platten zurück in ihre Hüllen. Er verflucht Retro-Idioten, die Achtziger, die Unordnung hier, Berlin. Phileas erlaubt ihm stumm alles, außer zu weinen.

»Rupee?«

»Was gibt's, du Arsch?«

Als das Wort Arsch sein Hirn erreicht, weiß Phileas, dass die Wahrheit in diesem Fall die beste aller Möglichkeiten ist. Die Wahrheit ist etwas wortreich und Phileas wortkarg, aber in diesem Moment will er, dass Rupert ihn versteht.

Er hockt sich neben ihn und steckt mit ihm Platten in ihre Hüllen. Sie pusten über staubiges Vinyl, und Phileas erklärt Rupert seinen Unterschied zwischen allein sein wollen und jemanden loswerden wollen, zwischen Musik machen und an einem Projekt arbeiten, er versucht zu beschreiben, warum der Spaß, den Rupert verbreitet, das genaue Gegenteil der Verlassenheit ist, nach der er sucht, und landet schließlich bei seiner Definition von Kunst, denn für Freundschaft hat er keine. Rupert zeigt sein Desinteresse am Kunstexkurs, indem er seinen hintersten, oberen, rechten Backenzahn befühlt – ein Weisheitszahn?

Bei Phileas sorgt die für ihn ungewohnt lange Rede für neue Denkimpulse. Während er spricht, vergleicht er seinen Monolog mit einem Instrumentalsolo: Er ist kurz davongeflogen, hat sein Publikum auf eine kleine Reise geschickt und kommt jetzt zurück zum Grundthema. Er sagt: »Jazz.«

»Was?«, sagt Rupert und nimmt seinen Finger aus dem Mund.

»Wir sind Freunde«, sagt Phileas.

»Ja«, sagt Rupert. Damit ist alles gesagt. Phileas klopft Rupert auf die Schulter, nimmt sein Rennrad und geht.

Supermax

Das einzig Gute an gestern Abend war, dass die Kinder nicht da waren.

Isabel war aufgestanden und hatte mir in die Haare gegriffen, wo sie sich in einer Art Wutkrampf festkrallte, bis mir die Tränen übers Gesicht liefen. Ich schüttete Rotwein über ihre helle Bluse, und als sie kreischte, hörte es sich an, als würde sie lachen. Sie hat wirklich Glück, dass ich ihre Schwester bin und nicht eine andere Frau. Eine Frau, die sich in Notwehr das Käsemesser oder den Korkenzieher gegriffen hätte zum Beispiel. Ich hatte vergessen, wie weh es tut, an den Haaren gezogen zu werden. Als ich sie versuchte zu treten, wich sie nach hinten, knallte gegen den Herd und lockerte ihren Monstergriff etwas. Dass sie danach weniger Haare in der Hand hatte, machte es für mich kaum besser. Ihr BH zeichnete sich unter dem Rotweinfleck ab, und ich erkannte, dass es meiner war. Anstatt mich zu fragen, warum meine Schwester mich an den Haaren zog wie eine verhaltensgestörte Zehnjährige, was sie im Übrigen auch war, fragte ich mich, seit wann ihr meine BHs passten und wie sie an diesen hier gekommen war. Viktor hat ihn mir zu Weihnachten geschenkt.

Ich schrie: »Isaurauf«, mein Akronym aus Isabel, aua und hör auf. Das habe ich damals schon gemacht, denn Isabel war eine wirklich brutale Haarezieherin gewesen, hatte aber in den letzten knapp dreißig Jahren Ruhe gegeben. Zumindest damit.

Als sie ging, saß ich heulend in meiner Küche und starrte

auf den Fußboden, wo ich meine Haare in einer Rotweinlache liegen sah, und beschloss, den Kontakt zu meiner Schwester abzubrechen. Davor habe ich mich immer gefürchtet. Familien mit Schattenverwandten, die man totschwieg und nach denen die Kinder nicht fragen durften. Jetzt, nach diesem Haarzwischenfall, war ich so weit.

Schon immer ist es so gelaufen: Alles, was dunkel und krank ist, und davon schleppt sie eine Menge mit sich rum, lässt sie bei mir raus. Sie meldet sich, um sich auszukotzen und ihre bitteren Tiraden loszuwerden. Sie unterbricht mein Leben und zieht mich in ihre dunkle Ecke. Dort sagt sie mir dann, wie scheiße ausnahmslos alles ist und wie blöd ich bin, da ich es offensichtlich nicht mitkriege. Kommt jemand hinzu oder ruft an, verhält sie sich normal, oft sogar liebenswürdig. Manche ignoriert sie auch, was die Leute dann so fasziniert, dass sie sie näher kennenlernen oder beim nächsten Mal wenigstens von ihr beachtet werden wollen. Die meisten fühlen sich von ihrem guten Aussehen angezogen und begreifen erst nach wiederholten Demütigungen, dass sie nicht der guten Fee begegnet sind.

Eine unserer Familienlegenden lautet, dass Isabel außergewöhnlich intelligent ist. Sie etablierte sich, als sie ungefähr zehn Jahre alt und fast ein Jahr krank gewesen war. Innerhalb weniger Wochen holte sie den versäumten Stoff nach und musste das Schuljahr nicht wiederholen. Sie hatte vorher schon eine Klassenstufe übersprungen, und aus Sicht unseres Vaters hätte sie jetzt direkt an die Uni gehört.

Mit dreizehn habe ich in mein Tagebuch geschrieben, dass ich meine Rolle als ihr Sandsack leid bin, weil ich wusste, dass sie mein Tagebuch liest. Sie riet mir damals, mit meinem Märtyrerquatsch aufzuhören, hörte aber immerhin auf, mich abwechselnd Fetti oder Skeletti zu nennen, und erzählte mir stattdessen ihre Jungsgeschichten, worauf ich stolz war. Während sie redete, riss sie mir die Finger aus dem Mund, wenn ich an den Nägeln kauen wollte, durchsuchte mein Zimmer nach Dingen, die ihr gefallen könnten, verdreckte mein Bett und bemalte meine Sachen mit Edding.

Isabel war immer der Meinung, mehr zu fühlen als alle anderen. Auch das war ein Teil des Familienkults. Isabel liebte und hasste stärker, empfand mehr Freude und mehr Leid und konnte, ausgestattet mit derartig intensiven Empfindungen, natürlich auch alles besser beurteilen.

Das galt für Geschmacksfragen, das galt insbesondere für Kunst, und wer ihr widersprach, tat das, sofern er lernfähig war, nur einmal. Wenn es um die Absichten und Reaktionen anderer ging, hatte meine Schwester einen kaputten Radar. Ständig fing sie falsche Signale ein, anhand derer sie die Leute in Genies, Idioten, Tussis, Nazis, Ausnahmekünstler, Frauenhasser, Prostituierte, wunderbare Weggefährten oder verlogene Abzocker einteilte. Manchmal benutzte sie auch die Schulhofkategorien Popper und Punk. Es entstanden kurze, intensive Freundschaften und Feindschaften, die sich dann entweder ins Gegenteil verkehrten oder im Nichts verliefen. Zu diesem Zeitpunkt hatte sie ihr anfängliches Urteil vor Wut oder Begeisterung längst vergessen. Ich hörte ihr gern zu, weil es mich faszinierte, wenn sie über Menschen und Orte sprach, die ich kannte, aber anhand ihrer Erzählungen niemals wiedererkannt hätte. Nach einer kurzen, erfolglosen Emanzipierungsphase ging ich wieder dazu über, ihr zuzustimmen: Ja ja, stimmt genau, Isabel. Ich wusste, dass ich mich anhörte wie die Pflegerin einer Dementen, fand aber keine andere Lösung. Viktor nannte sie manchmal Psychopathin, später Borderlinerin. Beides verbat ich mir, es stand ihm nicht zu und es verletzte mich mehr, als ich erwartet hätte. Ich habe ihm gegenüber deshalb nie zugegeben, dass ich Isabel nicht aus den Augen lasse, wenn sie mit den Kindern spielt. Als Babysitter scheidet sie aus. Gut, dass sie selbst niemals auf die Idee kam. Dafür bastelt sie den Kindern Dinge, die so furchteinflößend sind, dass wir sie im Keller lagern. Damit wir sie parat haben, für den Fall, dass sie danach fragt.

Mit Ende zwanzig hatten wir eine Phase, in der sie aufhörte, mich zu unterschätzen, und mich stattdessen überschätzte. Es waren die Neunziger, die große Zeit der Ironie, und Isabel entdeckte plötzlich Zweideutigkeiten in meiner Art, mich zu kleiden, hielt meine Wohnungseinrichtung für eine Verhöhnung der Konsumgesellschaft und lobte die subversiven Spitzfindigkeiten meiner Arbeiten. Ich zog mich an wie immer, hatte kaum Möbel und arbeitete für ein Designbüro mit puristischer Linie. Sie interpretierte mich, fand mich grandios, und ich stellte fest, dass ich dieses Feedback auch nicht angenehmer fand als ihre Beleidigungen.

Später fand sie mich wieder zu angepasst und kommerziell, trotzdem war ich offenbar in ihrer Achtung gestiegen. Sie fragte mich ständig um Rat, um sich dann für den exakt entgegengesetzten Weg zu entscheiden. Wie vorhersehbar dieses Spiel war, fiel ihr nicht auf.

Als ich Viktor kennenlernte, tat Isabel so, als wäre es ein Akt der Liebe, ihn mir zu überlassen. Ihre ständigen spitzen Bemerkungen ergaben allerdings die immer gleiche Frage: Was findet dieser Mann an meiner faden Schwester? Die Antwort gab sie sich selbst und machte sie zu einer ihrer Hauptthesen: Durchschnittlich aussehende, mittelbegabte Menschen (ich) haben es leichter als besondere (sie). Das Problem war, dass sie Viktor nicht langweilig genug für mich fand. Er gefiel ihr.

Wenn sie sich verliebt, wirkt sie anfangs so entrückt, als

hätte man sie buchstäblich verzaubert. Sie legt dem anderen ihre Welt zu Füßen und hebt ihn auf eine Ebene, auf der sich nur sehr wenige Männer souverän bewegen können. Irgendwann erwartet sie etwas zurück, und die meisten begreifen nicht, was. Der erste Streit ist dann eine Katastrophe für beide Seiten. Isabel ist überzeugt davon, sich wieder getäuscht zu haben, und auch wenn ich nicht glaube, dass sie mehr fühlt als andere Menschen, muss es die Hölle sein, sich so einsam zu fühlen wie meine Schwester in dem Moment, in dem sie feststellt, dass ein Mann sie doch nicht »erkannt« hat. Für die Männer fühlt es sich wahrscheinlich so an, als wären sie diesem Mädchen aus *Der Exorzist* begegnet.

Es wäre schön gewesen, wenn sie mit Frank Engelhardt zusammengeblieben wäre, dem Regisseur. Er ließ sich von ihr nicht einschüchtern und wusste instinktiv, wann er sie ernst nehmen musste und wann nicht. Kurzzeitig fühlte sie sich bei jemandem zu Hause. Nach der Trennung von ihm ging sie nach Wien, wo ihre nächste Beziehung ebenfalls in einem Desaster endete, an dem selbstredend der Mann schuld war und die Wiener, die keinen Schimmer hatten, wie alle anderen auch. Sie fehlte mir in dieser Zeit, aber kurz nachdem sie zurück nach Berlin kam, sehnte ich mich wieder nach unserer Fernbeziehung.

Ich habe ihr gestern ein paar Dinge gesagt. Die mich wahrscheinlich ein paar tausend Haare gekostet haben.

Ich habe ihr gesagt, dass sie sich behandeln lassen soll. Das ist nicht neu.

Sie will es nicht. Ich sage es immer wieder. Sie hasst mich dafür und schreit dann, ob ich mir einbilde, dass meine zwei Kinder mich zu einer allwissenden Heiligen machen. Zermürbend.

Ich habe ihr noch etwas gesagt: dass ihre mysteriösen Krankheiten immer direkt an ihre Beziehungen gekoppelt sind. Ich könnte eine Liste machen, dort stünde dann: Christoph/Essstörung, Jean/chronische Gastritis, Frank/Neurodermitis oder etwas, dass aussah wie Neurodermitis. Es gab einen Mann, der einen Tinnitus bei ihr auslöste, ich habe seinen Namen vergessen, nennen wir ihn Titus. Es gab einen Mann, an dessen Seite sie von einem Ganzkörperschmerz befallen wurde, der sich anfühlte wie Denguefieber und wegen dem sie dauernd ins Tropeninstitut fuhr. Der Schmerz verschwand vollständig, als der Mann verschwand. Es war nicht besonders subtil, sogar unsere Mutter und Isabel selbst erkannten ein Muster. Sie sagte dann: »Er gibt mir das Gefühl, hässlich zu sein, also reagiert mein Körper darauf auch mit Hässlichkeit.« In diesem Fall, der Mann hieß Anatol, bekam sie kreisrunden Haarausfall.

Wäre diese Diagnose von mir gekommen, ich wäre bestraft worden. So wie gestern. Es war wie immer: Was die Isabel darf, darf die Natalie noch lange nicht. Lange bevor sie an meinen Haaren zerrte, fing sie schon an, mich zu beschimpfen. Erst leise und verächtlich und mit diesem gekünstelten »hört, hört«, als säßen wir in einer Debatte im Unterhaus, später laut.

Es ist eigenartig: Ich werde die zwei Jahre, die uns trennen, niemals aufholen. Wenn wir achtzig und zweiundachtzig sind und im selben Altersheim landen (was ich mit allen Mitteln versuchen werde zu verhindern), wird sie immer noch so tun, als würde ich mir in die Hosen machen und könnte nicht mit Messer und Gabel essen. Was dann ja auch wieder der Fall sein könnte, ich darf gar nicht daran denken.

Dabei hatte ich überhaupt keine Lust, über sie zu reden. Wenn sie findet, dass alles okay ist mit ihr und sie sich von ihrer unterbelichteten Schwester nichts sagen lassen muss, dann eben nicht.

Gut, Isabel, das ist vielleicht nicht ganz so aufregend, aber vielleicht bewegen wir uns vom Minenfeld deiner komplizierten Psychosomatik ein bisschen weg und sprechen zur Abwechslung mal über was Langweiligeres, dachte ich. Ich erzählte ihr also, was es bei mir gerade Neues gibt: Der Kleine hat sich gut im Kindergarten eingelebt, und ich hatte ein Jobangebot bekommen, das mir so perfekt erschien, dass ich nach dem Haken suchte und keinen fand. Isabel fand sofort einen Haken, nämlich den, dass ich eigentlich gar keinen Job brauche.

Dann machte ich den Fehler, ihr zu erzählen, dass ich mich verliebt hatte. Ich sagte »ein bisschen verliebt«, was blöd war. Isabel, die ihr Gedächtnis nach dem Namen einer Band durchforstete und mir deshalb nur halb zugehört hatte, unterbrach ihren Gedankenstrom und starrte mich an. Man sagt, wir haben die gleichen Augen. Dass meine kleiner sind, tiefer liegen, enger zusammenstehen und dass leider auch an den Wimpern gespart wurde, sagt niemand, jedenfalls nicht zu mir. Isabel legte den Kopf schief wie Nastassja Kinski, wenn man sie in einer Talkshow mit einer Frage überfordert. Sie strich sich erst im Gesicht herum, dann in den Haaren, sah auf ihre Uhr, dann auf ihre Fingernägel, versteckte ihre Fingernägel, als wäre tatsächlich eine Kamera in der Nähe, schließlich nahm sie ihren Fuß aus dem Schuh und legte ihn mit schmerzverzerrtem Gesicht auf ihr Knie, um ihn zu untersuchen. »Und was soll das jetzt?«, fragte sie mich durch den Vorhang ihrer Haare hindurch, die Stirn fast auf dem Fußballen. Ich zuckte die Schultern und schaute weiter geradeaus, als würde sie mir normal gegenübersitzen. Isabel steckte ihren Fuß wieder in ihren Schuh und schaute nach oben, horchte ihrem Schmerz hinterher.

Dann: »Wieso denn verliebt? In wen denn?« Ich erzählte ihr

kurz, dass ich den Mann über seinen Sohn kannte, der öfter bei meinem übernachtete. Normalerweise verliebt man sich in einen Erwachsenen und liebt dann seine Kinder mit. Ich kannte den Vater gar nicht, sondern nur die Mutter und den Kleinen. Dass man fremde Kinder lieben kann, als wären sie die eigenen, wusste ich, hatte es aber noch nie erlebt. Nach kurzer Zeit liebte ich dieses Kind so sehr, dass seine Anwesenheit für mich zum Normalzustand wurde. Ariane, die Mutter, war okay. Wenn sie ihn abholte, wirkte sie immer abwesend und erstaunt, so als würde sie ihren bezaubernden Sohn zum ersten Mal sehen. Wahrscheinlich hätte ich ihr statt ihren auch meinen Sohn mitgeben können, und sie hätte es nicht mitbekommen. Wir waren beide der Meinung, dass man sich nicht zwangsläufig anfreunden muss, nur weil die Kinder sich mögen, und blieben auf freundlicher Distanz. Seit Kurzem war Ariane weg. Warum, war nicht ganz klar, aber der Kleine würde wohl bei seinem Vater bleiben. Die Kindergärtnerinnen hatten verschiedene Versionen, aber alle bemitleideten den Vater. Ariane hatte ihn nie erwähnt, ich habe sie immer für alleinerziehend gehalten. Als ich ihn traf, stellte sich heraus, dass ich ihn – er heißt Hendrik – sogar dem Erzählen nach kenne, er ist der Firmenpartner von Viktors bestem Freund Reza. Als wir auf diese Querverbindung stießen, war ich schon in ihn verliebt. »Er sieht aus wie Maximilian Taut«, sagte ich. »Supermax!«, rief Isabel. »He's a love machine in town«, sang sie, »the best you can get«, fiel ich ein. Kurz waren wir uns einig. Isabel verfiel in eine kurze Meditation über den schönen und talentierten Max Taut. Unser Teenagergeschmack war nicht schlecht, denn Taut blieb auch als Mann attraktiv. Er fiel sogar unserem Vater auf, wenn Isabel ihn mitbrachte.

Isabel spielte mit ihrem Telefon, sie sagte: »Taut wohnt in London.« Und plötzlich öffnete sich eine Schleuse und aus ihr heraus stürzte eine Suada gegen Leute, die Anzüge tragen, Geld scheffeln und an allem schuld sind. Sie redete wie eine Hausbesetzerin vor dreißig Jahren. Establishment und Bonzen. Isabel lebt teilweise noch vom Establishment-Geld unseres Vaters, und sie ist auch nicht links, sie leidet nur unter einer ausgeprägten Form von Welthass.

Ich schaute möglichst neutral geradeaus und dachte an den Mann, Hendrik, und an Richard, seinen Sohn. »Ist ja egal, macht doch alle so weiter«, sagte Isabel, verbittert wie eine ungehörte Prophetin. Dann fiel ihr das Stichwort Kinder wieder ein und sie beschimpfte mich und alle anderen Eltern, Bioladeneinkäufer und Nervensägen, die mit ihren Kinderaccessoires die Gegend verschandeln. Max Taut ist also ein Arschloch, weil er in London wohnt und dort eventuell einen Anzug trägt, und ich gehöre zu den hassenswerten Leuten, die einen Kindersitz besitzen, um ihr Kind dort reinzusetzen. Das alles fiel meiner Schwester wieder ein, weil ich einen Mann kennengelernt habe, der ebenfalls ein Kind hat.

»Isi, komm mal wieder runter, es reicht«, sagte ich. Doch sie war mittlerweile bei der Frage, warum eigentlich alle Eltern gleich hässlich aussehen und ob derjenige, der sie klont, die Mütter gleich noch zwingt, ihr Hirn bei der Geburt mit rauszupressen. »Danke Isabel, ich muss jetzt ins Bett«, sagte ich, und sie überhörte es. »*Die Frauen von Stepford* ist ein Witz gegen das, was hier los ist.« Isabel zeigte um sich, aber es war nur meine Küche. Es muss sehr anstrengend sein, meine Schwester zu sein, aber es ist auch anstrengend, ihre Schwester zu sein. Ich wollte wirklich ins Bett. Sollten ihre Fans sich das anhören. Es gab immer wieder Leute, die Isabels Art erfrischend fanden. Die dachten, dass Wahnsinn ausnahmslos auch Genie bedeutet, die sich freuten, wenn nicht sie bei Isabel in Ungnade fielen, sondern andere, und die vorher gar nicht wussten, dass sie

Masochisten waren. Ich konnte mich da nicht ganz ausnehmen, aber immerhin hatte ich mir nicht selbst ausgesucht, sie zu kennen.

»Halt, halt, halt, hiergeblieben«, sagte Isabel, als ich aufstehen wollte, in einem geselligen Tonfall, so als hätten wir gerade den Spaß unseres Lebens gehabt. Sie legte den Kopf wieder schief und lächelte mich an. »Was sagt denn Viktor dazu?«, fragte sie. Wieso Viktor?

»Du bist die Einzige, der ich das gesagt habe. Ich weiß doch selber nicht, was ich davon halten soll. Also halt bitte den Mund.«

Isabel legte ihre Hände auf meine. Ich legte meinen Kopf auf unseren Handhaufen. Sie trug den Siegelring unseres Großvaters, dessen metallene Kälte mir genau in die Mitte der Stirn drückte. Ich blieb so liegen und genoss den Druck und die Stille. Isabel dachte nach und kam zu dem Schluss, dass ich sie ausnutzte. Leider.

Ich würde sie mit dieser Scheiße belästigen, schrie sie und zog ihre Hände weg, um damit herumzufuchteln. Als hätte sie keine anderen Probleme als meine Hausfrauenhysterie. Ich hätte mich für die Spießeridylle entschieden und wollte jetzt wieder Rock 'n' Roll, na super, das hatte ihr gerade noch gefehlt. Ich sagte: »Isabel, ich mag den Vater eines Kindes aus Alberts Kita, daran ist bisher gar nichts Rock 'n' Roll und ich nehme es auch zurück, vergiss es einfach, okay?«

»Du willst einfach alles, weil du den Hals nicht vollkriegst!«, rief Isabel. »Du willst deinen Ernährer und zwei Kinder, weil man das so hat, und einen Job fürs Ego. Könnte ja sonst jemand auf die Idee kommen, dass du einfach nur Hausfrau bist. Du kannst aber nicht alles haben, Schätzchen!«

Ansonsten ist Isabel oft auch eine feministische Theoretikerin, die für ein Matriarchat plädiert. In der Praxis findet sie die meisten Frauen jedoch zu dumm. Sie sollen zu Hause bleiben und die Klappe halten. So wie ich.

»Was hat das denn jetzt mit dem Job zu tun?«, fragte ich und fing an, hausfrauenhaft den Tisch sauber zu machen.

»Und on top brauchst du jetzt auch noch einen Lover, weil dir die Füße einschlafen und weil du es nicht erträgst, dass du dich festgelegt hast und bei den anderen das Leben weitergeht.« Damit meinte sie sich. »Die anderen gehen aber auch das Risiko ein, dass der Typ nichts ist und sie im Zweifel wieder allein sind.«

»Isabel, hör mal –« Ich hörte mich kaum noch selbst, sie mich sowieso nicht. »Ach, hör doch auf mit deiner bigotten Scheiße. Tiere schützen wollen, aber anderen Leuten die Beziehung kaputtmachen.«

»Welche Tiere? Welche anderen Leute denn? Der Typ ist alleine und da ist gar nichts.«

»Dann belästige mich auch nicht damit, wenn nichts ist. Wenn du dich langweilst, lies ein Buch!« Diesen Satz mochte ich, sie hatte ihn von unserer Mutter. Ich sagte nichts mehr und räumte um sie herum. Ich hoffte, dass sie nicht bei mir übernachten wollte, und wünschte mir, Viktor käme und würde sie durch seine hausherrenhafte Gegenwart vertreiben. »Ich muss mit Viktor reden«, sagte Isabel. Sie ist gestört, aber nicht illoyal, deshalb lachte ich.

Und das war der Moment, in dem sie aufsprang und nach mir griff. Ursprünglich wollte sie mir wohl eine knallen, aber ich wich aus und sie bekam meine Haare zu fassen, woraufhin ihr ihre gefürchtete Kleinmädchenwaffe wieder einfiel. Sie bekam eine Strähne meiner Haare zu fassen und bildete darum eine Eisenfaust, die sie wahrscheinlich auch dann nicht hätte lösen können, bevor dieser Anfall vorüber war, wenn sie es gewollt hätte. Pech für mich. »Wieso brauchst du Viktor *und* Max

Taut und heulst mir dann auch noch die Ohren voll? Wieso kannst du verdammtes Miststück nicht einfach mal Ruhe geben und zufrieden sein?«, fragte Isabel durch ihre zusammengepressten Zähne. Ich hatte sie schon immer für ihre unverhohlene Missgunst bewundert. Sie war das Mädchen, das sich den Tod ihrer jüngeren Schwester wünschte, um wieder allein im Paradies zu sein, und sie hatte nie damit aufgehört. Und ich hatte mir von ihr die Erlaubnis erhofft, es mit Hendrik zu versuchen und zu sehen, was passiert. Ich hatte ihre Angstlosigkeit gewollt. Ich brauchte jemanden, der mir sagt, dass ich mir das, was mein Mann sich leistete, auch leisten könne.

»Ruf doch Viktor an und nimm ihn dir endlich«, schrie ich und bemerkte, dass ich es ernst meinte. Viktor abwechslungsreiches Sexualleben wurde mir gleichgültig. Er hatte mit der Freundin seines besten Freundes geschlafen, warum nicht auch mit meiner Schwester. Es war, als würde ich endlich kapitulieren, vor Viktor und Isabel, die endlich meine Haare losließ und mir noch ein paar Mal mit der flachen Hand auf den Kopf schlug. Mach nur, Isabel, das passt schon. Sie setzte sich wieder und schnaufte, als hätten wir einen gleichberechtigten Kampf hinter uns.

»Natalie, ich kann einfach nicht mehr«, sagte sie traurig.

»Isabel, verpiss dich einfach«, sagte ich. Ich saß in meinem Egal-Nebel und genoss ihn. Sie hätte Viktor sogar in meinem Beisein anrufen können, Hauptsache, sie verschwand danach sofort. Ich musste an einen Film denken, in dem mich die Methoden der Yakuza so geängstigt hatten, dass ich mir wünschte, es würden italienische Mafiosi kommen, Pasta essen und ein paar herkömmliche Erschießungen planen. Isabel war die Yakuza, Viktor die Mafia, das angenehmere Übel.

»Viktor wird nicht zulassen, dass du ihn betrügst, das darf nur er. Bin ich hier eigentlich in einem Biedermeierlustspiel oder was?« Das fand ich wieder fast lustig, zumal es ja stimmte, dass ich mich anstellte wie eine Jungfer, im Gegensatz zu Viktor. Eigentlich ließ ich mich völlig grundlos terrorisieren. Von zwei Menschen, die weniger Angst hatten als ich.

»Ja, genau«, sagte ich. »Tür auf, Tür zu. Da ist die Tür.«

»Du bist echt eine arme Sau«, sagte Isabel und rief sich ein Taxi. »Tschüss«, sagte ich und fing erst an, richtig zu heulen, als sie die Tür zuknallte und ich mein Haarbüschel auf den Fliesen liegen sah wie ein kleines totes Tier. Ich stellte mich ans Fenster. Die Straßenlaternen bildeten psychedelische Sterne, weil ich weiterheulte. Sie stieg schwungvoll ins Taxi, das an der Ecke mit quietschenden Reifen wieder hielt und sie rausließ. Der Fahrer hatte sie ungefähr zwanzig Sekunden ertragen oder auf das gar nicht mal so neue Rauchverbot in Taxis hingewiesen, ich sah ihre Zigarette glimmen, während sie dem Wagen hinterherpöbelte. Dann schaute sie hoch zu meinem Fenster und ich ging ertappt ein paar Schritte nach hinten. Ich nahm mein Telefon und hoffte, sie würde nicht zurückkommen. Es machte ein Geräusch. »Raus aus meinem Leben«, schrieb sie mir. Manchmal dachten wir doch dasselbe. Und sie war wieder die Erste. Ich würde mich diesmal an ihren Befehl halten. Unsere Zeit als Einzelkinder begann jetzt.

Momente der Klarheit

Sie kamen aus Budapest.

Maren war von Engelhardt eingeladen worden, der auch schon bessere Zeiten gesehen hatte und der sich absolut sicher war, dass es ab jetzt wieder rapide bergauf gehen würde. Maren hatte jeden von Engelhardts Filmen geschnitten, sie waren alte Freunde, und so wie Maren ihn kannte, dachte er, dass sich eine Frau immer gut machte, wenn man einen Produzenten traf. Sie lag richtig. »Bei dir als Feuermelder besteht die Fifty-fifty-Chance, dass der Typ so richtig auf dich abfährt«, sagte Engelhardt. Maren, an seinen infantilen Rothaarigen-Rassismus gewöhnt, dachte sich zwar, dass es weit wichtiger wäre, dass man auf sein Serienkonzept abfuhr, als auf ihre Haarfarbe, freute sich aber auf die Reise.

Bei dem Produzenten handelte es sich um einen Amerikaner ungarischer Herkunft, der Geld hatte wie Heu und Eier und damit, so Engelhardt, über exakt die Attribute verfügte, die deutschen Produzenten fehlten. Womit er seine deutschen Produzenten Hendrik und Reza meinte. Drei Tage rund um die Uhr mit Frank Engelhardt bedeuteten ein Festival der Flüche und Beschimpfungen, an dem sich Maren normalerweise beteiligt hätte, doch diesmal nicht. Sie hatte Engelhardt vor dem Abflug angerufen und ihn vorgewarnt. Sie praktizierte gerade eine Reinigungsübung, die darin bestand, auf jede Art negativer Gedanken und Worte zu verzichten. Nicht tratschen, nicht bewerten, nicht neidisch sein und nicht fluchen. All das tat Maren sonst ständig, wie ihr bereits an Tag eins aufgefallen war.

»Fucking hell, Maren, was soll denn der Schwachsinn schon wieder?«

»Emotionale Entgiftung.«

»Fluchen bedeutet aber, dass du das Negative rauslässt. Nicht fluchen ist somit das Gegenteil von Entgiftung. Denk mal drüber nach.«

»Hab ich schon. Und weißt du was? Mir geht es total gut damit.«

»Maren, hör auf mit dem Quatsch. Ich wollte dich unter anderem dabeihaben, damit du mir sagst, was du von der Sache und dem Fuzzi hältst. Und das geht nicht, wenn du eine Hirnwäsche machst, bei der du grundsätzlich alle und alles gut zu finden hast. Was ist das denn für ein hirnrissiger Eso-Bullshit, bitte?«

»Ich kann dir ja trotzdem sagen, was ich von dem Mann halte. Ich hab ja kein Schweigegelübde abgelegt, ich verzichte nur auf Bösartigkeiten.«

»Ich langweile mich jetzt schon.«

»Erträgst du mich nur, wenn ich andere Leute beschimpfe, oder was?«

»Wie lange soll das denn gehen?«

Er hörte sich an, als müsse *er* auf etwas verzichten.

»Vierzig Tage, damit du wirklich jeden Zustand psychisch und physisch einmal durch hast. Auch deinen Zyklus zum Beispiel und die Mondphasen und –«

»Ja ja, ich hab's kapiert. Und der wievielte Tag ist heute?«

»Der vierte.«

Schallendes Lachen von Engelhardt: »Dann wünsche ich dir, dass du in den nächsten sechsunddreißig Tagen nicht auf ein Girls-Dinner oder, Achtung: Businessfrauenpowerfrühstück eingeladen wirst.«

Engelhardt kennt mich, dachte Maren.

»Super Idee. Da kann ich besonders viel lernen und wachsen.«

»Die Giftnatter entgiftet, groß, hähähä.«

»Schön, dass du so viel Spaß hast.«

»Warte mal kurz, ich glaub, ich spinne. Heee! Sag mal, hast du sie nicht mehr alle, du blöder –«

Engelhardt saß im Auto. Seinem zugemüllten Fluchkäfig. Maren hörte weg.

»Maren? Die Frage ist ja auch, wie du deinen Job machst, ohne zu bewerten. Cutter, die nicht mehr schneiden, weil das gesamte Material gleich schön ist, sind extrem gefragt.«

»Du, ich habe dir gerade versucht zu erklären, dass ich –«

»Halt! Ich hab's! Maren, werde doch Richterin!«

»Wir sehen uns morgen früh am Flughafen, okay?«

»Was hältst du davon, wenn ich mitmache?«

»Klar? Gerne. Ernsthaft?«

»Aber selbstverständlich NICHT! Mache ich mir selbst das Leben zur Hölle oder was? Bin ich komplett bescheuert oder was? Nein. Ich sage dir, was ich bin: mit mir und meiner Wortwahl total im Einklang. Om.«

Budapest war gut. Sandy, der US-Ungar, von dem Maren annahm, dass er Sándor hieß, was sie für den passenderen Namen für einen bärtigen Glatzkopf Mitte fünfzig gehalten hätte, wenn sie es bewertet hätte – Sandy erwies sich als Glückstreffer für Engelhardt. Er schätzte seine Arbeit, liebte seine neue Idee und fand Engelhardts Alphamann-Auftreten nicht provozierend, sondern spaßig. Außerdem hatte er einen Finanzierungsplan und bot erfreulicherweise auch sonst weder geschäftlich noch menschlich Anlass für böse Worte. Im Normalzustand hatte Maren einen empfindlichen Detektor für falsche Schuhe und Brillen. Sie schaltete ihn aus und freute sich, Engelhardt so glücklich zu sehen. Die Welt ohne überflüssige Stilfragen erschien ihr sofort weniger eng.

Das Serienprojekt war noch nicht so weit, dass es etwas zu feiern gab, also feierten sie grundlos. Sie aßen und tranken fast durchgehend, unterbrochen durch einen verkaterten Nachmittag im Thermalbad. Als sie ihren Rückflug verpassten, taten sie so, als könnten sie sich nichts Schöneres vorstellen, als mit dem Eurocity Night zurück nach Berlin zu fahren.

Sie buchten ein Schlafabteil, setzten sich in den Speisewagen und aßen weiter.

»In diesem Eurocity wird noch richtig gekocht«, sagte Engelhardt und bestellte Gulasch, »während der Fraß im deutschen ICE von Monsieur Tricatel stammt.«

Maren, der er verbot zu googeln, brauchte zwanzig Minuten, bis ihr wieder einfiel, wer Monsieur Tricatel war: Der Industrielle mit der Fabrik für synthetisches Essen aus *Brust oder Keule* mit Louis de Funès. Engelhardt, der Filmwitzbold.

Er kam in Fahrt. Seine Euphorie fühlte sich an, als würde er zu schnell fahren, mit ihr als Beifahrerin. »Das Ding wird klappen. Sandy ist mein Mann. Nächstes Jahr um die Zeit drehen wir«, sagte er, und Maren beneidete ihn um diese Aussicht, die sie zwar mit einschloss, für sie aber im Gegensatz zu ihm keinen neuen Lebensabschnitt bedeutete. Neid war schlecht. Wehmut traf es eher.

»Ich freue mich so für dich«, sagte sie mehrmals apathisch. Engelhardt bestellte Palatschinken. Dann hielten sie eine Weile den Mund, sie kannten sich gut genug dafür. Engelhardt schaute aus dem Fenster. Draußen rauschte Ungarn vorbei. Maren dachte daran, dass er erst seit Kurzem von Susanne getrennt war. »Sie hat mich beruhigt«, hatte er ihr im Thermalbad gesagt. »Sie hat dich eingeschläfert«, hatte sie geantwortet und dann im Blitzcheck entschieden, dass das nicht böse war.

»Gut, dass du wieder wach bist.«

Sie betrachtete Engelhardt, der andächtig wie ein Fünfjähriger an der Scheibe klebte, und versuchte ihn durch die Augen einer Frau zu sehen, die in ihn verliebt war. Ein interessantes Spiel, das ihr gesamtes Abstraktionsvermögen forderte. Engelhardt unterbrach sie abrupt:

»Kann der Steuermann eigentlich auch Vertragsrecht?« Es gehörte zu Engelhardts Begabungen, seine Mitmenschen an Dinge zu erinnern, an die sie ungern erinnert wurden. In diesem Fall erinnerte er Maren an ihre kürzlich beendete On-Off-Beziehung zu Clemens, dem Steueranwalt.

»Frag ihn doch.«

»Ach was? Ist er diesmal wirklich draußen?«

Maren nickte.

»Off-Off? Wirklich Off? Im Sinne von fucking Feierabend, erledigt, bon voyage, der Nächste bitte?«

Maren nickte.

»Weiß er das schon?«

»Engelhardt, es ist gut jetzt.«

»Der Feuermelder hat den Steuermann gefeuert.«

»Clemens ist okay.« Auch wenn er sich etwas maschinell anhörte, war das ein guter abschließender Satz.

Engelhardt prostete ihr zu: »Mach dir nichts draus. Irgendwann kommt wieder ein Käpt'n.« Für diese onkelhafte Frechheit gehörte er bestraft. Aber das hatte Zeit. Es war erst Tag sieben.

Als der Schauspieler in den Speisewagen kam, war Engelhardt noch da.

Er drehte sich kurz um, und man nickte sich zu. Der Schauspieler hatte zwei Frauen dabei, die Maren nicht richtig wahrnahm, weil sie sich zwang, weiter aus dem Fenster zu schauen.

Die Welt ist ein Dorf. Kein Grund, sich im Zug zusammenzu-setzen, nur weil man sich kennt. Ihr seid wirklich in Ordnung, aber wir alle sind viel glücklicher an getrennten Tischen. Weg-wegweg, dachte sie synchron dazu und war dankbar, dass En-gelhardt sich so ruhig verhielt. Nach einem umständlichen Menuett setzten sie sich. Der Schauspieler mit dem Rücken zu Maren, eine Frau ihm gegenüber, die andere saß so neben ihm, dass ihr Engelhardt die Sicht auf sie versperrte. Der Schauspie-ler murmelte etwas, beide Frauen lachten hell auf. Die Frau, deren Gesicht Maren sehen konnte, lächelte den Schauspieler unentwegt an. Sie mag ihn, das ist schön, dachte Maren, ermü-det von ihrer Gedankenzensur.

An den Tisch gegenüber setzte sich mit viel Getöse eine ungarische Familie mit zwei kleinen Kindern. »Wir hätten flie-gen sollen«, sagte sie in einem möglichst neutralen Tonfall, und Engelhardt sang: »Trans-Europa-Express. Ist doch super hier. Maren, tu mir einen Gefallen und mach dich locker oder geh ins Bett, aber nerv hier nicht rum.«

»Okay«, sagte Maren, und Engelhardt hustete, trommelte mit den Fingern auf den Tisch und sagte mehrmals »tja ja«. Ihre Themenwahl war beschnitten. Mit Leuten aus derselben Branche und derselben Stadt zwei Tische weiter lässt es sich schlecht über nicht spruchreife Projekte sprechen, und noch schlechter über andere Leute aus derselben Stadt. Was Maren im Grunde begrüßen musste, denn sie hatten lange genug über Engelhardts Serie gesprochen und sie wollte auf keinen Fall über gemeinsame Freunde reden, insbesondere nicht über Doro und Bender. Man erzählte sich Dinge über die bei-den, und Maren würde sich an keinerlei Gossip beteiligen.

»Wir haben übrigens Verspätung«, sagte Engelhardt.

»Scheiße, echt?«

Er zeigte mit dem Finger auf sie und lachte.

»Das gilt nicht, du hast mich reingelegt, ich hatte keine Chance.«

Engelhardt lachte weiter. Die ungarischen Kinder begannen leiernd etwas aufzusagen. Zahlen? Tiernamen? Das größere Kind zog im Tempo an, hängte das kleinere ab, das sich verhaspelte und anfing zu heulen. Der Vater seufzte, die Mutter versuchte zu schlichten, lachend. Maren sah zu ihr rüber, und sie lachten sich an. Maren, die nette Frau aus dem Zug, fühlte sich kurz auf dem richtigen Weg.

»Lass uns Backgammon spielen.«

»Online?«

»Brett, Baby«, sagte Engelhardt, den dieser Zug zurück ins 20. Jahrhundert befördert hatte.

»Wie wär's mit Mühle?«, fragte Maren, obwohl sie sich nur noch daran erinnerte, wie das Brett aussah. Mühle, Dame, alles gut, dachte sie, Engelhardt ist mein Freund und wir sind auf Reisen.

»Ich check das mal«, sagte Engelhardt und machte sich auf den Weg.

Eine halbe Stunde lang bildeten Marens Kopf und das Zugfenster ein Percussion-Instrument. Im Patamm-Pata-Tatamm-Rhythmus des Zuges träumte sie, dass sie fiel, ein zusätzliches Zimmer entdeckte, Zähne verlor – Traumdeuters Delight. Als die Stimmen aus dem Speisewagen sich in ihr Bewusstsein frästen und der Schauspieler von einem Flug erzählte, den er um ein Haar nicht überlebt hätte, flog auch sie. Die Frauen kreischten, als befänden sie sich tatsächlich im Sinkflug. Als er zum Helikopter-Skiing überging, wachte Maren endgültig auf.

»Wow!«, quiekte eine der Frauen.

»Ich liebe Hubschrauber.«

»Ich liebe die Berge.«

»Heli-Skiing ist mega.«

Ist ja gut, dachte Maren. Sie trank den Rest aus Engelhardts Glas und schaute sich kurz um. Der Wagen war leer bis auf sie und die drei. Sie waren laut. Und sie waren in Bewegung. Die Frauen umschwirrten den Mann wie Kolibris. Die, deren Gesicht Maren sah, grinste unverändert fiebrig. Eine Psychose, dachte sie, ausgelöst durch einen mäßig interessierten Mann. Psychose war erlaubt, kein böser Gedanke, vielmehr der Versuch einer Diagnose. Schöne Zähne, dachte sie sicherheitshalber hinterher.

Die Frau, die mit dem Rücken zu ihr saß, spielte mit ihren Haaren. Sie zwirbelte sie zu einem Dutt, raffte sie zu einem Pferdeschwanz, striegelte sie mit den Fingern, schüttelte sie. Maren beschloss nicht aufzufallen und hängte sich den Vorhang über den Kopf. Eine unruhige Angelegenheit, dieser Vorhang. Ein Zickzackmuster in Gelb, Fuchsia und Orange. Kombiniert mit Kniestrümpfen und Bäuerinnensandalen könnte man ihn auf einer Modenschau tragen.

»Ich muss ins Bett«, sagte der Schauspieler. Gute Idee, dachte Maren, wo ist Engelhardt?

»Echt jetzt? Ohne uns?«

Keine hörbare Reaktion vom Schauspieler.

»Ein Glas noch. Bittebitte«, bat die Frau mit den Haaren, die ihre Stimme der Situation anpasste: Miau.

»Hm? Sicher?« Der Schauspieler ließ sich gerne bitten. Maren dachte nicht weiter, was sie als Erfolg verbuchte. Ich kann es steuern, dachte sie, ich werde besser.

»Ganz sicher.«

»So jung kommen wir nicht mehr zusammen.«

»Auch wieder wahr. Na gut.«

»Juhuuu«, zirpte es. Der Schauspieler stand auf, um die Bedienung zu suchen. Die Frauen warteten, und Maren hörte es wühlen und klacken. Nachpudern.

»Ist doch irre, dass er bei mir um die Ecke wohnt und wir uns noch nie begegnet sind, oder?«

»Also ich sehe den sogar ziemlich oft.«

»Was, echt? Wo denn?«

»Überall. Im Mauerpark und manchmal auch mittags bei meinem Vietnamesen.«

»Aha?«

»Hm. Und weil er ja fast nur fiese Typen spielt, denke ich immer, wenn ich ihn sehe: Der war's! Und dann frage ich mich, was denn eigentlich? Witzig, oder?«

»Geht so.«

»Er sieht besser aus als im Fernsehen, findest du nicht?«

»Hm.«

»So, Ladies …«

»Ah, der Wein, yippie!«

»Ist doch irre, dass wir quasi Nachbarn sind und uns noch nie getroffen haben, oder?«

»Ich bin total viel unterwegs.«

»Ich auch!«

»Spielst du eigentlich auch Theater?«

»Ich komme vom Theater.« Maren, die einen Film mit ihm geschnitten hatte, kannte sein Repertoire an Blicken. Jetzt spielt er »Tiefe«, dachte sie.

»Ah! Das habe ich mir gedacht.«

»Wieso?«

»Du bist so … körperlich … darf ich mal anfassen?«

Anfassen, dachte sie und dann: Stopp.

»Ich gehe viel zu selten ins Theater.«

»Ich hasse Theater. Deshalb bin ich jetzt beim Film.«

Maren sah sich in der Scheibe beim Zuhören zu. Das

Dunkle da draußen musste die Slowakei sein. Das Dunkle in ihr würde gern Engelhardt diesen Balztanz nacherzählen.

»So, ihr Lieben, letzte Runde.«

Warten wir's ab, dachte Maren.

»Es ist so toll, dass wir uns hier getroffen haben, Nachbar. Warst du eigentlich schon mal in dieser neuen Sauna?«

Der Versuch einer Überleitung zum Thema Nacktheit?

»Nee, war ich noch nicht. Ich habe eine Sauna im Haus und im Gym.«

»Wann trittst du mal wieder mit deiner Band auf?«

»Im Moment gar nicht. Ich bin praktisch nur noch am Drehen.«

»Am Durchdrehen, hihi.«

»Egészségedre!«

Sie hatte nicht nur schönes Haar, sie sprach auch Ungarisch.

»Na dann Prost, Judith, prost ... ähm, sorry, ich hab deinen Namen vergessen.«

Maren grinste ihrem Spiegelbild zu und notierte sich im Kopf: Zahnbleeching.

»Sie heißt Heidi.«

»Sorry.«

SMS-Eingangston.

»Ah. Das muss ich kurz beantworten. Mein Agent.«

Kurze Stille, in der Maren hoffte, man würde sich nicht nach ihr umdrehen.

»So! Senden. Also: prost, Judith, prost, Hannah.«

»Heidi. Hast du Korsakow-Syndrom oder was?«

»Was ist das denn?«

»Rimskij-Korsakow?«

»Opel Corsakow.«

Schauspieler und Grinsekatze bildeten eine Lachallianz. Maren fragte sich, ob es wirklich die Lautstärke war, die sie so

144

terrorisierte, oder der Umstand, dass sie selbst nichts zu lachen hatte.

»Das Korsakow-Syndrom äußert sich unter anderem durch den Verlust der Gedächtnisleistung, hervorgerufen beispielsweise durch dauerhaften Alkohol-Abusus.«

Zeit für ein bisschen Bildung, fand Heidi offenbar. Die beiden anderen lachten an ihr vorbei.

»Das eigentlich Amüsante daran ist aber, wie Studien damals durchgeführt wurden. Korsakow hat nur achtzehn Säufer beobachtet und zack, hatte er ein Syndrom mit seinem Namen.«

»Tja, in diesem Sinne: Cheers! Wie heißt du noch mal?«

»...«

»Scheherz!«

Es war nicht der Frohsinn, es war auch nur teilweise die Lautstärke, es war die Tonlage der Frauen, die in Marens Wahrnehmung fast Stromschlagqualität annahm. Ihr war schwindlig, als sie ihre Handtasche griff und sich aus der Bank schob. Sie hatte bis zehn gezählt und sich vorgestellt, wie sie in wenigen Schritten den Speisewagen grußlos verlassen würde, doch als sie am Tisch der anderen vorbeiging, ruckelte der Zug. Das Bein des Schauspielers ragte seitlich in den Gang, Maren wankte und trat ihm direkt auf den Fuß.

»Pardon«, sagte sie und drehte sich nach ihm um.

»Da nicht für«, sagte er und musterte sie kurz. Sie kannten sich flüchtig, aber er erkannte Maren nicht. Dafür erkannte Maren Heidi.

Payoff nennt man diesen Moment in der Filmsprache. Es ist der Moment, in dem der Zuschauer etwas erfährt, das im besten Fall einen Erkenntnisschock in ihm auslöst. Denn nach dem Payoff wird er alle vorher gestreuten Hinweise neu einordnen müssen. Es ist der Moment, in dem er erfährt, dass Darth Vader Luke Skywalkers Vater ist, der Moment, in dem er die Freiheitsstatue sieht und erkennt, dass es sich beim Planeten der Affen um die Erde handelt, und so weiter. Bei Maren war es der Moment, in dem sie erkannte, dass es sich bei der Frau, die seit Stunden versuchte, einem B-Star zu gefallen, um ihre Therapeutin handelte. Die Frau, mit der sie seit knapp drei Jahren ihre Probleme, in erster Linie ihre Beziehungsprobleme, besprach.

Sie wusste nicht, wie lange sie sich anstarrten, während sie dachte: Ist sie es wirklich? Was macht sie hier, wieso fliegt sie nicht? Was soll das alles und wieso trägt sie Rouge? Hinter den Augen des Schauspielers arbeitete die Frage, ob er mit ihr geschlafen oder gearbeitet hatte. Die Frau namens Judith schaute alarmiert zwischen Maren und dem Schauspieler hin und her, weiterhin grinsend und mittlerweile glühend wie ein Heizstrahler.

Adelheid Keil, die Maren sich aus dem Therapeutenverzeichnis herausgesucht hatte, weil sie hinter ihrem Namen eine alte Frau vermutete, schob die Schneidezähne auf die Unterlippe.

Ein begonnenes F oder V. Wie verdammt. Oder Frau Vogtländer. So nannte sie Maren. Oder: Verdammt, Frau Vogtländer, ein labiles Wrack wie Sie sollte um diese Uhrzeit doch nicht mehr Bahn fahren. Nicht mein Gedanke, ihrer, dachte Maren.

»Pardon«, sagte sie noch einmal und taumelte davon.

Maren ging durch Sitzabteile, Liegewagen, Schlafwagen. Sie ging mit diesen stampfenden, zielstrebigen Schritten, mit denen man sich durch Züge oder Flugzeuge bewegt. Engelhardt hatte ihr Gepäck in das Schlafabteil gebracht, während

Maren direkt in den Speisewagen gegangen war, also wusste sie nicht, wohin.

Als sie an der Küche vorbeiging, war ihr so, als hätte sie sein hustendes Lachen gehört. Auf jeden Fall hatte sie einen Hauch von Zigaretten gerochen.

Engelhardt ist gut darin, sich mit Kellnern anzufreunden. Hätte er Taxifahrer genauso gern, wären sie nicht auf dem Weg zum Flughafen aus dem Taxi geflogen, sie hätten ihren Flug erreicht und sie müsste sich keine neue Therapeutin suchen. Falls sie überhaupt eine neue wollte. Engelhardt hatte von ihrem Detox-Programm profitiert, sie hatte ihm keine Schuld gegeben, sondern gelacht. Aber Wut ist schlechter kontrollierbar als Boshaftigkeit, sie ist fast so autark wie Durst, und deshalb fragte sie sich jetzt, Stunden später, mit immerhin gedämpfter Wut: Wie konnte man in Eile und in einer fremden Stadt dem Taxifahrer seine Musik aufzwingen wollen? Der Fahrer hatte Engelhardt ignoriert, der ihm sein Telefon nach vorn reichen wollte. Engelhardt hatte ihm auf der Schulter herumgetippt, der Fahrer hatte sich im falschen Moment umgedreht und Engelhardts Zeigefinger hatte ihm ins Auge gestochen. Daraufhin war er rechts rangefahren, hatte wortlos die Türen aufgerissen, ihre Koffer auf die Straße gestellt, das angebotene Geld abgelehnt und war davongefahren. Wie erwartet war Engelhardt jetzt nicht erreichbar. Sie ging weiter. Ein Schaffner kam ihr entgegen. Sie rief: »No ticket, ticket has my friend«, und bemerkte, dass sie sich anhörte wie ihre Mutter im Urlaub. Der Schaffner nickte nur milde, an wahnsinnige Schlafwandler gewöhnt.

Sie fand ein leeres Abteil. Die Dunkelheit und der durchdringende Geruch von Kopfhautfett vervollständigten ihre Tragödie. Maren, talentiert darin, sich von außen zu sehen, kam in filmische Stimmung. Sie fühlte sich wie jemand, der sein Telefon ins Meer wirft oder sich die Haare mit einer stumpfen Nagelschere schneidet. Ja, das hier war ein Wendepunkt. Sie setzte sich hin.

Ich habe drei Jahre in einer Therapie vergeudet, lautete die Quintessenz ihres Payoff-Moments. Oder, positiv betrachtet, sie war um eine Erfahrung reicher, die sie jetzt als abgeschlossen betrachten konnte. Auch weil sie nichts verlor. Gut, ihre Therapeutin, die sich sonst anzog wie ein zehnjähriger Internatsschüler, heute mit offenen Haaren und in Flirtlaune angetroffen zu haben war ein befremdlicher Zwischenfall, aber es war nicht so, dass Maren in Adelheid Keil eine unantastbare Autorität gesehen hatte. Eher eine Bekannte, die sich ihr Elend anhörte und sie mit ihrem verschonte. Maren klappte die Armlehnen hoch und legte sich auf die Sitze.

Indem sie ihre Krise regelmäßig in Worte fasste, hatte sie immerhin das Gefühl gehabt, etwas zu tun, proaktiv zu sein. Nach etwa zwei Jahren war ihr aufgefallen, dass es sich bei dem, was sie da besprachen, nicht um eine temporäre Krise handelte, sondern um ihr Leben. Sie setzte die Therapie fort. Ihr Zustand wurde in Kapitel unterteilt, was ihr ein Gefühl der besseren Übersicht gab. Mülltrennung ist kein freundliches Wort, traf es aber ganz gut.

Und da sie fand, dass nichts vergeblich war, worüber man hinterher eine gute Geschichte erzählen konnte, lebte Maren – im Kopf bereits ihre Story formulierend – noch intensiver. Frau Keil bekam also eine lange Serie von Männergeschichten zu hören, und Maren glaubte zeitweise selbst, das alles wäre ein inszenierter Spaß. Die Serie endete, als sie auf einem Essen von Doro und Bender Clemens kennenlernte und Frau Keil ein neues Kapitel aufschlug: Hingabe. Hingabe? Maren sah Engel und Apostel auf Renaissancegemälden. Sie sah Harry, den Cockerspaniel ihrer Kindheit, der sich auf den

Rücken legt. Sie sah eine Frau in einem Softporno, die sich hinlegt wie Harry. Sie sah sich selbst mit den Fingern ihres Zahnarztes im Mund, was wohl bedeutete, dass Hingabe und Ausgeliefertsein sich bei ihr überschnitten. All das sah Maren, weil Hingabe über Monate hinweg zum Lieblingswort ihrer Therapeutin wurde. Also sah sie sich auch Clemens die Füße massieren, nachdem sie ihm etwas gekocht hatte. Es blieb bei diesem Bild. Ihre Verweigerung der Hingabe bewies ihr einmal mehr, dass es sich bei Clemens nicht um *den* Mann handelte, während ihre Therapeutin ihr versuchte zu suggerieren, der Missing Link läge in eben dieser Verweigerung, ergo bei ihr. Als wollte sie sagen: Sie haben einen Mann gesucht, und hier ist ein Mann, also arrangieren Sie sich gefälligst. Der Prinz kommt nicht mehr, das Alter steht vor der Tür, der Tod sowieso, also carpe diem, egal mit wem. Maren, die sich schnell gegängelt fühlte, machte diese Sichtweise aggressiv, was Frau Keil als Therapieteilerfolg wertete, was Maren nochmals aggressiver machte.

Über Susanne, Engelhardts Ex, lernte sie dann Siri kennen, eine spirituelle Beraterin. Sie erwähnte sie Keil gegenüber, die diese Information überging. Maren besprach ihre Lebensfragen nun mit zwei Frauen, deren Ansätze sich stark unterschieden, deren Ziel es jedoch war, ihr zu helfen. Eigentlich ein Privileg, dachte Maren, die ihre Stunden bei der Keil von der Kasse bezahlt bekam und sich Siri privat leistete, wenn nicht sogar ein Luxus. Siri sah ein sehr hohes, aber erstrebenswertes Ziel in der Auflösung des Ich, während Adelheid Keil ihre Patienten bei Anzeichen einer Ich-Auflösung in eine Klinik eingewiesen hätte. Mit Siri arbeitete sie an der Einsicht »Der andere bist du«, während es ihrer Therapeutin wichtig war, dass sie lernte, Grenzen zu ziehen. Für Siri bedeutete Liebe etwas Universelles, Bedingungsloses, die Erweckung vom

Endlichen zum Unendlichen, für ihre Therapeutin etwas, das man sich zu erarbeiten hatte, mit Zugeständnissen und Akzeptanz. Etwas Alltägliches, Mediokres, das Maren nicht besonders reizte. Für sie bin ich eine durchschnittliche Neurotikerin in der Midlife-Crisis, dachte sich Maren deshalb auch, als Adelheid Keil wieder einmal betonte, dass sie sie weder benoch verurteilte. Ich bin eine Nervensäge, der es objektiv ganz gut geht, für mein Leiden gibt es nicht einmal eine Klassifikation, urbanes Unwohlsein, ihr täglich Brot. Siri hingegen sprach über ihr Geburtsrecht, glücklich zu sein, und über ihr höheres Selbst, das sie in so schönen Worten beschrieb, dass Maren es gern kennenlernen wollte. Ein paar Mal nach Siris Sitzungen ergriff sie eine grundlose Freude, man sagte ihr, sie strahle, und sie sah andere strahlen, ja regelrecht leuchten, und obwohl sie nur sehr kurz waren, so waren das doch sehr erhebende Momente, die Art von Momenten, denen Drogenkonsumenten hinterherjagten und nun auch Maren. Vielleicht bin ich auf dem Holzweg, wenn ich will, dass es mir besser geht, dachte Maren, vielleicht sollte ich besser *sein*. Siri war es, die ihr die verbale Seelenentgiftung vorgeschlagen hatte. Ohne die, das wusste Maren, sich jetzt in ihrem Kopf ein umfangreicher Thesaurus der Verachtung gegen Adelheid Keil aufgeblättert hätte. Hätte.

Sie würde ihrer Ex-Therapeutin eine nette Nachricht auf dem Anrufbeantworter hinterlassen. Vielen Dank für Ihre Zeit und Hilfe und alles Gute. Eine wohltuende Idee, sehr gut. Mittlerweile fühlte sich die Unterbrechung ihrer Gedanken fast an, als könnte sie sich selbst anhalten, als hörte es in ihrem Körper auf zu arbeiten und zu fließen. Für ein paar Minuten saß sie im Nichts. Ein weiterer Film fiel ihr ein. Ein Film mit Payoff-Moment *und* einem Psychotherapeuten, gespielt von Michael Caine, der, wie sich zeigen sollte, nebenher nicht nur

Transvestit war, sondern obendrein der Killer. Adelheid Keil war weit harmloser, so harmlos, dass sie keinen besonders scharfen Blick für Abgründe zu haben schien. Adieu Adelheid, dachte Maren fast liebevoll und ging online, weil ihr der Titel des Films nicht mehr einfiel. Er war von Brian de Palma und hieß *Dressed to kill*.

Sie gab Korsakow ein. Weiter unten im Artikel stand: »Neben den Gedächtnisstörungen kann eine Reihe weiterer psychiatrischer Symptome auftreten. So sind Antriebsarmut, erhöhte Müdigkeit und starke Ermüdbarkeit, Euphorie und starke Gefühlsschwankungen beschrieben.«

Maren kannte ihre Neigung, angelesene Krankheitsbilder sofort auf sich zu beziehen. Trotzdem war nicht von der Hand zu weisen, dass zwischen den Nebenerscheinungen des Korsakow-Syndroms und Marens Klagen der letzten Jahre eine Schnittmenge bestand. Ja, fast eine Deckungsgleichheit. Starke Ermüdbarkeit, Euphorie und starke Gefühlsschwankungen. Als Achterbahnfahrt hatte sie ihrer Therapeutin ihre Gemütszustände sogar beschrieben: »Ich bin so gut wie nie ›normal drauf‹, wissen Sie, wie anstrengend das ist?« Adelheid Keil hatte wissend genickt. Beim Gedanken an ihren Gesichtsausdruck fiel Maren auf, dass diese Frau etwas Eklatantes übersehen hatte. Ja, dass sie ihr in drei Jahren des Zuhörens und Fragenstellens eine wichtige, möglicherweise die einzige relevante Frage nie gestellt hatte: Saufen Sie?

Kein Vorwurf an meine Ex-Therapeutin, dachte Maren, ihren Gedankenstrom wieder bewusst steuernd, schließlich hatte sie nie explizit darüber gesprochen und im Grunde handelte es sich um etwas, das schätzungsweise jeder dritte Erwachsene tat: Sie trank regelmäßig. Nur dass es bei ihr, das wurde ihr jetzt in diesem Moment im falschen Abteil des Nachtzugs aus Budapest klar, möglicherweise der Fehler im System war.

Vieles deutete darauf hin, dass sie eben nicht situativ ein bisschen launisch war, sondern eine veritable Alkoholikerin, und Adelheid Keil war eine Bombenentschärferin, die jahrelang an irgendwelchen Drähten herumgefummelt und dabei den leuchtend roten AUS-Schalter übersehen hatte. Sie hätte ihn nicht drücken können, das konnte nur ich, dachte Maren, aber sie hätte ihn bemerken können.

Bemerken müssen, dachte sie, als sie aufstand und sich streckte. Als sie tief einatmete, drängte sich der Geruch nach ungewaschenem Kopf wieder auf. Sie roch an ihrem Ärmel, der in Ordnung schien, das ist mein kleinstes Problem, dachte sie. Sie riss die Türen auf und taumelte in den Gang. Diese Fahrt ist eine Zäsur, der Ort ist perfekt.

Zwei Soldaten kamen ihr entgegen. Maren sah Kinderköpfe, die man auf Männerkörper montiert hatte. Bei ihr würde es bald umgekehrt sein: Es sah so aus, als würde sie ihren Mädchenkörper behalten, auf dem sie mittelfristig einen Omakopf herumtragen würde. Vielleicht war es jetzt schon so weit. Als sie aufeinandertrafen, pressten die Soldaten die Rückseiten ihrer Körper gegen die Fensterfront und unterhielten sich weiter, als existiere sie nicht. Aus dem nächsten Papierkorb ragte eine halbvolle Flasche Wasser. Mein neues Lieblingsgetränk, dachte Maren.

Sie visualisierte sich selbst im Optimalzustand. Maren Vogtländer bei Sonnenaufgang, an einem Kletterseil von einem Felsen hängend und mit einem schemenhaften Mann, der nicht Clemens war, an einem Strand joggend. Ein neues Bild kam hinzu. Sie sah sich unterrichten, anderen helfen. Sie wusste nicht genau wie, aber sie lächelte dabei. Sie rief das Körpergefühl ab, das sie kannte, aber immer wieder zerstörte, das Gefühl eines unbelasteten Organismus. Die Vorstellung erregte sie wie etwas, das sie haben könnte, sofort, wenn sie wollte. Sie kehrte um, Richtung Speisewagen, und kam unpassenderweise in Weinstimmung. Leute, seid ihr noch wach? Lasst uns darauf trinken, dass ich aufhöre. Der Zug hielt quietschend in einem Kaff, dessen Namen sie nicht aussprechen konnte, schwankend freute sie sich weiter. Gedankenfetzen ihres jahrelangen Trial-and-Error-Systems kamen ihr in den Sinn: Rotwein ist gesund, dafür aber voller Histamine, die mir als Allergikerin nicht guttun. Die Folgen von Rotwein sind Besserwisserei, Trübsal und Phlegma. Weißwein wirkt in den Etappen munter, charmant, manisch, reumütig. Du musst Wodka trinken, der ist rein. Du musst genauso viel Wasser wie Wein trinken. Du musst genauso viel Wasser wie Wein trinken, aber das Wasser muss heiß sein. Ayurveda, toll, oder? Du musst vorher Fisch essen. Du musst diese und jene Vitamine und Aminosäuren zuführen. Du musst später anfangen, dann schaffst du weniger. Einen Scheiß muss ich. Nein, halt, letzten Gedanken ändern in: Gar nichts muss ich. Ich müsste nicht mehr an meinem Trinkverhalten herumjustieren, ich wäre draußen aus dieser Endlosspirale aus Sündigen und Büßen, ich wäre – der Zug fuhr wieder an –, ich wäre erlöst.

Im nächsten Wagen flackerte das Licht und Maren setzte zu einer kurzen Talfahrt an. Wieder sah sie sich in der dunklen Scheibe. Arbeit macht hässlich, war der Satz, der ihr in den Sinn kam. Arbeite ich dann nur noch? Sie wusste nicht, wie ihr Sozialleben nach ihrer Erlösung aussehen sollte, da Essen und Wein eine beträchtliche Rolle darin spielten. Und, unabhängig von ihren Gemützuständen und damit wohl Teil ihrer Persönlichkeit: Maren konnte Askese nicht ausstehen.

Sie lehnte ihre Stirn an das kalte Fenster und starrte auf die vorbeiziehenden Lichter, die sich gut für eine Selbsthypnose eigneten: Ich verliere nichts, ich verliere nichts, nichts verliere ich, nein, nein, ich gewinne-winne-winne. Die Lichter vereinzelten sich und der Fensterblick ging wieder in Finsternis über, Maren ging weiter. »Vertraue dir und dem Prozess und beobachte, was er mit dir macht« – das hatte Siri ihr gestern getextet. War das hier der Prozess? Sie würde Siri nach Techniken fragen, um ihr unentwegt forderndes Belohnungssystem in den Griff zu bekommen. Zeit für ein neues Kapitel: Der Weg zur Bedürfnislosigkeit.

Partygeräusche drangen aus einem der Sitzabteile. Englisch in verschiedenen Akzenten, junge Männer- und Frauenstimmen und ein altes Lied: »Ich möchte ein Eisbär sein, im kalten Polar, dann müsste ich nicht mehr schrein …«

Maren errechnete, dass sie sich im Jahr zweiundzwanzig nach ihrer letzten Interrailreise befand. »Alles wär so klar«, grölte es aus dem Abteil.

Alles passte. Die Reinigung, die Reise, die Therapeutin, die Entscheidung. Und nicht zu vergessen: Tag sieben. In einem nüchternen Rausch rannte sie durch den Zug.

Im Verbindungsteil zum nächsten Waggon stand eine massige Gestalt unter einer Fellkapuze. Kein Eisbär, der Yeti. Er existierte, er fuhr Bahn.

Sie riss die Türen auf und trat in den Lärm. Eine Kindheitserinnerung an diesen abenteuerlichen Ort direkt über den Schienen stieg in ihr auf. Die Luft stank und dampfte, und kurz fragte sie sich, ob Engelhardt auf die bebenden Metallplatten gepinkelt hatte. »Ich trinke nichts mehr«, schrie sie. »Was?« Sie wiederholte den Satz und er wurde wahr. »Ich auch nicht, komm, wir schlafen.« Er riss die Türen zum nächsten Wagen auf und zog sie ins Warme.

Sie kamen aus Budapest und Maren war auf ihrem Weg nach Hause.

Eine Frau geht zu Boden

Er hatte zwei große Koffer gepackt, um nach Hongkong oder Singapur zu fliegen. Da war es noch fast warm gewesen, jetzt wurde es Winter, aber Doro stellte prinzipiell keine Fragen. Bender hatte immer wieder Phasen gehabt, in denen er Dinge tat, die sie nichts angingen. Als er sich einmal per SMS bei ihr meldet und sie knapp bittet, sich keine Sorgen zu machen, hält sie sich daran. Doro, eine talentierte Verdrängerin, benimmt sich wie eine Cartoon-Figur über einem Abgrund: Sie spaziert einfach weiter.

Eine ungewohnte Geschäftigkeit befällt sie, in der sie sich intensiv mit Weihnachtsgeschenkideen befasst, ihre gesamte Garderobe aussortiert und ihre Bücher nach Farben ordnet. Eine unbekannte Festnetznummer beunruhigt sie alle zwei Tage, bevor sie nachts eine Eingebung hat und im Netz herausfindet, dass diese Nummer Clemens Wolff gehört. Wolff will Bender sprechen, Doro will Wolff nicht sprechen, weshalb sie nach ihrer detektivischen Leistung das Gefühl hat, diese Angelegenheit geklärt zu haben. Sie hält ihr Mobile in Bewegung, indem sie das Gästezimmer in der Farbe Elephant Grey streichen lässt und dem Malermeister ihre Wünsche in der Wir-Form mitteilt.

Eine Woche später fällt sie.

Bender ist weg.

Der Satz stört einen Strom von Fragen, die sich darum drehen, was sie kaufen und essen möchte. Er ist weg, denkt sie noch einmal, als sie in dem Laden steht, in dem sie sonst die

Lebensmittel für sein Seelenheil kaufen, denn sein Arzt hatte ihm gesagt, dass man mit Biolebensmitteln so gut wie alle anderen Lebensstilsünden abfedern konnte, ein Rat, den Bender aufgrund seiner Einfachheit gern befolgte.

Doro spürt ihr Herz und wünscht sich, sie hätte einen Grund, wäre erschrocken oder hätte etwas verloren. Ich habe keine Panikattacken, wieso sollte ich Panikattacken haben, fragt sie sich. Vielleicht stresst mich der Laden? Die Frau an der Kasse kennt sich nicht besonders gut mit der Kasse aus, was niemanden zu stören scheint. Dauert es so lange, weil sie Entschleunigung mitverkaufen oder weil hier nur Leute arbeiten, die dem Tempo normaler Verkaufsvorgänge niemals gewachsen wären? Hinter Doro heult ein Kind. Natürlich heult hier ein Kind, armes Kind, bist schon ganz neurotisch von so viel falscher Dorfatmosphäre und gedeckten Farben, denn Kinder haben es lieber lustig und bunt, so wie Doro.

Sie hat einen Lauch und zwei Rote Beten im Korb, für die es keinerlei Zubereitungsidee gibt, außerdem drei Möhren, Käse, Milch, ein Netz Zitronen, so klein wie Mirabellen, und eine Flasche Merlot, zu teuer für das, was er ist, doch alles darunter ist erwiesenermaßen nicht trinkbar. Ihr Einkauf kostet so viel wie ein Hauptgericht in einem guten Restaurant. Mehr als ein Lippenstift von Chanel, blöder Vergleich, aber er fällt ihr jedes Mal ein. Sie bezahlt zitternd und denkt, ich werde krank. Wo ist Bender, denkt sie gleichzeitig und will, dass diese Frage aufhört. Wo soll er sein, versucht sie in der alten Routine zu denken, er ist verreist und er meldet sich, wenn es ihm passt, so ist er.

Sie packt alles in zwei Papiertüten und trägt es davon. Als eine der Tüten reißt und der Wein auf dem Fliesenboden zerknallt, bleibt sie stehen und glotzt, als hätte man sie geohrfeigt, denn so fühlt sie sich. Was mache ich hier eigentlich? Die

Mutter mit dem Kind schiebt ihren Wagen um die Weinpfütze herum und sagt ihr, dass dies öfter mit diesen Tüten passiert, danke, gut zu wissen. Die Frau an der Kasse dreht sich mitleidig nach ihr um, ein Mann bückt sich nach den davonrollenden Roten Beten, und Doro starrt weiter auf die Scherben. Eine Hasstirade auf Benders Bioladen drückt in ihrer Kehle: Dieser ganze Dreck hier wird mir als Delikatessen verkauft, aber es ist Dreck. Man kann den Dreck riechen, er ist überall. Es riecht faulig und erdig. Nach Kartoffelkeller, nach alten Rüben, welkem Porree und schlecht ausgewaschenen Milchflaschen. Es riecht so schlimm, wie es in der schlimmsten Mangelwirtschaft nicht gerochen hat, es riecht schlimmer als im traurigsten Gemüseladen des ganzen Ostens. Dort hat der ganze erdverkrustete Plunder aber auch NICHTS gekostet, im Gegensatz zu hier. Jemand fragt sie, ob sie sich kurz setzen möchte, sie schüttelt die Person ab und glaubt zu wissen, wie es sich anfühlt, wenn man den Verstand verliert. Und alle, denkt Doro und fühlt sich wie der letzte Mensch in einem Zombiefilm, alle, die sonst drängeln und dauertelefonieren, stellen sich hier stundenlang in eine Schlange und lassen sich in einer nicht auszuhaltenden Lahmarschigkeit Käse abschneiden, der durchschnittlich schmeckt, aber mehr kostet als in den Galeries Lafayette. Bildet ihr euch ein, dass ihr gute Menschen seid, weil ihr es euch leisten könnt, drei Euro für eine Banane auszugeben? Und dann wimmert Doro, die viel lieber gebrüllt hätte, dazu aber weiterhin nicht in der Lage ist: »Wollt ihr mich verarschen?« Sie schiebt die Tüte beiseite, die eine Verkäuferin ihr reicht, und rennt aus Benders Bioladen. Draußen ist blaue Stunde, die Temperatur scheint um zehn Grad gefallen zu sein und auf den Bäumen sitzen Krähen in riesigen Gruppen.

Er kommt nicht wieder, denkt sie, wieso denke ich das dauernd, es ist doch nichts passiert. Es ist alles wie gestern und vorgestern. Sie setzt sich auf ihr Fahrrad und nimmt zeitverzögert wahr, dass ihr das System Fahrrad entfallen ist. Sie weiß nicht mehr, wo und wie man bremst und wo man als Radfahrer zu fahren hat, sie wird angepöbelt und angehupt, und ihr kommt der Gedanke, dass Bender auf den Kopf gefallen sein könnte. Als eine weiße Plastiktüte vor ihr Vorderrad schwebt, versteht sie einen Moment zu lange nicht, was es ist – es könnte etwas sein, das lebt, ein Hündchen? –, und fliegt nach einer Vorderradvollbremsung über den Lenker. Doro wehrt die besorgten Passanten sofort ab. »Alles okay, danke«, sagt sie, schroff und tapfer wie eine Frau, die unter Schock steht. Ihr erster Gedanke gilt tatsächlich nicht ihrem Kopf, sondern der Frau, die sich über sie beugt, genauer gesagt, deren Strumpfhose, sie ist hauchdünn, acht DEN, denkt Doro. »Alles okay?«, fragt die Frau mehrmals und hilft ihr auf, während ihr Begleiter, ein rosiger blonder Mann, seinen hellen Kamelhaarmantel mit Kettenfett verschmiert, als er Doros Fahrrad aufhebt. Sie bedankt sich und schiebt ihr Rad nach Hause, verwirft unterwegs die Idee, ins Krankenhaus zu fahren und ihren Kopf untersuchen zu lassen.

Zu Hause holt sie sich eine Flasche Wein aus seiner Sammlung. Wieso ist sie darauf nicht schon eher gekommen, fragt sie sich in seinem wohltemperierten Keller.

Er würde seine Weine nicht zurücklassen. Er würde diese Wohnung nicht zurücklassen. Er würde mich nicht zurücklassen. Als sie den Wein getrunken hat, weiß sie, dass all das längst passiert sein muss. Ihr fällt auf, dass sie seit Wochen nicht mit Maren gesprochen hat. Auch das hatte sie nicht beunruhigt, weil Maren viel arbeitet und viel unterwegs ist. Sie lässt es bei ihr ins Leere klingeln und versucht es anschließend bei Ariane, die bekannt ist für ihre Unerreichbarkeit und sich somit wenigstens verhält wie immer. Es gibt niemanden sonst, mit dem sie gern sprechen würde, deshalb fasst sie für sich zusammen: Sie wurde verlassen. Und sie muss den Zeitpunkt des Beziehungsendes trotzdem selbst bestimmen. Kann das sein? Wissen die anderen, dass ich allein bin? Wer genau sind die anderen?

Als Doro am nächsten Morgen aufwacht, begutachtet sie die Blutergüsse an ihrem rechten Bein, die sie eine Zeitlang ablenken. Arzt oder nicht Arzt, fragt sie sich. Bender würde sie zum Arzt fahren. Sie fährt zum Arzt. Es stellt sich heraus, dass das Bein geprellt ist, was schmerzhafter als ein Bruch sein kann und wogegen man ihr nichts verschreibt, außer Ruhe und eine Unterarmgehhilfe, die sich auf Nachfrage als landläufige Krücke erweist und von ihr abgelehnt wird. Die Langsamkeit, die das Bein ihr aufzwingt, überträgt sich auf ihren Kopf, so dass sie tagelang hauptsächlich schläft. Manchmal klingelt das Telefon. Ich bin krank, denkt sie, ich hatte einen Unfall. Man wird ja wohl mal krank sein dürfen.

Doros endgültiges Erwachen setzt ein, als sie an einem Montagmittag ans Telefon geht. »Ah! Hallo! Na? Na, Mensch, das ist ja großartig, dass ich dich endlich erreiche, grüß dich!« Doro schweigt, und Clemens Wolff befragt sie lange und mit schlecht gespieltem Interesse nach ihrem Befinden. Doro gibt ihm eine nichtssagende Antwort nach der anderen und sagt schließlich: »Bender ist nicht da.«

Wolff hört auf mit seinem Gestammel: »Genau deshalb rufe ich an, Dorothea. Ich melde mich in meiner Funktion als Ralfs Anwalt.«

Ralf, denkt Doro. Bender wird von entfernten Freunden wie seinem Anwalt beim Vornamen genannt, von näheren und seiner Partnerin beim Nachnamen. Doch wer ist seine Partnerin?

»Doro?«

»Ja? Worum geht es denn?« Weiß Wolff, wo Bender ist? Weiß Wolff, dass Doro nicht weiß, wo Bender ist?

»Die Sache ist die«, sagt Wolff, »die Wohnung ist ja Ralfs Eigentum, und ihr habt da zusammen gewohnt. Die faire Lösung im Interesse aller, und dafür bräuchten wir noch deine Unterschrift …«

Doro driftet ab und stellt sich vor ihren besten Spiegel. Er ist aus den frühen Fünfzigern und er macht schön. Er ist unbezahlbar. Moment, welche Lösung? Ich sehe aus wie immer. Ich bin allein.

»Das ist doch auch in deinem Interesse, oder? Doro?«

»Was? Noch mal bitte.«

Wolff wird denken, sie sei eine Idiotin, was ihr egal sein kann, denn Clemens Wolff, der sich für einen Landadligen hält, weil er sich einen Bungalow in Brandenburg gekauft hat, und für einen schlimmen Finger, weil er nach seiner Scheidung mit ein paar Frauen eine Limo trinken war, ist einer der egalsten Menschen, die Doro sich vorstellen kann. Wie kam Maren auf die ausgesprochen uncoole Idee, dieser Heini könne sie retten?

»Ich sagte: Du musst das nur unterschreiben und an mich zurückschicken, ich schicke es an Ralf weiter. Das ist dann offiziell und amtlich. Wie ihr untereinander kommuniziert, ist euer Ding, da hab ich nichts mit zu tun.«

Wolff hält sich für Benders Spezi, ist aber sein Büttel.

»Also an dieser Stelle muss einfach Ordnung herrschen, da geht es einfach um viel Geld, und da müssen wir schon die Gesetze und Fristen einhalten.«

Sie nickt sich im Spiegel zu.

»Verstehe.«

»Nimm dir ruhig Zeit, lies das alles durch und schick es bei Gelegenheit an mich zurück, okay? Kannst es ja auch von deinem Anwalt gegenchecken lassen …«

Welcher Anwalt? Doro wühlt in einem Stapel ungeöffneter Briefe. Wolffs Kanzleiabsender steht auf einem dicken A4-Umschlag. Das werde ich nicht lesen, denkt sie.

»Was genau soll ich unterschreiben?«

»Okay, Doro …« Wolffs Seufzen sagt: Noch mal von vorn, du Dumpfbacke.

»Also: Ralf lässt dich als Mieterin in seiner Wohnung, ja? Auf lange Sicht hätte er die verständlicherweise gern zurück. Das nennt man Eigenbedarf. Okay. Weil du aber keine fremde Person für ihn bist, wird er diesen Eigenbedarf erst in vierundzwanzig Monaten geltend machen. Heißt für dich …« Clemens Wolff spricht jetzt, als nötige er eine verwirrte Verwandte zu einer Testamentsänderung, er ruft: »Du, Doro, bleibst in der Wohnung und zahlst nur das Wohngeld, okay? Ralf will nur eine symbolische Miete von dir, okay? Das muss er so machen, das ist eine rechtliche Sache, das ist eine Steuersache, die erkläre ich dir jetzt nicht, okay, Doro? Und du hast alle Zeit der Welt, oder sagen wir mal: sehr bequem Zeit, um dir was anderes zu suchen. Gegebenenfalls verlängert er auch, das kann man alles besprechen, ja?«

Doro fragt sich, was sie Wolff fragen soll.

»Was muss ich denn zahlen?«

Wolff raschelt mit Papieren und seufzt wieder. Er wird sich von seinem geschätzten Freund Ralf Bender zweihundertfünfzig Euro für dieses Telefonat zahlen lassen, Blättern inbegriffen.

»Das hast du eigentlich auch vorliegen. Also das sind, das Auto ist auch noch dabei, tausendvierhundert Euro, also Betriebskosten, Auto und diese Pro-forma-Miete, die Ralf ja nehmen muss, also wenn er die nicht nimmt, dann wäre das fast illegal, auf jeden Fall ein enormer Nachteil … steuerlich.«

»Steuerlich?« Doro starrt weiter in den Spiegel. Ich müsste viel schlechter aussehen. Oder sehe ich mich falsch? Und hat mich Bender richtig gesehen? Ich verstehe: *nichts.*

»Ja, genau.« Wolff scheint die Anweisung zu haben, Doro mit Samthandschuhen anzufassen. »Doro, du kannst mich bei Fragen zu diesem Thema jederzeit konsultieren, honorarfrei, kein Problem, aber wie gesagt, zu eurer Privatproblematik kann ich wirklich gar nichts sagen.«

Doro hält sich den Vertrag vor die Augen, die Buchstaben verschwimmen. Sie wird eine Lesebrille brauchen.

»Ach ja: Du kannst natürlich auf jeden Fall vorher raus, das ist up to you, ja? Vielleicht vermietest du ja auch unter. Obwohl, da müsste ich Ralf noch mal fragen, ob ihm das recht ist, aber das kann ich gerne machen, ja?«

»Unterhalt Katzen?«, fragt Doro, nachdem sie es ungefähr zwanzig Mal gelesen hat.

»Ah, richtig!«, ruft Wolff, froh darüber, dass sie endlich kooperiert. »Davor siehst du doch ein Minus, ja?« Sie weiß, dass er sie für attraktiv und ein bisschen blöd hält, denn in diesem Punkt ist Doro keinesfalls blöd. Vielleicht hält er sie auch für ehemals attraktiv und saublöd, was wahrscheinlicher ist. Sie muss weiter in den Spiegel starren und wirft den Vertrag zurück auf Benders Bauhaus-Sideboard. »Das heißt, dass Ralf dir dreihundert Euro vom Gesamtbetrag erlässt, als Unterhalt für die Katzen. Was, wie du sicher auch findest, sehr hoch angesetzt ist. Aber er mag die Katzen und ist ja generell um ein Agreement bemüht, mit dem alle glücklich sind.« Bei seinen letzten Worten glaubt Doro, ihr Herz würde aussetzen, sie geht in eins der Wohnzimmer und legt sich aufs Parkett.

»Alle sollen glücklich sein?«, fragt Doro und hört selbst, wie unglaublich klein und entsetzt sie klingt. Wolff begreift und verfällt in eine ältliche Hüstelei. Doro legt sich auf den Rücken.

Sie starrt auf ein bedrohliches Objekt mit Kugeln und Würfeln aus schwarzem Plexiglas, das über ihr an der Decke hängt und das sie zum ersten Mal bewusst wahrnimmt. Kunst wahrscheinlich, sieht aber aus wie ein misslungener Kronleuchter. Seit wann hängt das eigentlich hier, fragt sie sich und stellt sich vor, dass sich das Ding aus der Deckenverankerung löst und sie unter sich begräbt. »Also, wie gesagt, du kannst mir jederzeit mitteilen, was dir an dieser Vereinbarung nicht gefällt. Ich gebe deine Änderungswünsche dann an Ralf weiter. Bei den Katzen sind wir davon ausgegangen, dass sie auf jeden Fall in der Wohnung bleiben.« Bender hing mit einer Affenliebe an Morrissey und Johnny Marr, den Smiths-Katzen, Bender-Humor. Doro kann Tiere auch mögen, aber nicht lieben, obwohl sie es versucht hat, aber dieses ernsthafte Interesse daran, was Tiere so *machen*, war aus ihr nicht herauszuholen. Und sie hat nie verstanden, warum Bender so auf Katzen stand. Ein Hund hätte besser zu ihm gepasst. Zu ihr auch. Doros Mops kotzt. Doro ist übel.

»Kann Bender den Kronleuchter abholen?«

»Wie bitte?«

Diese Installation, oder was immer das sein soll, wird kurz zum Symbol für alles, was hier nicht stimmt. Weg mit dieser »Arbeit« von Who-the-fuck-auch-immer, von einem jedenfalls MICH nicht grüßenden Künstler. In MEINER Wohnung, weg mit diesem Trash, raus, brüllt es in ihr.

»Was ist mit seinen Sachen hier?«, haucht es aus ihr.

»Die lässt er sicher holen. Doro, hör mal, wenn sich bei euch die Wogen ein bisschen geglättet haben, dann telefoniert ihr einfach wieder und teilt eure Sachen und so weiter. Im Moment braucht er wohl nichts, er wird dir doch nicht das Sofa unterm Hintern wegziehen.«

»Also noch mal von vorn«, unterbricht Doro und bittet um eine Wiederholung der soeben an ihr praktizierten Folter. Sie weiß nicht genau, warum, aber sie weiß, dass es Wolffs verdammte Pflicht ist, ihr die Sachlage so oft zu erklären, wie sie es für nötig hält.

»Ach so, okay, ja klar. Also Doro, wir machen das ab nächsten Ersten so …«

Und so bleibt Doro wenigstens Wolffs fernmündliche Gesellschaft, während sie sich sagt, dass das wohl die Wahrheit sein muss. Dass Bender, der Choleriker, Bender, der Mann auf ständigem Konfrontationskurs, Bender, der auch auf Familienfeiern nicht davor zurückschreckt, die mühsam geschaffene Harmonie durch knallharte Tatsachen zu zerstören, sprich Achtzigjährige anzubrüllen, dieser unerschrockene Bender also nicht in der Lage war, ihr, der Frau, mit der er ein Jahrzehnt seines Lebens verbracht hatte, auf Wiedersehen zu sagen. Und die Folgewahrheit dieser Wahrheit ist wohl, dass ein Mann, dessen Aufhebungsvertrag ihr bereits schriftlich aus einer Anwaltskanzlei vorliegt, auch künftig nicht an einer privaten Auseinandersetzung interessiert sein dürfte. Und auch nicht an einer Rückkehr. Nicht zu ihr, nicht zu den Katzen. Kurz: Ja, Bender ist weg.

Doro legt sich unter den Lichtkegel, den die Sonne in das große Wohnzimmer wirft, und schaut in eine Milchstraße aus Staubpartikeln, denn die Putzfrau, die in Bender einen geliebten Sohn gesehen hat, scheint ebenfalls im Bilde zu sein. Zumindest ist auch sie verschwunden, wie Doro jetzt auffällt.

»Okay«, sagt sie, und Wolffs Worte kehren zurück.

»… da kannst du dich wie gesagt wirklich drauf verlassen.

Das wird alles fair und anständig gehandhabt. Du kennst doch Ralf, der ist doch …«

Und als wäre das ihr Code, die Aussage, dass sie jenen Ralf, von dem da die Rede ist, tatsächlich gekannt haben könnte, lässt Doro los. Sie lässt ihre Tränen fließen und ihre Hand mit dem Telefon beiseitefallen und hört Wolffs Hymne auf Benders Anständigkeit nur noch quaken.

Teil zwei

Jackpot

Take a look at my girlfriend
She's the only one I got
Not much of a girlfriend
Never seem to get a lot

Supertramp

Eigentlich alles wie immer, denkt Schubi, und das beruhigt ihn ein bisschen. Weiß ja keiner außer mir, dass das nicht stimmt.

Nach fünfundzwanzig Atemzügen kommt er aus dem Kopfstand und zündet sich einen Joint an.

Er könnte sich einen Ferrari kaufen oder einen Jaguar.

Er könnte nach L.A. ziehen oder vorher erst mal nach Berlin. Aber was soll er da?

Er könnte eine Surfschule aufmachen. Schubi inhaliert und zählt bis acht, Schubi exhaliert und gähnt.

Er könnte sich ein Designerhaus bauen lassen, und zwar direkt vor die Nase dieses beknackten Anwalts aus Berlin. Ein Riesenteil, das ihm die Sicht versperrt, und zwei Bentleys, mit denen er ständig den Hausfrauenporsche dieses Affen zuparken könnte. Außerdem könnte er etwas mit seiner Frau anfangen. Nee, lass mal.

Schubi ist ein friedlicher Typ. Die Idee, Geld auszugeben, um andere Leute zu ärgern, reizt ihn nicht besonders und amüsiert ihn nur kurz.

Trotzdem hatte er sich für kreativer gehalten. Hat nicht jeder schon mal darüber nachgedacht, was er machen würde, wenn er Millionär wäre?

Der häufigste Traum ist vermutlich: dem Chef die Meinung geigen und gehen. Und dann?

Schubi arbeitet für seinen Onkel, den er sehr mag und bei dem er okay Geld verdient. Geldgeldgeld.

Seinem Onkel und seinen Eltern könnte er anonym eine fette Summe überweisen. Sie würden sich Autos, Möbel und Reisen davon leisten, die Schubi nicht gefallen, aber das tun sie ja bereits jetzt und das ist ihm auch egal.

Schubi stellt sich wieder auf den Kopf – diesmal stützt er die Hände neben den Ohren auf. Steht man im Yoga-Kopfstand stabiler oder im deutschen, wie Schubi ihn nennt. Gute Frage. Schubi denkt an das Festival, bei dem der Kopfstand sein Comeback in seinem Leben feierte. Die Freaks im Zelt nebenan hatten nach zwei Tagen im Pilzrausch die Idee, Yoga zu machen. Nicht Schubis Sache. Allerdings fiel ihm beim Zuschauen wieder ein, dass er als Kind ein guter Turner gewesen war. Und so zeigte Schubi diesen Spacken, wie man einen Eins-a-Kopfstand machte und zwanzig Minuten darin stehen blieb. Wer auf dem Kopf stehen kann, kann die Zeit zurückdrehen, hatte ihm ein ledriger Typ mit einem Dutt gesagt. Super, sagte Schubi, dann sind wir ja gleich wieder nüchtern und können uns noch mal von vorn zudröhnen. Hey, ich meinte das Alter, Alter. Schubi war siebenundzwanzig und hatte kein Interesse daran, jünger zu sein. Und wie der Yoga-Zottel bewies, konnte er locker noch dreißig Jahre auf Raves gehen.

Jetzt könnte er selbst einen veranstalten. Die teuersten DJs buchen und die schönsten Frauen an die Bars stellen. Hmmm … Schubi stellt fest, dass man im Kopfstand die Augen besser offen lässt.

Eine Disco kaufen, um hier in der Gegend bessere Partys zu machen als in Berlin? Auch Quatsch, denkt Schubi bei Atemzug vierundzwanzig.

Braucht kein Mensch. Außerdem ist Schubi vom Typ her eher Gast.

Er bringt seine Beine in einen Neunzig-Grad-Winkel und zurück auf den Boden, er spürt seine Bauchmuskeln. Aus seinem Rucksack kommt der Ton für eine Textnachricht. Er wird diesen Ton ändern, wenn er Zeit hat. Er zieht sich ein paar Grashalme aus den Haaren und macht einen Handstand. Seine Arme zittern. Adrenalin, denkt Schubi, stellt sich wieder auf die Füße und geht zum Auto. Im Rückspiegel sieht er sein knallrotes Gesicht. Im Kofferraum steht ein Kasten Bier.

Wenn er jetzt trinkt, darf er nicht mehr fahren. Und wenn er noch einen kifft, will er nicht mehr fahren. Ach Scheiße Mann.

Er lehnt sich an den Kofferraum, verschränkt die Arme und starrt auf seine Füße. Pfffffffffff, denkt Schubi vorn, während es im Hintergrund weiterlärmt: Was mache ich jetzt, was mache ich jetzt, ich muss was machen, so geht das doch nicht, das kann doch gar nicht wahr sein, unfassbar bescheuert, aber natürlich auch geil, ich flipp aus, echt.

Schubi drückt sich die Handballen gegen die Augen und denkt langsam und deutlich: Ich muss es jemandem erzählen.

Schubis Problem: Er hat einen Lotto-Jackpot geknackt.

Schubis wirkliches Problem: Er weiß jetzt, dass er seine Freundin verlassen muss und dass er komplett allein auf der Welt ist.

Er scrollt die Namen in seinem Telefonbuch durch und findet niemanden, dem er erzählen kann, dass er seit ein paar Stunden Multimillionär ist. Was für ein bescheuertes Wort. Multimillionär. Megastar, Superheld, großes Kino.

Schubi hat mal gehört, dass Leute, die im Lotto gewonnen haben, sich nach einem Jahr wieder genauso fühlen wie vorher.

Schubi hat sich vorher besser gefühlt als jetzt.

Erst hatte er einen Adrenalin-Flash, als hätte er jemanden überfahren. Dann hat er die Zahlen noch ein paar Mal verglichen und sie stimmten immer wieder. Ist die Wahrscheinlichkeit, den Jackpot zu knacken, nicht kleiner als die, vom Blitz erschlagen zu werden, Fünflinge zu kriegen oder die Pest? Schubi überkam die diffuse Angst, alles Unwahrscheinliche könnte ihn jetzt treffen. Er stieg in sein Auto und fuhr mit klitschnassen Händen und klappernden Zähnen zu seiner Wiese. Wahnsinn, wie körpereigene Drogen knallen können. Schubi dachte sehr viel gleichzeitig, aber ein Gedanke schrie immer wieder dazwischen und das brachte ihn fast um den Verstand: Sandra muss weg.

Schubi fand das furchtbar. Er war schockiert von dem Gedanken. Die anderen hatten ihm etwas injiziert, ein Serum, das seine Gefühle absterben ließ. Die anderen existierten nicht. Der Gedanke kam von ihm.

Wenn alles okay wäre, hätte er sofort daran gedacht, was er jetzt mit dem Geld und mit Sandra alles machen könnte. Wenn alles super wäre, hätte er sie angerufen. Ja, dann wäre es sozusagen ein Reflex gewesen, ihr sofort zu sagen, dass er beziehungsweise sie beide jetzt reich seien. Sandra hätte direkt ihre Mutter angerufen und noch mindestens zehn andere Dinge getan oder im Internet bestellt, die Schubi nicht gefallen hätten. Aber das wäre egal gewesen, wenn alles okay wäre. Ist es aber nicht.

Er geht noch mal alle Leute durch, die er kennt. Wirklich niemand, der nichts mit Sandra zu tun hat, kein Eigeninteresse an seinem neuen Reichtum hätte und die Klappe halten würde. Er schaut nach, von wem die SMS ist: Wollen die Schwiegereltern auch Spargel? Kuss Mutti.

Schubi steigt in sein Auto. Er hat keine Schwiegereltern.

Sandra hat Eltern namens Micha und Birgit, die kann er gern fragen, ob sie Spargel wollen, wenn er es nicht vergisst. Genervt lässt er den Motor aufheulen.

Irgendwann hatte er Sandra gesagt, dass er Lust hätte, mal was anderes zu machen. Er meinte damit Schluss, aber nicht ganz Schluss und vor allem ohne Stress. Sandra verstand.

»Das kannst du doch nicht machen«, hatte sie geantwortet.

Warum nicht, fragt Schubi sich jetzt. Weil seine und ihre Eltern sich so gut verstehen, weil alle sich so lange kennen, weil alles so bleiben soll wie immer? Schubi findet eine Antwort, die ihn gruselt.

Weil keiner ihm zutraut, den Arsch hochzukriegen und was anderes zu machen. Weil alle fest davon ausgehen, dass er drei Gehminuten von seinem Elternhaus entfernt eine Familie gründen wird. Nicht, weil das nun mal so ist – von Serafina, seiner Schwester, erwartet das schließlich auch niemand. Sondern weil er, Schubi, so ist, wie er eben ist.

Und weil er schon mal dabei ist, lässt Schubi noch einen unangenehmen Gedanken zu: Er soll verheiratet werden. Was er selber will, interessiert niemanden. Im Radio fällt das Wort Taliban.

Genau wie bei denen, denkt er.

Er wird sauer. Auf die anderen, weil die ihn nicht checken. Und auf sich selbst, weil er versäumt hat klarzustellen, dass er kein Depp ist, den man behandeln kann wie eine Stehlampe.

So selbstkritisch kennt Schubi sich gar nicht. Er nimmt den Depp und die Lampe zurück.

Normalerweise ist er ganz zufrieden mit sich. Genau das scheint jetzt das Problem zu sein. Ein wummernder Golf überholt ihn. Vollgestopft mit Knalltüten. Die sollen mal aufpassen, dass sie sich nicht um den nächsten Baum wickeln. Schubi denkt im Wortlaut seines Vaters und fühlt sich schlagartig alt.

Er sieht sich von außen. Er sieht sich vor dem Fernseher, hinter seinem Grill, auf Sandra, unter seinem Auto. Mit seinem Tribe, wie er seine Leute nennt, Sandra inbegriffen.

Kann echt kein Schwein ahnen, dass ich nicht happy bin, denkt er. Er biegt ab und fährt ein Stück in den Wald. Natur ist super. Ein Argument gegen die Hysterie, dass man unbedingt wegziehen muss von hier.

Ah. Gute Idee. Eine Pro-und-Contra-Liste. Schubi wird sie im Kopf erstellen und sich dabei noch einen Joint bauen.

Für Sandra spricht, dass sie da ist. Denn die meisten Frauen, die gut aussehen und was in der Birne haben, ziehen nach der Schule fluchtartig in die Stadt. Sandra hat so mittel was in der Birne und sieht mal so, mal so aus, hat aber ständig Sex mit ihm. Plus. Schubi legt sich eine CD auf den Schoß und bröselt Gras darauf. *Artus Excalibur* liest er und denkt: Meine Fresse, was für ein Scheiß, spinnt die Alte oder was? Dann fällt ihm glücklicherweise ein, dass seine Mutter letzte Woche sein Auto genommen hatte. Kein Minus für Sandra an dieser Stelle.

Andererseits: Sandra hört zwar keine Musicals wie Carmen, seine Mutter, hat aber ansonsten oft den gleichen Geschmack. Schubi rollt und leckt am Papier. Die Formschönheit seiner Tüte lenkt ihn kurz ab. Die Geschichte mit dem Geschmack ist vielleicht zu hart. Also kein Plus oder Minus, sondern neutral. Eine Liste mit drei Spalten im Kopf ist aber too much. Also streichen.

Schubi fährt die Fenster runter und raucht.

Sandra wird so fett werden wie ihre Mutter. Minus. Doppelminus.

Er kommt nach seinem Opa mütterlicherseits, und der sah tipptopp aus. Plus. Aber er ist nicht auf der Liste. Also noch mal: Sandra wird in den wichtigsten Punkten zu ihrer Mutter. Nicht später, sondern sehr bald.

Schubi hustet und weiß plötzlich, was Sandra denkt: Dass es egal ist, wie sie aussieht, weil er ja sowieso nicht wegkann. Oder: Weil er sie liebt und es deshalb nicht mitkriegt? Ganz schön frech.

Oder, wirklich frech: Weil sie denkt, dass er nichts Besseres verdient hat, weil er ein Loser ist? Nö. Schubi greift hinter seinen Sitz und zieht eine Flasche Cola hervor. Dann wäre sie ja mit Absicht fett und würde sich selbst für zweite Wahl halten. Sandra hält sich aber für den Jackpot. Schubi schluckt angewidert die kohlensäurelose Cola. Jackpot. Darum sitzt er hier.

Er ist reich. Reich sein heißt zusammengefasst: alles in bester Qualität haben können, auch Frauen. Schubi denkt an die Frauen reicher Typen. Jünger als die Typen, dünn, selber reich oder wichtig, anstrengend. Auf Sandras Liste klimpert es: Minus Minus Minus. Dass sie nicht besonders anstrengend ist, ist natürlich kein Minus.

Und wie sehen reiche Typen aus? Bill Gates sieht aus wie Herr Wiesner von der Kreissparkasse. Der noch gar nicht weiß, dass er bald zu Schubis größtem Fan werden wird. Schubi lacht. Lachen ist gut.

Darum geht's eigentlich auch: Was er will. Also eine neue Liste – was will Schubi, was hat Sandra.

Sex, Spaß, Abhängen, Freiheit. Freiheit ist bekanntermaßen ein dehnbarer Begriff. Schubi macht einen Karpfenmund und stößt den Rauch stoßweise aus. Er will zum Beispiel seine Freunde treffen, sooft er will, er will ausschlafen, er will aus der Packung trinken, er will ungefragt frische Wäsche und saubere Böden. Er will sich nicht rechtfertigen, weil er Bier lieber mag als Wein, Pizza lieber als Schnickschnack-Essen und Serien lieber auf Deutsch als auf Englisch guckt, anders als Serafina, die in Potsdam an der Filmhochschule studiert hat, aber nicht Film. Außerdem war sie für ein halbes Jahr in Japan, hat ihren echt okayen letzten Typen verlassen, weil sie ihn angeblich auf ganzer Linie abgehängt hatte, und jettet nun mit diesem älteren Bescheidwisser durch die Gegend, der ständig aufzählt, wen er alles kennt. Was denken sich die Chicks eigentlich?

Plus Plus Plus für Sandra.

Mal andersrum gedacht, hätte Sandra dann aber recht, falls sie denkt, dass man ihn einfach nur in Ruhe lassen muss. Schubi geht sich langsam selbst auf den Zeiger. Er dreht den Zündschlüssel und hupt kurz in den stillen Wald hinein. Dann macht er das Radio an. Nach ein paar Sätzen versteht er, dass es um einen Roman geht, in dem ein ehemaliger Kindersoldat zu Fuß durch die Sahara nach Europa will und unterwegs verschleppt wird. Die Pornostimme der Moderatorin irritiert ihn. Sie spricht über ein, da ist sich Schubi sicher, unerträglich anstrengendes und todtrauriges Buch und benutzt möglichst viele Fremdwörter. Dazwischen japst und kichert sie, als wäre sie die Hauptperson in einem Gangbang. Horror, denkt Schubi, der kein Buch will und im Moment auch keinen Porno. Jedenfalls nicht so einen. Er stellt die Zündung wieder aus.

Dann fasst er zusammen: Er ist okay, so wie er ist. Und er ist nicht in seine Freundin verliebt, ob die nun aussieht wie ein Model oder wie ein Trampel. Pech für sie, dass er das zeitgleich mit seinem Lottogewinn herausgefunden hat. Wären sie verheiratet, müsste er teilen. Vielleicht wird er das auch so. Denn Sandra ist in Ordnung. Die Idee mit der Beziehung war von Anfang an ihre. Die Idee mit der Hochzeit auch. Das Erste hat sie gekriegt, das Zweite kommt nicht in die Tüte. Jetzt ist er mal dran. Er wird sich ein Boot kaufen. Und vorerst mit wechselnden Frauen darauf herumschippern. Oder mit Olli. Das ist lustiger.

Er schmiert Spucke um das brennende Ende seines Joints.

Schubi, oft beschäftigt, manchmal benebelt, ist jetzt ganz bei sich. Endlich.

Er will genauso bleiben, wie er ist, aber er will nicht mit einer Frau zusammen sein, die genauso ist, wie er ist. Das ist genial einfach und es ist die Wahrheit.

Ein Vogel scheißt ihm auf die Windschutzscheibe. Flatsch. Noch einer. Menge und Farbe der Vogelscheiße beeindrucken Schubi. Sieht aus wie Heidelbeerjoghurt. Er steckt seinen Kopf aus dem Fenster und hört einen weiteren Vogelschiss auf dem Dach landen.

Schubi rekonstruiert: Die Viecher haben irgendwelche Beeren gefressen und Durchfall gekriegt. Sofort abwischen oder trocknen lassen und abkratzen?

Schubi hat den Faden verloren. Er macht die Tür wieder zu, lässt das Fenster offen, hängt seine Beine raus und zündet den Joint wieder an.

Es ist okay, wie es ist. Nein, ist es nicht. Sandra ist okay. Aber nicht so okay, dass er sie heiraten will. Sie ist einfach nur da. Sie macht nichts und er macht auch nichts. Vorhin war er schlauer. Fast brillant. Vielleicht doch erst mal Scheibe putzen?

Schubi muss sich sammeln. Sie ist zufrieden. Er nicht. Das kann sie nicht wissen, weil er nichts sagt. Sie ahnt es vielleicht und lacht sich ins Fäustchen. Nicht ihr Style eigentlich. Vielleicht ist sie ja auch unzufrieden? Findet ihn schon lange öde und wartet nur, bis ein anderer Typ vorbeikommt? Dass er jetzt stinkreich ist, würde ihm helfen, wenn sie auf dem Sprung wäre und er total verknallt in sie. So ist es aber nun mal nicht. Außerdem ist sie nicht wirklich ein Schuss. Was will die eigentlich? Kann mal froh sein, dass sie ihn hat. Ist sie ja auch. Scheiße.

Olli hat mal gesagt, wenn man sich eine andere sucht, ist

das nicht besser, sondern nur anders. Olli ist seit der Schule mit Caro zusammen.

Sogar Schubi kann sich problemlos was Besseres vorstellen. Er hat Hunger und setzt ihn als Druckmittel gegen sich selbst ein.

Erst eine anständige Begründung, um diese Beziehung zu beenden, dann zum McDrive. Vielleicht kriegt er das Gespräch ja sogar heute noch hin. Dann fällt ihm ein, dass Sandra in zwei Tagen fünfundzwanzig wird. Shit, er kann ihr nicht den Geburtstag versauen. Andererseits, je eher er es ihr sagt, desto eher kann sie sich einen neuen Typen suchen. Außerdem muss er zeitlich so Schluss machen, dass sich schon alle daran gewöhnt haben, wenn sie mitkriegen, dass er reich ist. Er tippt auf seinem Kalender herum und kommt auf eine Gnadenfrist von zwei Wochen nach dem Geburtstag, dann das Gespräch, dann noch mal drei Wochen, bis er vorsichtig anfangen kann, das Geld auszugeben. Er zieht eine Woche ab. Es hilft niemandem, wenn sich die Sache zieht.

Eigentlich sagen die meisten Leute das Gleiche, wenn sie sich trennen.

Dass sie sich auseinandergelebt haben zum Beispiel. Schubi und Sandra haben nie anders gelebt als jetzt. Nö, entscheidet Schubi und zupft sich Tabakkrümel von der Zunge.

Wir brauchen mehr Freiraum, sagen auch manche, oder: Lass uns mal Pause machen. Hör mal auf rumzuspinnen, wäre Sandras Antwort.

Ich will keine Kinder, könnte er auch sagen. Dann würde sie jetzt auch keine wollen und ihn später austricksen. Schubi kennt Sandra.

Ein Arsch sein, bis sie geht, geht nicht, weil er kein Arsch ist und sie niemals gehen wird.

Schubi schaut in den Rückspiegel und übt:

»Du, Sandra, ich will einfach nicht mehr. Und da gibt's auch keine Diskussion. Du bist eine echt tolle Frau …«

Schubi hält den Mund. Zu faul zum Weitersprechen. Aber so ungefähr könnte es gehen. Wichtig ist, dass er den Satz mit der Diskussion nicht vergisst.

SMS für Schubi: WoW und dann Ding Dong?

World of Warcraft gerne, aber sie soll gefälligst aufhören, Sex Ding Dong zu nennen. Voll der Abturn. Es ist wirklich Schluss.

SMS von Schubi: Essen?

SMS für Schubi: Fahre zu Paolo.

Schubi tippt: Ohne Sardellen.

Weiß sie eh. Er wirft das Telefon auf den Beifahrersitz und dreht den Schlüssel. Also kein McDrive. Wo war er noch mal?

Stimmt. Scheibenwischer anmachen. Schubi fährt los und schaut durch seine verschmierte Scheibe in den Sonnenuntergang. Er schätzt es sehr, wenn er bekifft den Durchblick hat. Zeit ist Geld, denkt er. Deshalb ist Geld auch Zeit. Super.

Der Maistrich

Die Frau hört sich an, als hätte sie den Schmerz der gesamten Welt eingeatmet, um ihn anschließend hinauszusingen. Unglaublich, denkt Susanne, das bin ich. Wenn ich singen könnte.

»Wer ist die Frau?«

»Welche Frau?«

Sie zeigt mit dem Kinn auf die Anlage und achtet auf die nächste Ausfahrt.

»Die Sängerin.«

»Das bin ich«, sagt Phileas.

»Unglaublich«, sagt Susanne und schaut ihn von der Seite an. Er schaut entspannt auf die Fahrbahn. Ihn für die Frau zu halten war kein Fauxpas.

Phileas sieht auch aus wie eine Frau. Eine Frau, die sich nach einer Tragödie den Kopf rasiert hat und sich nicht schminkt. Rupert nennt ihn Miss Naomi, und Susanne liebt es, ihn zu fotografieren. Die beiden sind eine Hinterlassenschaft Engelhardts, der ihnen Räume, die eigentlich ihr gehörten, überlassen hatte. Eine Dreistigkeit, aber Susanne mag Rupert und Phileas, auch wenn Phileas nur noch selten vorbeikommt.

»Gefällt es dir?«, fragt er sie.

»Es ist unglaublich. Wirklich«, sagt sie und würde sich gern dezidierter äußern, damit er ihr Urteil ernst nehmen kann, doch die Sprache der Musik ist nicht ihr Ding.

»Es ist gut, dass ich jetzt alleine Musik mache«, sagt er. Und sie schaut ihn wieder an, stellt ihn sich mit langen Haaren vor und vergisst kurz, dass sie sich auf der A9 befindet. Leider ruht nicht die ganze Welt so in sich wie Phileas.

»Jaaa, hör auf zu hupen, Opa aus Leipzig, ich hab's begriffen, Herrgott noch mal!«

»Ich kann auch mal fahren, wenn du magst.«

»Schon okay.« Sie kann ihn sich nicht am Steuer vorstellen. Aber sie versucht seit Längerem, ihn sich als Liebhaber vorzustellen, was sie eigentlich innerhalb eines Sekundenbruchteils hinkriegen sollte. Er ist so höflich und unaufdringlich, dass man ihn fast als ätherisch bezeichnen könnte. Nein, denkt Susanne, er ist nicht wirklich höflich, er ist so mit sich beschäftigt, dass er anderen gar nicht zu nahe treten kann, was wiederum erklärt, warum sie sich ihn nicht beim Sex vorstellen kann. Jedenfalls ist er der perfekte Begleiter. Und wenn man annehmen sollte, er wäre ihr Liebhaber: umso besser.

Kurz nach Bayreuth beginnt Susanne Greiner mit einer langen Argumentationskette, die Phileas Wheeler, der ihr mehrmals gesagt hatte, dass ihre Wege sich trennen werden, weil er nach München will und nicht nach Baden-Württemberg, einen kleinen Abstecher in ihre alte Heimat schmackhaft machen soll.

Phileas ist in seiner Warum-nicht-Stimmung. Ja, es würde sich anbieten, endlich mehr von Deutschland zu sehen als Berlin und Hamburg. Warum nicht. Aber wie weit wäre es von ihren Eltern nach München?

»Ich fahre dich. Wann musst du denn in München sein?«

»Ich habe Ariana gesagt, ich komme heute Abend, spätestens morgen.«

Moment, denkt Susanne. Ahrianah?

»Ariane Hofmann?«

»Ja. Ariane Hofmann. Wir fahren an einen Ort namens Allgäu.«

»Was macht Ariane in München?«

»Sie kommt da her. Sie wohnt bei ihren Eltern.«

Ariane Hofmann ist die Ehefrau von Engelhardts Ex-Produzent, dem netten Hendrik, den sie mit ihren Kindern in Berlin sitzengelassen hat. Sie hat in ihrem gesamten Leben noch nichts zustande gebracht außer einem wehleidigen Gesicht, und jetzt findet diese Frau also, es wäre an der Zeit für einen Mann, der so begnadet ist wie Prince und aussieht wie Naomi Campbell. Einen Mann, bei dem Susanne sich sogar den Gedanken an Sex verbietet, weil sie Anstand hat und Stil, während Ariane nichts anderes einzufallen scheint, was man mit anderen Menschen so tun könnte. Es ist eine Frechheit, um nicht zu sagen widerlich. Und sie ist der nette Lift nach Süddeutschland und somit der Lieferservice für Arianes neues Sexopfer, das ist einfach die Krönung!

Susanne stellt eine Nebenwirkung eines neuen Präparats aus der Gruppe der psychostimulierenden Medikamente fest, das sie in den letzten Tagen eher konzentriert und eloquent gemacht hatte: stark lodernder Hass gegen Personen, die ihr vorher egal waren. Wie würde man derartige Symptome auf dem Beipackzettel beschreiben?

»Bei der nächsten Raststätte muss ich kurz halten.«

»Klar, gerne.«

»Wieso wohnt Ariane bei ihren Eltern? Das ist ja schrecklich.«

»Kommt auf die Eltern an.«

»Und was habt ihr vor in München und im Allgäu?«

»Abhängen«, sagt Phileas in dem konstruktiven Tonfall, in dem andere Leute »das neue Quartal durchsprechen« sagen würden.

Schwäbische Alb gegen Allgäu. Susanne wird von einem Lachen geschüttelt, dass sie der Pille zuschreibt, denn es hört sich nicht nur irgendwie blechern an, es hört auch nicht auf. Zum Glück scheint es Phileas egal zu sein. Er hängt ab.

»Er ist übern Berg. Er macht sich gut. Papa, hab ich ihm gesagt, du bleibst gefälligst hier, wir brauchen dich noch.«

Martin Greiner, der sich derzeit an der portugiesischen Atlantikküste befindet, lacht ins Telefon.

Er *liebt* ihn, denkt Susanne, nicht zum ersten Mal beeindruckt von der Selbstverständlichkeit, mit der ihr Bruder ihre gemeinsamen Eltern liebt. Lieben kann. Susanne nickt, als wäre sie ein Kleinkind vor dem Begreifen des Prinzips Telefon.

»Und da haben wir uns gedacht, jetzt fliegen wir doch. Der alte Herr ist stabil, die Mama kommt besser klar als erwartet, und wir hatten so einen Stress die letzten Wochen.«

Martin missversteht das Schweigen seiner Schwester und wird leider etwas zickig:

»Und dass du ausnahmsweise auch mal kommst, ist für den Papa besser als alles, was die in der Klinik für ihn tun können. Das weißt du auch, oder?«

»Ja klar. Ich bin bald da.« Was noch? »Ich freue mich.«

»Also, wir waren jedenfalls seit zwei Jahren nicht entspannt weg, das musste einfach mal sein, sorry.«

»Du, Martin, überhaupt kein Problem.«

»Ich meine nur, dass auch alles okay bei euch ist in der Zeit. Das meine ich ernst, Susanne.«

Phileas steht mit einem Paar vor dessen offenem Kofferraum und begutachtet eine Gitarre oder einen Bass. Er trägt einen Film-Noir-Hut, der unbekannte Mann eine Elvis-Tolle, die Frau einen Vokuhila. Drei Zeitreisende mit einer gemeinsamen Leidenschaft: Musik. Beneidenswert.

»Martin, du machst jetzt mal Urlaub, wohlverdient und so weiter, und wir telefonieren die Tage.«

»Ich sag's nur: Lass die alte Frau endlich in Ruhe.«

»Ich weiß nicht, was du meinst.« Was nicht stimmt, er meint, dass sie, seit sie dreizehn ist, versucht, die Welt, die ihrer Mutter gefällt, zu torpedieren. Durch das Rasieren einer Glatze, das angekündigte Verschwinden in einem Kibbuz, der gar kein Kibbuz war, sondern eine griechische Insel, das Leben in einem besetzten Haus, diverse Reisen in Krisengebiete, die Heirat mit einem Mann aus einem dieser Gebiete, über die sich die Mutter gefreut hätte, wäre der Mann nicht schwul gewesen, und die zeitweilige Behauptung, ihre Mitbewohnerin Gesa wäre ihre »Partnerin«, sowie das kaltblütige Aussitzen der verunsicherten Nachfragen ihrer Mutter, ob sie nun »Lesbierin« sei oder nicht. Engelhardt bildete schließlich den kleinsten gemeinsamen Nenner von Mutter und Tochter: Narzisstisch und außergewöhnlich genug für Susanne, dabei aus halbwegs normalen Verhältnissen stammend, mit Beruf, ohne erwähnenswerten Altersunterschied, ohne Vorstrafen und zweifelsfrei heterosexuell, obwohl Mutter Greiner zu diesem Zeitpunkt schon so viel über Diversität gelernt hatte, dass das eigentlich egal war. Dieser kleinste gemeinsame Nenner in Gestalt eines nicht zurechnungsfähigen Riesen hatte Susanne verlassen, die jetzt einen Energy-Drink öffnet und sich für die weitere Einnahme der stimulierenden Pillen entscheidet. Wofür ist man schließlich Apothekerin?

»Du weißt, was ich meine.«

»Martin, ich sorge für mich selbst, seit ich achtzehn bin, ich führe meine eigene Apotheke, ich bin Geschäftsfrau.«

Im Gegensatz zu deiner Hausfrau.

»Grüße an Claudia übrigens.«

»Danke, richte ich aus. Es ist nur so, dass wir ewig nicht mehr so was wie *Fun* hatten, und dass wir es jetzt ganz schön fänden, wenn in unserer Abwesenheit Frieden herrscht.

»Alles klar, wenn *ihr* das so wünscht«, sagt Susanne. Martin, der seit seiner Geburt nur allein ist, wenn er sich im Bad einschließt, was grob geschätzt dreißig freiwillige Minuten pro Tag sein werden, und der aufgrund dessen auch die erste Person Singular nicht mehr zu beherrschen scheint, ist zwei Jahre jünger als sie, führt sich aber seit jeher auf wie das Familienoberhaupt.

»Und jetzt bitte nicht zynisch werden, Suse. Sieh's einfach mal so: Du bist drei, maximal fünf Tage pro Jahr da, und in denen passt du dich einfach mal kurz an. Danach kannst du wieder machen, was du willst, aber tu mir einen Gefallen und komm diesmal alleine.«

Susanne dämmert nun, was ihr Patriarchenbruder mit »Fun« und »komm alleine« meint. Ihre Facebook-Posts – Susanne und die Jungs, tolle Fotos, die ihren Freunden (Engelhardt) ihren neuen Haarschnitt und ihre super Zeit mit dem absurd fotogenen Phileas und dem neiderweckend lustigen Rupert vorführen sollen – waren ihm offenbar ins Auge gefallen. Martin war nicht auf Facebook, aber der Vater von Aron, elf, und Aurora, dreizehn.

»Die Familie braucht jetzt Ruhe und Kraft, Susanne. Und die Leute, mit denen du rumziehst … ja, ich komme gleich, ich spreche kurz mit Suse.«

»Was ist denn mit den Leuten?«, fragt der alte Pitbull in Susanne.

»Die Leute sind in Ordnung, Suse, und deshalb haben die wahrscheinlich auch keinen Bock drauf, von dir bei den Hinterwäldlern rumgezeigt zu werden wie eine Freakshow. Solche Aktionen mögen früher mal funktioniert haben … ja, ich bin gleich bei euch, Grüße von Suse. Ja, richte ich aus.«

Martin war schon als Kind nicht aus der Ruhe zu bringen, weshalb er immer im gleichen Tonfall spricht, egal, ob er sich gerade ein Wurstbrot schmiert oder einen Atompilz sieht. Susanne nimmt einen Schluck von ihrem Energy-Drink.

»Du bezeichnest meine Freunde als Freakshow?«

»Noch mal: Ich meine nicht deine Leute, die kenne ich doch gar nicht. Aber wenn du deine Boyband dringend unseren Eltern vorstellen willst, dann ist das im Moment einfach nicht der richtige Zeitpunkt. Der Papa würde sie aus bekannten Gründen sowieso nicht mitkriegen …«

Susanne weint. Martin war schon immer ein Arschloch.

»Weißt du, und jetzt werden sie halt wirklich alt. Und wir sind die Nächsten. Und wir sind auch diejenigen, die sich jetzt um sie kümmern müssen. Das ist einfach so.«

Sie winkt Phileas fort, der mit einem Tankstellen-Frühlingsstrauß (für Susanne, für Ariane oder für sich selbst) auf sie zukommt. Er versteht sofort und macht kehrt Richtung Auto.

»Hör zu, Suse: Alles wird gut und ich mache jetzt ein bisschen Quality-Time mit meinen Erben, ja?«

Suanne sammelt sich: Gespräch in Frieden beenden, gute Tante sein.

»Grüß Aron ganz lieb und sag Aurora, dass die Tante Susi zwar früher viel Unfug angestellt hat, auf den sie heute nur noch teilweise stolz ist, aber dass sie dabei *immer* dachte, sie könnte die Welt verbessern.«

»Ach Suse …«

»Doch, im Ernst, Martin: Da soll deine kleine Querflötenprinzessin mal drüber nachdenken, wenn sie sich täglich nach der Schule auszieht, schminkt wie eine Nutte und davon dann zehn Selfies im Internet postet.«

»Kinderkram.«

»Wir sprechen uns Weihnachten. Viel Spaß in Portugal.«

Sie klickt ihn weg und hat nicht gewonnen.

Als sie Phileas in Nürnberg in den ICE nach München setzt, hat sie das Gefühl, einen kleinen Vogel gesund gepflegt und zurück in die Freiheit entlassen zu haben.

Ich dosiere die Pillen falsch, denkt sie, als sie wieder in ihrem Auto sitzt und grundlos friert. Sie ist immer eine hochethische Pharmazeutin gewesen. Nichts ohne Rezept, auch nicht an Freunde. Gut, bei Engelhardt hatte sie eine Ausnahme gemacht. Ansonsten war es wirklich lästig, sich ständig von irgendwelchen dahergelaufenen Kreativjunkies anzuhören, die Pharmaindustrie wäre an allem schuld, um sich gleichzeitig anbetteln zu lassen: Schlaftabletten für Langstreckenflüge, Upper, Downer, Angstlöser, Glücklichmacher, das ganze Programm. Ich muss mein Buch schreiben, mein Bild malen, meinen Film schneiden, mal überhaupt wieder was geregelt kriegen. Was meint ihr, wie's mir geht, ihr Blender, denkt Susanne und dreht ihre Sitzheizung wieder runter. Nach Engelhardts Abschied hat sie erstmals die Möglichkeit der Selbstmedikation genutzt. Diese Pillen hier sind derzeit der Renner unter Leuten, die meinen, die grenzenlosen Möglichkeiten des magischen Organs namens Hirn voll ausschöpfen zu wollen. Leute, die sich für brillant halten, den ganzen Tag ungefiltert ihre Ideen absondern und nun hoffen, durch ein Medikament diesen Irrsinn irgendwie kanalisieren zu können. Also bearbeiten sie ihre Ärzte, damit diese ihnen für ihre Deadline-Phasen oder künstlerischen Großprojekte die Rezepte ausstellen, mit denen sie dann bei Susanne auftauchen. Brain Enhancer, Hirnerweiterer. Susanne fühlt sich nicht schlauer als vorher, die Autobahn geht ihr auf die Nerven wie immer, die Gedanken an Engelhardt poppen nach wie vor unkontrollierbar auf. Nicht die Ausfahrt verpassen. Ich werde mein Homöopathie-Programm erweitern, denkt sie, als sie die Autobahn verlässt, ganzheitliche Apotheken boomen. Trotzdem:

Die Pillen sind bis jetzt ganz gut. Martin hätte mich sonst völlig aus der Bahn geworfen mit seiner Grausamkeit.

Er hat ihr noch eine SMS geschrieben: Vergiss nicht, das Mäle hat Geburtstag!!!

Das Mäle, Susannes Oma, hört einfach nicht auf, Geburtstag zu haben, das sagt sie selbst und lacht leise vor sich hin. Kreszentia Eberle, die heute hundertvier wird, sitzt auf ihrem Sofa vor einer Torte mit vier Kerzen und freut sich über die Pfingstrosen, die Susanne ihr mitgebracht hat. »Mein Susele«, sagt sie, und Susanne muss fast wieder weinen, als sie das zartgliedrige Wesen mit den schneeweißen Löckchen kurz drückt. Sie ist ein Wunder.

Ihre Mutter kommt mit einer Flasche Sekt und drei Gläsern.

»Darf sie das?«, fragt Susanne und schaut auf ihre winzige Oma.

»Warum soll sie das nicht dürfen? Sie ist hundertvier geworden, was soll ihr denn passieren?« Anneliese Greiner schenkt die Gläser voll, reicht eins ihrer Mutter und eins ihrer Tochter.

Auch wieder wahr, denkt Susanne. Trotzdem registriert sie, dass der forsch-fröhliche Ton ihrer Mutter sie bereits beginnt zu nerven. Sie ist seit weniger als einer Viertelstunde in ihrem Elternhaus.

»Mutter, der Bürgermeister kommt nachher auch noch vorbei zum Gratulieren.«

Die Oma nickt und trinkt vorsichtig einen Schluck.

»Und der Pfarrer war ja schon da. Mit ein paar Kindern, die ihr was vorgesungen haben, stimmt's, Mama, das war doch rührend.«

Die Oma nickt wieder und schaut aus dem Fenster. Susanne, die weiß, dass ihre Mutter der Oma zuliebe so laut spricht, würde sich trotzdem wünschen, sie wäre etwas leiser.

Sie begutachtet die Medikamente der alten Frau. Eine der wenigen Hilfen, die sie ihrer Familie anbieten kann, ist ihr Fachwissen. Für einen Menschen, der ein Vierteljahrhundert älter ist als ein Achtzigjähriger, braucht Kreszentia Eberle sehr wenig Medizin, was Susanne kurz stolz macht.

»Mama?«

Ihre Mutter hat begonnen, im Wohnzimmer der Großmutter herumzuräumen. Sie stellt eine Bodenvase um, stellt sich ein Stück weg, ist unzufrieden und sucht nach einer anderen Ecke. Diese Frau macht mich wahnsinnig, denkt Susanne.

»Mama?«

»Ja, mein Engel?«

»Warum kriegt sie Citalopram? Das ist ein Antidepressivum. Was soll das und wer hat ihr das verschrieben?«

Die Annahme, diese Frau hätte automatisch eine Depression, nur weil sie dieses Leben länger durchhält als der Durchschnitt, muss dem Hirn eines Depressiven entstammen, oder? Opium rauchen wäre ein viel besseres Konzept für diese Lebensphase. Oma ist nicht krank, unsere Gesellschaft ist krank, denkt Susanne wie früher.

»Mama? Wer hat ihr das verschrieben?«

Ihre Mutter steht mittlerweile auf einem Hocker und macht sich an der Kuckucksuhr zu schaffen, deren Kuckuck schon klemmte, als Susanne noch zur Schule ging.

»Der Doktor Klein, wie immer. Der macht das sehr gut. Als ich das mit meiner Galle hatte –«

»Ich will ihn sprechen.«

»Der Uli Wirth kommt gleich. Der bespricht das immer mit dem Doktor Klein, und dann kannst du ihn ja fragen.«

Susanne möchte zwei Dinge nicht: anwesend sein, wenn der Bürgermeister kommt, der sicher einen Fotografen der Kreiszeitung dabeihat, um ihre Großmutter als Attraktion abzulichten. Und einem alten Klassenkameraden begegnen. Sie sagt ihrer Mutter, dass sie den Papa im Krankenhaus besuchen fährt, doch Ulrich Wirth kommt an, als sie gerade das Haus verlassen will.

»Suse! Das freut mich aber.«

»Hallo Uli.« Er sieht nicht schlecht aus, der Ulrich Wirth, irgendwie vital. Der Mann aus den Bergen.

»Bist du auf dem Weg zu Helmut? Wenn du kurz wartest, fahren wir gleich zusammen.«

Suanne verpasst es, ihm zu widersprechen. Seine Geschäftigkeit saugt sie förmlich zurück ins Haus, wo sie entscheidet, für heute genug gefahren zu sein.

Also setzt sie sich in die Küche und gewinnt einen neuen Einblick in den Alltag in ihrem Elternhaus: Ulrich Wirth bestückt in faszinierender Geschwindigkeit die Küchenschränke mit den Bestellungen ihrer Mutter, rennt in den Keller, schaut nach dem Heizkessel und rennt dann nach oben zu Kreszentia, der er einen Riesling mitgebracht hat.

»Ach, das ist aber eine schöne Idee vom Uli«, sagt Anneliese, als aus Kreszentias Wohnzimmer in unfassbarer Lautstärke der Donauwalzer ertönt.

Wirth kommt zurück, nimmt die Tasche mit den Pyjamas für Susannes Vater, und sie verlassen das Haus.

»Warum machst du das?«, fragt sie ihn.

»Was denn? Warum ich für die Anneliese einkaufe? Überhaupt kein Problem, kein Thema, mach ich wirklich gerne, ich wohne doch hier.«

»Das ist wirklich nett von dir.«

»Das ist doch kein Gefallen, Suse. Weißt du noch, wie gern ich früher bei der Oma Zenzi war? Wir hatten doch keine Oma. Erinnerst du dich?«

Susanne erinnert sich nur noch dunkel an die Familienverhältnisse der Wirths. Als er seinen Autoschlüssel zückt, und sie ihn gerade fragen will, was Doktor Klein eigentlich einfällt, den zarten Organismus ihrer hundertvierjährigen Großmutter grundlos mit einer Happy-Pille zu belasten, entdeckt Wirth den Maistrich.

Susanne erinnert sich nicht, je von diesem Brauch gehört zu haben. Wirth kennt ihn, hat aber noch keinen gesehen. Sie steigen in seinen Audi, und er folgt dem Strich, der nach ein paar hundert Metern abbricht, dann aber in unregelmäßigen Abständen weitergeht. Er zeigt einen Weg an, und der führt jedenfalls nicht zum Krankenhaus, in dem Susannes Vater liegt.

»Das schauen wir uns jetzt mal an und dann geht's zum Helmut, in Ordnung?«

You have to go with the flow, lautet der Satz, den Susanne anwendet, wenn sie nichts ändern kann. Sie wird ihren Flow jetzt von Wirth bestimmen lassen.

»Bist du dir sicher, dass das ein Maistrich ist?«

»Den hat jemand mit der Hand gezogen. Und heute ist der Erste Mai, also war das gestern, in der Walpurgisnacht. So geht der Brauch.«

Susanne schaut aus dem Fenster und ist entzückt von der Landschaft, in der sie aufgewachsen ist. Es ist nicht schön hier, aber es sieht schön aus, denkt sie.

»Das bedeutet, dass die Leute denken, dass einer aus eurem Haus heimlich ein Verhältnis mit jemandem aus dem Haus hat, zu dem wir jetzt fahren.«

Susanne hat nicht das Gefühl, dass dieser Hokuspokus irgendetwas mit ihr zu tun hat. Wirth denkt laut: »Wen die wohl meinen? Die Oma ja wohl nicht.«

»Wer weiß«, sagt Susanne, und sie lachen kurz.

Wirth schaltet das Radio an und Susanne lehnt sich zurück.

Sie ist erleichtert, dass er nicht über ihre gemeinsame Schulzeit, alte Lehrer oder sich reden will. Oder, noch schlimmer, über sie. Wirth starrt konzentriert auf die Fahrbahn. Ab und zu ist der Strich für ein oder zwei Kilometer unterbrochen, dann setzt er sich wieder fort. Sie durchfahren mittlerweile das zweite Dorf. Ein Dorf, in dem man schon anders spricht, ein minimaler Dialektunterschied, den die paar hundert Leute, die ihn hören können, sehr wichtig nehmen. Kurz vor der Ortsgrenze wird der Strich wieder durchgehend, und er endet am Gartentor des letzten Hauses.

Wirth übernimmt die Führung, weil es ihm egal sein kann, wen der Maistrich denunzieren soll, während Susanne nun eine vage Angst in sich aufsteigen fühlt. Doch Wirth legt sein zupackendes Tempo vor, mit dem er vorhin ihrer Mutter zur Hand gegangen ist, er parkt, springt aus dem Wagen und hechtet in den unbekannten Vorgarten. Susanne folgt ihm eilig und stellt sich hinter ihn, als er klingelt. Eine uralte Erinnerung steigt in ihr auf. Sie ist vielleicht sechs und steht in einem roten Anorak hinter Wirth in einem grünen Anorak, und Wirth klingelt. Aber wo?

Elisabeth Mack beruhigt einen Nackthund und einen Bobtail.

Etwas in Susanne befiehlt ihr, den Nackthund zu streicheln, der sich anfühlt wie eine alte Aktentasche.

»Sind Sie Allergikerin?«, fragt Frau Mack, die offenbar daran gewöhnt ist, dass man lieber den Bobtail anfasst.

»Ist Ihr Mann zu Hause?«, fragt Ulrich Wirth.

»Nein«, sagt Frau Mack, auf deren Klingelschild »Elisabeth Mack« steht.

Was arbeitet Wirth eigentlich, schießt es Susanne durch den Kopf, bei der Kripo ist er wohl nicht.

Frau Mack mustert sie erwartungsvoll, und Susanne bereut,

dass sie Wirth das Tempo hat bestimmen lassen, denn nun weiß sie nicht, was sie diese fremde Person am Ende des Maistrichs eigentlich fragen will: Haben Sie schon mal von diesem Brauch gehört? Können Sie sich das erklären? Haben Sie, äh, ein Verhältnis mit jemandem aus dem Eberle-Haus, und wenn ja, mit wem? Der Gedanke, dass ihre Mutter eine Affäre mit einer anderen alten Frau haben könnte, ist absurd, trotzdem schießt Susanne die Hitze in den Kopf.

»Tja, der Maistrich, wegen dem sind wir hier«, hört sie jetzt Wirth poltern.

»Ich bin Susanne«, fällt sie ihm ins Wort und reicht Frau Mack die Hand.

»Ach, der Maistrich, richtig«, lacht Frau Mack ein bisschen zu hoch. »Davon habe ich bis jetzt immer nur gehört oder gelesen.« Abgesehen von ihren Gummistiefeln sieht sie aus, als würde sie einen Kultursalon leiten.

»Ich weiß nicht, was Ihr Vater Ihnen erzählt hat«, wendet sie sich an Susanne, wahrscheinlich hat sie sofort erkannt, wessen Tochter sie ist.

»Nichts, er kann doch gar nicht mehr sprechen«, sagt Susanne.

Frau Mack schaut Susanne an, und Susanne begreift, dass sie nichts von seinem Schlaganfall weiß. Es entsteht ein erschrockenes Schweigen.

Ulrich Wirth bietet an, eine Runde mit den Hunden zu gehen. Frau Mack bittet sie hinein und drückt ihm zwei Leinen in die Hand, als wäre dies ein tägliches Ritual zwischen ihnen.

Als Wirth mit den Hunden verschwunden ist, fängt Frau Mack an zu weinen. Susanne führt sie in ihr Wohnzimmer und platziert sie vorsichtig auf eins der Sofas.

Sie registriert, dass Elisabeth Mack außerordentlich gut aussieht, sogar wenn sie heult. Dann erfährt sie, dass ihr vierundsiebzigjähriger Vater vorhatte, sich von ihrer Mutter zu trennen, weil er in Frau Mack verliebt ist. Und obwohl es sich hierbei um eine wirklich erschütternde Neuigkeit handelt, denn es gibt wenig in Susannes Leben, das für sie so selbstverständlich und unabänderlich ist wie die Ehe ihrer Eltern, auch wenn sie diese Beziehung immer für das Gegenteil all dessen hielt, wonach sie selbst suchte, kann sie sich nur schlecht auf Frau Macks Worte konzentrieren.

Sie schätzt Frau Mack auf Anfang siebzig. Auf beruhigende Art sieht sie nicht bedeutend jünger aus, aber auch nicht alt. Sie hat nichts machen lassen, stellt Susanne fest. Frau Mack hat keine Omafigur und im Gegensatz zu Susannes Mutter, deren rüstige Sportlichkeit immer etwas vorwurfsvoll Diszipliniertes ausstrahlt, bewegt sie sich mit der selbstverständlichen Eleganz der von Natur aus Schlanken. Susanne ist beeindruckt vom Frauengeschmack ihres Vaters, über den sie sich bisher nie Gedanken gemacht hatte.

»Und dann«, dringt Frau Mack wieder zu ihr durch, »hat er sich plötzlich nicht mehr gemeldet und ich konnte mir einfach nicht vorstellen, dass ich mich so getäuscht haben sollte.« Kenn ich, denkt Susanne und wünscht sich in diesem Moment, dass sie sich nie, wirklich niemals mehr fragen muss, warum ein Mann nicht anruft.

»Aber jetzt weiß ich ja Bescheid. Der arme Helmut.« Frau Mack steht auf und ordnet ihr Haar. »Begleiten Sie mich nachher ins Krankenhaus?«

»Ja, ja. Ja, klar. Ich wollte sowieso zu ihm«, sagt Susanne und klärt mit sich selbst, dass sie dies für ihren Vater und nicht etwa gegen ihre Mutter tun wird. Dann stellt sie sich vor Frau Macks Bücherregal. García Márquez, Martin Walser, Gottfried Benn, Roberto Bolaño, Borges, Sartre, Böll, Grass, Camus, D.H. Lawrence, Else Lasker-Schüler. Kochbücher deutsch, bretonisch, Nahost. Bildbände: Rosen, Pferde, Paula Modersohn-Becker, Dada, Velázquez, Brutalismus, Zen-Gärten. Okay. Punk in der DDR, aha? Paperbacks, John Le Carré, Henning Mankell, Hilary Mantel, Michel Houellebecq, Helene Hegemann und Rainald Goetz, *Irre*. Vielseitig, denkt Susanne begeistert, schockverliebt, wie sie es nennt, wenn dieses überschwängliche Gefühl für fremde Menschen sie erfasst.

Frau Mack bringt Tee in japanisch aussehenden Schalen und eine Flasche Obstler, von dem sie sagt, sie hätte ihn selbst gebrannt. Sie wirkt wie ein Star, der sein Refugium für eine Homestory geöffnet hat. Klassefrau, denkt Susanne.

Als sie anstoßen und sie in Frau Macks hellgrüne Augen schaut, fragt sie sich, ob sie vielleicht einen attraktiven Sohn hat, und eine Patchworkfamilienfantasie steigt in ihr auf, in der ihr Vater, die stilsichere Frau Mack, deren Sohn und sie interessante Urlaube miteinander verbringen.

»Wer ist der Mann auf dem Bild?« Frau Mack nimmt das gerahmte Foto und lächelt es lieb an. Ein blonder brauner Mann hält einen Fisch in die Kamera.

»Das ist mein Neffe Maximilian«, sagt Frau Mack. »Er wird vermisst.«

»Oh«, sagt Susanne und ermahnt sich, endlich damit aufzuhören, ständig Anschluss zu suchen. Frau Mack fängt wieder an zu weinen, diesmal vermutlich auch um ihren verschwundenen Neffen.

Während sie Frau Macks gepflegte Hände streichelt, überlegt Susanne, ob sie länger hier unten bleiben soll. In Berlin zieht es sie in den Wald, hier hätte sie Wald.

Susanne konzentriert sich wieder auf Frau Mack und hat Schwierigkeiten, in deren Schilderungen ihren zeitlebens für langweilig befundenen Vater zu erkennen. Sie denkt an gute alte Männer. Clint Eastwood? Frau Mack ist ihm begegnet, als sie im Auftrag der Gemeinde Kreszentia ihre Aufwartung zum hundertdritten Geburtstag machte. Sie sind ins Gespräch gekommen und haben sich auf Anhieb verstanden. So, wie das nun mal ist, wenn man jemanden trifft und es passt, nicht wahr? Frau Mack und Susanne lächeln sich an.

Beide gärtnern gern, beide haben Bienen und Hühner, beide interessieren sich für östliche Philosophien, eine Leidenschaft ihres Vaters, die Susanne verpasst haben muss oder die er sich aus Liebe zu Frau Mack neu zugelegt hat. Und, fährt Frau Mack fort, beide seien sie sehr einsam. Sie klammert die Tatsache, dass ihr Vater seit fast fünfzig Jahren verheiratet ist, komplett aus. Kann ja trotzdem einsam gewesen sein, denkt Susanne. Sicher sogar.

Dieser Helmut, von dem Frau Mack spricht, plante seit langem eine Reise nach Asien, die seine Frau nie ernst nahm und von der er hoffte, sie mit Frau Mack unternehmen zu können. Sie zeigt Susanne ein Foto: Elisabeth Mack und Helmut Greiner im Wald, ein rosiges altes Paar, das den Eindruck macht, es habe sein gesamtes Leben miteinander verbracht. Sie könnten für eine Rentenversicherung werben. Susanne war nie aufgefallen, wie gut ihrem Vater das Alter steht. Frau Mack stellt das Foto unter eine Waffe, die Susanne für ein Samurai-Schwert hält.

»Weiß mein Bruder von Ihnen?«, fragt sie, denn ihr Vater verbrachte bis zum Schlaganfall jedes zweite Wochenende mit Martin und dessen verzogenen Kindern.

»Wir wollten es bis zum Sommer den Familien sagen und im September in die Mongolei«, sagt Frau Mack, und wieder hat Susanne das Gefühl, sie sprächen über einen Fremden. »Den Zeitpunkt habe ich Helmut überlassen, weil es bei ihm mehr zu klären gab. Uns ging es so gut zusammen, dass es auf ein paar Wochen oder Monate doch nicht ankam.«

Frau Mack entfährt eine Mischung aus Lacher und Schluchzer. Susanne steht auf und umarmt sie, während sie versucht, sich ihren Vater als Liebhaber vorzustellen, was ihr nicht gelingt.

Susanne weint. Ausgelöst durch die späte Liebesgeschichte der beiden alten Leute, zerfließt sie förmlich in Frau Macks Wohnzimmer.

Dieser arme alte Mann, der sein Leben mit einer Frau verbrachte, die ihm immer zu verstehen gab, dass er nur ihre zweite Wahl war, der zwei Kinder mit ihr großgezogen hatte, der aus Anstand, Loyalität oder Feigheit seine eigenen Wünsche immer denen seiner Frau unterordnete und der kaum einen Tag ohne seine Schwiegermutter verbrachte, von der natürlich niemand ahnen konnte, dass sie sich als quasi unsterblich erweisen würde, dieser Mann ist schließlich mit Mitte siebzig einer Frau begegnet, für die er der liebenswerteste Mensch der Welt sein durfte. Obendrein ist er ihr Vater, aber seine Geschichte bewegt sie so sehr, dass sie auch um ihn weinen würde, wenn er es nicht wäre. Und dann wird ihr Weinen um den alten Mann zu einem Weinen um sich selbst.

Der Damm brach, als Frau Mack ihr sagte, wie sehr sie und ihr Vater sich wünschten, noch zehn Jahre miteinander verbringen zu dürfen. »Gell, Elsie, das schaffen wir«, habe er gesagt und sie umarmt. Susanne weint und denkt an ihre zerbrochene Beziehung, die vielleicht immer eine Lüge war, auf jeden Fall aber nie die Größe und Reinheit dieser Liebe hatte, von der sie nur durch einen Zufall erfahren hat und die nun vielleicht schon wieder zu Ende ist, nicht durch unerfüllte Erwartungen, sondern durch das Schicksal, das Alter, einen Schlaganfall.

Susanne weint um das vergeigte Leben ihres Vaters und um

ihres. Sie stellt sich vor, auch erst in dreißig Jahren ihrem Seelenpartner zu begegnen oder niemals, und ihr Weinen wird so unkontrollierbar wie das traurige Gegenstück eines Lachanfalls.

Ihr Bruder und seine Vorwürfe fallen ihr wieder ein, und sie weint weiter, weil Wirth, ein Fremder, ihre uralte Oma besucht, weil er sie gern hat, und weil ihre Mutter sich seit Jahrzehnten damit abgefunden hat, dass sie, ihre Tochter, sie nicht mag, sie weint, weil sie sich fühlt wie im freien Fall und diesen Fall nicht aufhalten möchte.

Frau Mack streicht über ihren zuckenden Kopf und sagt immer wieder: »Ist ja gut, Kindchen«, bevor sich Susanne schließlich mit Hilfe von zwei Schnäpsen beruhigt. Später sitzen sie nebeneinander in einer watteartigen Stille und schauen durch Frau Macks Panoramafenster auf ein dickes, beiges Pferd, das reglos im Garten steht wie ein Reiterdenkmal ohne Reiter.

»Das ist Attila«, sagt Frau Mack.

Frau Mack dreht einen roten Lippenstift auf und schminkt sich sorgfältig im Rückspiegel. Sie schminkt sich im Auto wie ein Partygirl, denkt Susanne. Für meinen Vater.

Ihr Vater, der im Moment nicht in der Lage ist, sich zu artikulieren, wird sich früher oder später zwischen zwei Frauen entscheiden müssen. Was passiert mir wohl als Nächstes, fragt sich Susanne, als Frau Mack Gas gibt und einen ihrer Blumenkübel umfährt.

»Hoppala«, sagt sie ruhig. Sie fährt wie ich, denkt Susanne. Als Frau Mack für ihren nächsten Versuch zurücksetzt, erscheint Wirth mit den beiden Hunden am Gartentor.

»Huch, den jungen Mann haben wir ja in unserer Aufregung ganz vergessen.«

Sonst bin ich in seiner Rolle, denkt Susanne: Die anderen

machen ihr Ding, und ich halte ihnen den Rücken frei. Armer Uli, arme Suse. Nur, dass Wirth seine Rolle mag. Er sieht aus, als hätte er die Zeit seines Lebens mit den Hunden gehabt.

»Ach ja, der Bobby und der Diego, tja Mensch«, sagt Frau Mack und steigt für ihr Alter sehr dynamisch wieder aus. »Ja hallo? Wie geht's euch denn, hm?«, fragt sie die Hunde, die sie ignorieren. »Ich hoffe, sie waren brav«, sagt sie so förmlich zu Wirth, dass man kurz glauben könnte, sie meine ihn.

»Ich habe ganz vergessen zu fragen, wie sie heißen, aber mit Pfeifen ging es ganz gut.«

Sie nimmt ihm die Leinen ab und führt die Hunde weg. Wirth begutachtet Frau Macks an mehreren Stellen leicht demolierten Mercedes und beugt sich in Susannes Fenster.

»Alles in Ordnung, Suse?«

Sie nickt, und sie schauen Frau Mack hinterher, die in ihren Pumps die Pfützen umstöckelt und dabei ununterbrochen mit den Hunden spricht, die nicht auf sie hören, die in den Pfützen baden, sich schütteln und sie bespritzen. Wirth grinst kopfschüttelnd. So, denkt Susanne, grinst er auch, wenn meine Mutter ohne Punkt und Komma redet und am Ende vergessen hat, was sie eigentlich sagen wollte. So sollte ich auch drauf sein, das würde mein Leben erleichtern. Um einiges.

»Das ist also Helmuts Freundin«, sagt Wirth nachdenklich und ohne jeden Spott. »Wie geht's dir damit?«

»Ganz ehrlich? Keine Ahnung.«

Er lacht: »Verstehe ich sehr, sehr gut.«

Susanne fällt auf, dass sie dringend jemanden braucht, mit dem sie Helmuts Lovestory besprechen kann.

»Uli, lass uns nachher was essen gehen. Geht das?«

»Ja«, sagt Wirth bestimmt, richtet sich auf und klopft auf das Mercedesdach. »Ich weiß auch schon, wo. Das wird dir gefallen.«

Woher will er das wissen? *You have to go with the flow*. Das sagt sie sich auch, als Wirth Frau Mack überzeugt, dass sie alle besser in seinem Wagen zum Krankenhaus fahren. Susanne steigt aus dem Benz, und während Wirth ihn zurück in die Garage fährt, steht sie am Gartentor und schaut in die Abendsonne. Es ist schön hier, denkt sie wieder, und plötzlich durchfährt sie ein Bild. Sie dreht sich um und geht die paar Schritte zurück zum Haus.

Neben der Treppe zum Keller steht ein Eimer mit weißer Farbe.

Mond im Leerlauf

Wer bin ich für die anderen, fragt sich Doro, neun Monate nach Benders Verschwinden. Benders Ex oder Doro? Für Engelhardt wird sie Ersteres sein, obwohl Engelhardt und Bender sich über sie kennen. Als Doro sich anzieht, um Engelhardt zu treffen, fällt ihr auf, wie schwer es geworden ist, sie zu enttäuschen. Es ist nahezu unmöglich geworden. Das macht sie nicht glücklich, aber es ist eine völlig neue Erfahrung. Früher wäre es ihr wichtig gewesen, Engelhardt klarzumachen, dass sie eine von Bender unabhängige Person ist. Und es wäre ihr wichtig gewesen, Bender über Engelhardt wissen zu lassen, wie glücklich sie ohne ihn ist. Sie ist es nicht, aber sie könnte es behaupten, denkt sie vor dem Spiegel. Benders Weggang hat keinerlei äußere Spuren bei ihr hinterlassen, doch er hat sie entkernt. Auf der Fahrt durch die sommerlich aufgedrehte Stadt fragt sie sich, ob sie dieses hohle Gefühl jemals wieder loswird.

Engelhardt benimmt sich wie immer: unflätig. Als Doro an seinen Tisch kommt, hebt er nur andeutungsweise seinen Hintern an und quetscht kurz ihre Hand, die andere Hand presst sein Telefon an seine Schläfe. Sie beugt sich nach unten und küsst in die Luft.

»Du, ich hab jetzt ein Meeting. Ja-ja-ja-ja, friendo, exakt so machen wir das. Tschöh.«

»So: hallo Sweetheart.«

»Hallo Angelheart.« Kurze einvernehmliche Wiedersehensfreude.

Engelhardt taxiert Doro, sucht nach Flecken, Fehlern, Fal-
ten, Makeln, denn die zu benennen gehört zum klassischen
Engelhardt-Auftakt.

Doro sieht müde aus, findet er. Um nicht zu sagen: »Ganz
schön durch den Wind.« »Tatsächlich? Na dann …«

Doro sieht hundertprozentig ausgeschlafen aus, weil sie es
ist. Es gibt an ihrem Aussehen also nichts auszusetzen.

Sein nächster Stoß trifft besser: »Und? Wie sieht's an der
Bendernachfolgefront aus?« Engelhardt liebt zusammenge-
setzte Substantive.

Doro versucht sich an einem unergründlichen Grinsen,
Engelhardt ist kein Idiot und weiß somit Bescheid. »Nicht so
einfach für euch Frauen ab vierzig, hab ich mir sagen lassen.«

»Hast du dir also sagen lassen, Engelchen … Sollen wir mal
bestellen?«

Doro entscheidet sich für eins ihrer großen Talente: Auf
Durchzug schalten. Schade, dass Engelhardt schon bestellt
hat – Business Lunch 2 mit Wein –, sonst könnte sie jetzt zehn
Minuten die Karte hoch und runter murmeln.

Engelhardt schmiert sich mit seiner fettigen Hand erst
durch die fettigen Haare, nimmt dann seine Sonnenbrille ab
und schmiert sich einmal ausgiebig über sein Gesicht. Na
dann doch lieber durch den Wind, denkt Doro, lieber Single
und über vierzig *und* Frau. Aber nicht diese nachfettenden
Oberflächen, aus denen Engelhardt besteht. Confit vom Engelhardt.

Engelhardt war nie der duftige Typ Mann, aber in letzter
Zeit scheint er aktiv dagegenzuarbeiten. Als er seinen Stuhl an
den Armlehnen nimmt und ein Stück nach vorn rutscht, weht
sein Geruch über den Tisch. Er ist vielschichtig und intensiv.
Egal, wie oft er duscht, er wird nie wirklich sauber sein, aber
das geht zu weit, denkt Doro, dafür muss er Tage gebraucht

haben. Vermutlich ist das ein Experiment mit der Fragestellung: Wann wehrt sich endlich jemand gegen mich, wann zeigt mir jemand meine Grenzen auf, ihr feigen Arschkriecher? Heute jedenfalls nicht. Es ist nicht Doros Aufgabe, Engelhardt auf seinen Pflegestatus hinzuweisen. An dem kleinen runden Tisch rückt sie ihren Stuhl so, dass sie möglichst weit von Engelhardt entfernt sitzt, dreht sich noch ein bisschen zur Seite und schlägt die Beine über. Die Speisekarte ist ein guter Fächer. Soll Engelhardt dazu sagen oder denken, was er will. Wahrscheinlich wird er gleich ein langes Wort bilden, in dem Hitzewelle und Menopause vorkommen.

»Die Doro also …«, sagt Engelhardt und verschränkt großväterlich die Hände. »Heißt du eigentlich Doreen?«

»Dorothea.« Was Engelhardt weiß, man kennt sich lange.

»Ich dachte ja nur, weil du 'ne Ossi bist.«

Ach, der gute alte Osten mal wieder, denkt Doro und stellt sich vor, wie sie schnarchend in den von Engelhardt leer gegessenen Brotkorb sinkt.

»Gab schon auch ein paar andere Namensideen.«

»Gab ja sonst nichts.«

Seine Replik findet Engelhardt im Jahr sechsundzwanzig nach Mauerfall so lustig, dass sich ein Stück Brot in seine Luftröhre verirrt. Meine Güte, denkt Doro und starrt auf Engelhardt, den es aus seinem Stuhl hebt. Keuchend rollt er seine Zunge zusammen, seine Augen tränen, und kurz könnte man meinen, er persifliert einen Mann, der erstickt. Bei Engelhardt weiß man nie. Er ist auch aus dem Fenster gesprungen, einfach so, zur Abwechslung.

»Geht's?«, fragt sie schließlich, und als er abwinken will und dabei sein Glas umwirft, weiß Doro, dass er keinesfalls so tut, als ob, und muss an eine Geschichte von Wilhelm Busch denken, in der ein Mann in einem Restaurant an einer Fischgräte erstickt. Und hustet, bis ihm der Salat aus beiden Ohren fliegen tat, rezitiert Doro stumm. »Ähm, hallo?«

Sind die Kellner für solche Zwischenfälle irgendwie verantwortlich? Bei Wilhelm Busch hat der Kellner einfach den Wein des Erstickten ausgetrunken.

Engelhardt biegt sich hustend, am Nachbartisch drückt eine Frau schuldbewusst ihre Zigarette aus und wedelt den Rauch aus seiner Richtung. Doro steht auf und klopft auf seinem Tweed-Sakko herum.

Ein Kellner kommt von hinten und hilft ihr mit drei gezielten Schlägen. Einhändig. Auf dem anderen Handteller balanciert er ein Tablett. Engelhardt beruhigt sich glücklicherweise und hüstelt noch ein paar Mal nach, jetzt schüchtern. Denn im großen, lauten Engelhardt hockt der kleine, verängstigte Engelhardt, der sich so sehr davor fürchtet, dass die anderen Kinder ihn nicht mögen könnten, dass er immer der Erste ist, der austeilt.

Das Unangenehme am kleinen Engelhardt ist jedoch, dass er Doro so leidtut, dass sie es kaum aushält. Geschichten von ausgegrenzten Kindern brechen ihr das Herz.

»Frankie? Magst du was trinken?« Engelhardt kriecht aus seinem Schamloch, indem er den Kellner heranwinkt und blaffend zwei Cuba Libre bestellt. Der Kellner nickt knapp, der kleine Engelhardt wird wieder zum großen Engelhardt, zu dem Engelhardt, der sich für Fassbinder hält, und Doros Herz verfestigt sich wieder zu seiner normalen Konsistenz, ja es verhärtet sich sogar ein bisschen, als ein Kind unbestimmbaren Alters auftaucht und auf einem Akkordeon zu spielen beginnt, absichtlich schlecht, wie es scheint. Engelhardt, der noch immer an seinem Return zur alten Form arbeitet, winkt das Kind heran und drückt ihm zehn Euro in die Hand, erkauft sich und der gesamten Terrasse damit eine Befreiung von dieser Dienstleistung. Das Kind nickt, als wäre genau das der Deal, und die Suppe wird serviert. Geeistes Gurkensüppchen, im Gegensatz zu Engelhardts schottischem Winteranzug eine gute Idee bei dreißig Grad im Schatten. »Guten Appetit«, sagt Doro und betrachtet ihn mit berufsbedingtem Interesse. Engelhardt ist schneeweiß, hat pechschwarzes Haar und blutrote Lippen. Engelhardt hat die Farbgebung Schneewittchens. Deren Augenfarbe wurde nie benannt, Engelhardts Augen sind leuchtend blau, electric blue, fast künstlich.

Sicher punktet er damit bei Frauen, wenn er seine Ray Ban abnimmt, vermutet Doro, die sich immer schon gefragt hat, was Engelhardts Geheimnis ist.

Doros Entwurf von einem guten Tag hatte vor vier Stunden so ausgesehen: Engelhardt umreißt ihr kurz den Job, eröffnet ihr, dass sie mehr verdienen wird als üblich, da der Aufwand sehr hoch sein würde, und fragt sie schließlich, wen sie sich als Assistentin vorstellen könne. Hier hätte Doro drei Vorschläge, damit Engelhardt zwei davon verschmähen könnte. Anschließend würde man leicht benebelt, aber zufrieden auseinandergehen. Der Job ist genau das, was sie im Moment braucht: mental, finanziell, generell.

Doch Engelhardt spricht über Sardinien und seine neue Freundin, die die perfekte Mischung aus posh und Punk darstellt, die überhaupt fast too good to be true ist, so dass Engelhardt nicht lange gefackelt hat und direkt ein Tor schießen musste, bamm! Tor? Veronica ist schwanger. Ah. Gratuliere. Kein Wort über die Frau davor, Susanne, als hätte es sie nie gegeben. So werden sich auch Gespräche mit Bender anhören. Nach vorn schauen oder im Jetzt leben, nennt man das wohl. Engelhardts Jetzt scheint ihm ausgezeichnet zu gefallen. Männer, die fassungslos vor Glück darüber sind, dass sie sich endlich gebunden haben und Vater werden, und darüber reden, als hätten sie einen neuen Kontinent entdeckt, was sie aus ihrer Sicht ja auch haben, sind im Moment ein Ärgernis für Doro. Sie weiß zwar nicht, was Bender so treibt, malt es sich aber täglich aus. Immerhin ist das Kind noch nicht geboren, sonst müsste sie sich jetzt iPhone-Fotos ansehen. Doro denkt an die alten Zeiten an Engelhardts Wohnzimmertisch. Doro, Bender, oft auch Maren, Engelhardt und wechselnde Frauen, bis er mit Isabel zusammenkam, hatten dort Nächte, die wieder zu Tagen wurden, miteinander verbracht, zusammengerechnet werden es Jahre gewesen sein, die man rückblickend nicht mehr voneinander unterscheiden kann. Was davon geblieben ist, sind Bilder sich ins Wort fallender Untoter, die sich gehetzt fragen, was aus ihnen wird, wenn sie aufhören zu reden. War es lustig? Das fragt Doro sich jetzt. Schätzungsweise schon, sonst hätten sie es nicht so oft wiederholt.

Engelhardts Mutter zieht jetzt also nach Berlin, um ihn und »die Veronica« mit dem Kind zu unterstützen. Doro fällt kurz ein, dass Engelhardt früher einmal in sie verliebt war. Es kommt ihr so absurd vor, als hätte es in einem anderen Leben stattgefunden. Ihm wohl auch.

Suppe fertig, Engelhardt bereit. Doro macht den Anfang: »Was ist jetzt mit der Serie, Engelchen, wann geht's denn los?«

»War alles zu Ihrer Zufriedenheit?« Klimper, klapper, der Kellner hat schimmernd blonde Härchen auf langen braunen Händen, wunderschön.

Engelhardt grunzt, Doro zeigt dem Kellner beide Zahnreihen. Weiter: die Serie.

»Also, mal vorab: super Thema! Ich liebe die Zehnerjahre, ich liebe die Expressionisten, super! Endlich mal kein Mittelalter, keine Stasi und kein Holocaust …«

Engelhardt antwortet nicht, stattdessen stößt er mehrmals vernehmlich auf.

»Also nichts gegen Holocaust.« Doro verstummt. Hoffent-
lich hat niemand diesen unsäglichen Satz gehört. Die Frau am
Nachbartisch raucht wieder. Engelhardt gähnt. Dann zählt er
den Cast auf: Deutsche A-Riege, eine Französin, ein Brite, ein
Norweger und jemand aus Hollywood, dessen Leidenschaften
Kunst und Europa seien. John Malkovich? Ja, so ungefähr das
Kaliber, noch geheim, aber angefragt, sieht gut aus. All diese
Leute werden Anweisungen in Engelhardts Englisch erhalten,
von dem er annimmt, es habe keinen deutschen, dafür aber ei-
nen Westküstenakzent.

Den Schnitt wird selbstverständlich Maren machen. Maren, die sich in ihr göttliches Selbst verwandelt hat, wird wo-
chenlang mit Engelhardt am Schnittplatz sitzen, in einem
Raum, den sich Doro fensterlos und neonbeleuchtet vorstellt.
Es wird darin riechen wie in einem Affenkäfig, in den jemand
eine Duftkerze gestellt hat, was Maren akzeptieren wird, weil
sie ja jetzt eins ist mit allem und demzufolge auch mit Engelhardts Geruch. Doro fällt auf, dass sie neuerdings ein Problem
mit ihrer Freundin zu haben scheint, die eine fähige Cutterin
ist, weshalb sie ihr eigentlich jeden Job gönnt. Allerdings ist
sie entgegen ihrem neuen Selbstbild keine Heilerin.

Doro braucht diesen Job dringend. In den Bender-Jahren
hat sie einfach vor sich hin geschminkt und den Rest ihrer
Zeit an Benders Seite mit dem guten Gefühl verbracht, theoretisch auch ohne ihn existieren zu können. Theoretisch? Ja, genau. Eine teuer produzierte historische Serie wäre jedenfalls
das Beste, was ihr im Moment passieren könnte.

Engelhardt hat schon am Telefon die Rollen verteilt. Ihre
ist die der Bittstellerin. Ein Job-Interview unter alten Freunden, aufgelockert durch private Bösartigkeiten. Ihre gemeinsame Vergangenheit spielt bei der Zusammenstellung seines
Teams keinerlei Rolle, so viel ist klar. Seine Manieren waren

früher auch nicht besser, ihr Status allerdings schon, auch wenn niemand das so sagen würde. Das gute Restaurant bedeutet rein gar nichts, Engelhardt hätte sowieso hier zu Mittag gegessen. Allein rumgesaut, denkt Doro mit Blick auf Engelhardt, der einen riesigen Schluck Cuba Libre nimmt und sich damit gründlich den Mund ausspült, während er den ankommenden Tafelspitz mustert.

»Wann ist denn Drehbeginn?«, fragt Doro.

»Gleich im Januar. Genau einen Monat nach dem Geburtstermin.« Engelhardt hat einfach ein gutes Timing. Sogar, wenn er sich fortpflanzt. Doro schaut kauend in sein Gesicht. Man soll Leute spiegeln. Besonders, wenn man etwas von ihnen will. Wollte sie jetzt Engelhardt spiegeln, müsste sie mit vollem Mund so reden, dass sie seine Tischhälfte und ihn mit Tafelspitz besprüht.

»Und wie immer alles auf einmal: Voriges Jahr war ich fast im Sabbatical-Modus, so ruhig war es da, auch mal geil, klar.« Sein Sabbatical-Modus entstand durch zwei mehrfach gebrochene Beine, erinnert sich Doro. »Und jetzt, bamm: geht die Finanzierung für die Serie endlich durch, und bamm: werd ich auch noch Vater!« Er zeigt mit der Gabel auf sie. Ich hab's kapiert, denkt Doro und nickt. »Also echt …« Engelhardt schüttelt entgeistert den Kopf. So ein Glück aber auch. Verrückt. »Hammer«, sagt Doro und hofft, dass sie sich nun genug mit ihm gefreut hat. Weit gefehlt. »Und der Hauskauf ist auch im Kasten.« Auch das noch! Am Set wird Doro relativ wenig mit Engelhardt zu tun haben. Diese Begegnung ist zugegebenermaßen unangenehm, aber kurz und der Preis für ein Dreivierteljahr Arbeit. Sie wischt sich Engelhardts Essen aus dem Gesicht. Steife Stoffservietten haben etwas Tröstliches, das muss sie sich merken. Leider ist eine Wespe in ihren Chablis gefallen. Engelhardt greift sich den zweiten Cuba Libre. Doro könnte ihn fragen, seit wann es ihm auch finanziell so blendend geht, aber nein.

»Aha? Wo denn?« Diese Frage noch, dann Themenwechsel oder Ausflug auf die Toilette.

»Dahlem.« Sacrow ging nicht. Begründung: ausschweifend. Am Ende steht die Erkenntnis, dass Dahlem eh viel besser sei. Wieso? Na, weil Engelhardt dorthin zieht. Doro sucht verzweifelt nach der Tür, die zurück ins Jobgespräch führt.

»Wo wird denn gedreht?«

»Überall. Berlin, Prag, Budapest. Prag ist auch Wien, Budapest ist Paris und London.« Engelhardt zeigt wieder mit der Gabel auf sie und nickt, als hätte sie ihm widersprochen. Sie bezweifelt, dass Budapest aussieht wie London, sagt aber nichts.

»Und hier kommen wir zum Punkt, Herzblättchen. Ähm, hallo? Kann ich bitte noch einen Cuba Libre haben? Du auch? Sicher? Einen, ja. Pronto wäre schön. Danke!«

Doro schaltet jetzt versehentlich auf Halbdurchzug: Ich werde ein Jahr lang in Budapest wohnen, gut bezahlt werden und Benders neues Glück verpassen. Ich werde ein Apartment mit Donaublick haben. Nein, ich werde im Hotel Gellért wohnen. Ich werde mich wieder verlieben. Ich werde endlich weg sein aus Berlin. »… Units vor Ort, die auch dort zusammengestellt werden, da habe ich relativ wenig Einfluss drauf … Superprofis … bisschen andere Gagenvorstellungen als meine Pappenheimer hier, hähähä … Gesamtverantwortliche Kostüm … Szenenbild und Maske jeweils festgelegt …«

Ich trinke das Leichengift einer Wespe. »Entschuldigung, was?«

»Also, was ich dir raten würde, ist, dass du dich schnellstens mit Kiki in Verbindung setzt, die ist jetzt Head ofs Ganze, und die teilt dich dann ein. Die Berlin-Drehs macht Micky, die ist spezialisiert auf Historienkram. Micky ist aber schwanger, hat zwar nen Topassistenten, aber hey: Das sagt sie. Und die Leute reden viel, vor allem viel Scheiß. Der Typ ist vierundzwanzig, schwul wie ein Christbaum, Bitch vor dem Herrn, Maskenbildner halt, who cares? Aber: Er spricht Tschechisch. Kann also auch in der Prag-Unit eingesetzt werden, was wiederum passt wie Arsch auf Eimer.«

Doro versteht viel weniger, als ihr lieb ist. Und was sie versteht, hört sich nicht nach dem Job an, der sie rettet.

»Entschuldigung? Ich hatte Ihnen doch gesagt, ich möchte gerne noch einen Cuba Libre. Ist das angekommen, ja? Das freut mich sehr.«

»Also wenn ich dich richtig verstanden habe, bin ich die Schwangerschaftsvertretung von Micky? Michaela Öhlschläger ist schwanger?«

»Ey, tss! Cuba Libre? Hier. Wieso nur Cola? Ich hatte vor ungefähr einer halben Stunde einen Cuba Libre bestellt, die Leute mit der Cola sind erst seit zwei Minuten da. Können Sie mir bitte sagen, was das soll?«

Oder bin ich jetzt Mickys Assistentin? Auch egal. »Pardon? Könnte ich noch einen … ähm … Chablis, genau, danke!«

»Ja. Die Öhlschlägerin brütet. Alte Besen kehren manchmal auch noch, hähähä.«

Engelhardt kriegt einen Anruf rein. »Ja-ja-ja-ja-ja-bingo. Genau. Nee, das muss so. Frag René, der hat das auf dem Schirm. Okay.«

Engelhardt bekommt extra viel Rum, was der Kellner als Lösung der Cuba-Libre-Krise bezeichnet, worüber Engelhardt gelacht hätte, wenn er es selbst gesagt hätte.

Doro würde gern ihre Handteller an die des Kellners legen. Er geht zur Maniküre, denkt sie. Er ist mit einer Maniküre zusammen. Ich möchte seine Füße sehen. Sie sind sicher genauso schön. Sie bedankt sich für Engelhardt, der sich Fleischreste aus den Zähnen holt.

»Also noch mal: Die Leute rennen mir die Bude ein, alle haben was zu melden, das letzte Wort habe ich, an manchen Stellen interessiert es mich aber weniger, ist ja klar, und das Einzige, was ich beziehungsweise was Kiki dir anbieten kann, ist, dass du Stand-by machst. Hier in Berlin. Prag und Budapest machen die vor Ort, ist eh alles schon klar.«

»Springer?«, fragt Doro matt. Es ist, als würde sie sich bei einem befreundeten Hotelkettenbesitzer um einen Job als Zimmermädchen bewerben. Und als Antwort bekommen: vielleicht, aber eher nicht.

»Kennst du Kiki Decker? Was? Nein, ich nehm dann die Rechnung.«

Natürlich erinnert sich Doro an Kirsten »Kiki« Decker. Decker, laut mit einem Klemmbrett, organisierend, Decker, laut in Benders Landhaus, torkelnd, Decker, laut an Doros Küchentisch, Männer verfluchend. In der momentanen Situation könnten Doro und Kiki Decker Schwestern im Geiste sein, nur dass Kiki Decker kürzlich geheiratet und das Fluchen wohl vorübergehend eingestellt hat, während Doro sich neu auf dem alten Decker'schen Terrain zurechtfinden muss.

»Halt-halt-halt, stopp, zurück, Bullshit!« Engelhardt fuchtelt wild herum, führt sich auf wie Engelhardt der Regisseur, dem gerade jemand eine Szene vergeigt hat. Doro dreht sich ertappt zurück in seine Richtung. Sie hatte kurzen Blickkontakt mit dem Kellner. Der Blick des Kellners sagte: Die Welt, und insbesondere dieses Restaurant hier, ist voll mit Frauen, die Arschlöchern zuhören müssen, beklag dich nicht bei mir, Puppe.

Engelhardt verschmiert wieder das Fett seiner Handflächen mit dem Fett seiner Gesichtshaut: »Shit, da hab ich gar nicht dran gedacht, Mensch, ich hab so viel um die Ohren, ich bin echt durch. Kinder, Kinder, Mannmannmann.«

Du bist rotzbesoffen, Engelhardt.

Engelhardt blinzelt sie aus seinen neonblauen Augen an.

»Kikis rechte Hand ist Fini.«

»Fini?

»Bürgerlich: Serafina Schubert.«

Engelhardt schaut Doro an. Doro schaut Engelhardt an. Sie weiß Bescheid, noch bevor seine Worte bei ihr ankommen.

»Benders Freundin. Nie gehört?« Engelhardt kratzt sich fragend den Nacken: »Autsch. Na gut.«

Doro hat sich immer noch nicht bewegt. Benders Freundin. Ein feststehender Begriff, da draußen bei den anderen.

»Jedenfalls glaube ich nicht, dass ihr beiden zusammenarbeiten wollt oder könnt oder was auch immer.«

Doros Übersprungshandlung könnte groß und aberwitzig sein, sie könnte der Frau am Nachbartisch die Zigarette entreißen und sich selbst auf der Stirn ausdrücken, stattdessen ist sie winzig: Doro stiert hochkonzentriert auf das Kleid der Frau und zählt die Vierecke darauf. Parallelogramme.

Engelhardt führt weiter aus: »Beziehungsweise: Ich habe keinen Bock auf Frauenkonkurrenzstutenbissigkeitsterror an meinem Set. Und da Kiki fast so viel um die Ohren hat wie ich, wäre jetzt Fini, also Serafina, deine Ansprechpartnerin … tja, blöd … Mannmannmann.«

Jetzt muss Engelhardt pausieren und mehrmals leise aufstoßen. Es wirkt, als würde er sein System herunterfahren. Er sinkt in seinen Stuhl, lässt seine Lider fallen und atmet hörbar tiefer. Bei dem Gedanken an die unmögliche Menschenkombination an seinem Filmset schüttelt er ungefähr dreißig Mal den Kopf. »Nee, lass mal, Dorobaby. Das ist Quatsch. Das tun wir uns doch lieber alle nicht an, oder?« Er greift über den

Tisch, weil er ihr wohl tröstend auf die Schulter klopfen will. »Was meinst du, Goldlöckchen, hm?« Doro weicht ihm aus, nimmt ihr Weinglas und trinkt es langsam aus, sie denkt: Das ist alles nicht wahr. Das hat er nicht mit Bender abgesprochen, um mir eins auszuwischen. Das ist Zufall, das hat nichts mit mir zu tun, was aber nichts daran ändert, dass es ein absoluter Alptraum ist.

Engelhardt lässt seinen Arm kurz in der Luft, entdeckt dann die unberührte Mineralwasserflasche und gießt sich ein. »Kommt Zeit, kommt Rat, ich dreh wahrscheinlich nächstes Jahr wieder einen Tatort, dann sprechen wir mal vorher, okay?«

Bender hat den anderen das Signal gegeben, dass ich egal bin, dass ich weg bin, und es funktioniert, denkt Doro nicht zum ersten Mal, aber deutlicher als sonst.

»Ich muss los.« Sie steht auf, der Stuhl, über dessen Lehne ihre Tasche hängt, hat sich mit dem Stuhl des Colatrinkers am Tisch hinter ihnen verkeilt, was sie daran hindert, stolz davonzuschreiten. Stattdessen Engelhardts lauter werdende Stimme: »Du bist jetzt nicht ernsthaft sauer oder was? Pass mal auf, Doro: Ich hab den Arsch voll zu tun, ja? Es wäre schön gewesen, wenn ich einen Job für dich gehabt hätte, die Betonung liegt auf *hätte*, aber das ist ne Riesenproduktion, wir springen seit Monaten im Viereck und ich kann nicht alle Leute, die ich eventuell kenne und die eventuell auch da mit rumhampeln wollen, ständig connecten – was weiß ich denn, was du machst? Ich hab dir angeboten, Kiki anzurufen, das mit Benders neuer Alten ist im Grunde auch nicht mein Problem, es ist sogar NULL mein Problem und – danke, stimmt so – weißt du, Doro, so isses halt.« Der Mann mit dem verhakten Stuhl reagiert nicht auf ihr Zerren, ist er tot? Soll sie sich überhaupt von Engelhardt verabschieden, und wenn ja, wie? Engelhardt macht ihr dröhnend einen Vorschlag: »Danke für das Mittagessen, lieber Frank, danke, liebe Doro, es war nett, dich mal wiederzusehen. Krieg dich wieder ein, Schätzchen, was kann ich denn dafür, dass du alt wirst?«

Der Stumpfsinnige auf dem Stuhl dreht sich endlich um und gibt ihre Tasche frei.

Engelhardt, trink doch noch einen darauf, dass *du* nicht älter wirst. Engelhardt, ich bin wirklich froh, nicht monatelang deine Freuden als Neuvater ertragen zu müssen. Engelhardt, du stinkst.

»Mach's gut, Frank«, sagt Doro.

»Du musst loslassen lernen«, sagt Maren.

Doro hat bereits losgelassen: Benders Eltern und Geschwister, seine engsten Freunde, die sie nicht in einen Loyalitätskonflikt bringen wollte, und eine riesige Anzahl von Bender-Fans, von denen sie wusste, dass sie sie meiden würden, und von denen sie nichts anderes erwartet hatte. Der letzte Kontakt zu dieser Gruppe Menschen war Engelhardt gewesen, der jetzt auch weg ist.

»Das Universum wollte dir damit etwas sagen«, sagt Maren.

»Maren, bitte hör auf mit dem Universum, ich kann's nicht mehr hören«, sagt Doro. Diese Geschichte mit dem Universum breitet sich aus wie das Universum selbst. Doro, die es immer als ein Manko empfunden hatte, in einem Atheisten-Haushalt aufgewachsen zu sein, hat eine Zeit lang probiert, sich etwas Göttliches in ihr Leben zu holen, und es ist ihr nie gelungen. Ebenso wenig gelingt es ihr jetzt, sich ein Universum vorzustellen, das in einem direkten Dialog mit ihr steht.

Sie schaut Maren an, die sich auf Benders Daybed ausgestreckt hat und Johnny Marr streichelt. Marrrrrr. Doro lässt Benders Katzen an ihrem Leid teilhaben, indem sie sie mit dem billigsten Katzenfutter füttert. Sie nehmen trotzdem zu, wie sie jetzt sieht.

»Es geht mir so beschissen wie noch nie in meinem Leben, und ich kann nicht sagen, dass es mir vorher immer gut ging«, sagt Doro und schenkt sich Wein nach, was Maren mit einem Seitenblick registriert, von dem sie vermutlich denkt, er würde Doro nicht auffallen.

»Wie schön«, sagt Maren.

»Bitte?«

»Ich meine, das ist wirklich schön. Du musst erst ganz runter auf den Grund sinken, damit du wieder Boden unter den Füßen hast.«

Doro schaut durch den Boden ihres Glases auf Marens verschwommene Umrisse.

»Und dann kannst du dich abstoßen und wieder nach oben schwimmen.«

Dieses Bild wäre nicht so schlecht, wenn es Maren gerade eingefallen wäre. Aber Doro kennt es schon und findet es abgegriffen. Es scheint in alten New-Age-Ratgebern zu stehen, vielleicht gehört es auch zu den Standardweisheiten der Anonymen Alkoholiker.

»Na dann … hab ich wohl was zu feiern«, sagt Doro und schenkt sich nach.

»Doro, als Erstes musst du mal mit deinem Zynismus aufhören.«

»Sagt wer?«

Maren seufzt.

Doro ist keine große Rhetorikerin und weiß, dass ihr das bei Maren sowieso nichts nutzen würde, denn bei Leuten, die sich spirituell auf dem richtigen Pfad wähnen, zählen keine Argumente, egal ob bodenständig oder abgehoben.

Sie könnte Maren jetzt fragen, ob sie wirklich meint, dass es allen Leuten, denen es schlecht geht, in Wahrheit gut geht, oder ob Katastrophen, Tumore und sterbende Kinder nur beweisen, dass die Betroffenen das Universum um die falschen Dinge gebeten haben. Es würde nirgendwohin führen.

»Ich glaube, das Problem ist unser Ego. Stell dir vor, du wärst auf einem Level, auf dem man dein Ego nicht mehr verletzen kann«, sinniert Maren.

Doro starrt stumm auf das Objekt an der Zimmerdecke. Bender soll endlich dieses Ding abholen. Sie hat das Gefühl, dass sie ihn dann auch vergessen könnte.

»Dann«, fährt Maren fort, »könntest du sehen, dass Bender dich liebt, aber zu schwach war, diese Liebe auf eine höhere Ebene zu heben, und zu schwach war, es dir zu sagen. Aber eigentlich ist er ein Teil von dir und bleibt das auch. Ob es diese Frau jetzt gibt oder nicht, wäre dann egal. Es ist übrigens auch so egal«, sagt Maren und stützt sich auf die Ellenbogen.

»Wenn du das sagst«, sagt Doro und denkt: Hippiescheiß.

»Und vor allem könntest du ihn einfach weiter lieben, angstfrei und bedingungslos, und euch beiden vergeben. Du wärst frei, das wollte ich damit nur sagen.«

Was ist mit Maren passiert, fragt sich Doro. Jemand hat ihr den Humor entfernt.

»Wenn du mit dem großen Ganzen verbunden wärst, könntest du das sehen und dieser kleine Egokram wäre null und nichtig, verstehst du?«

Nein, verstehe ich überhaupt nicht, denkt Doro, und du auch nicht. Und dann hat sie einen Ehrlichkeitsanfall:

»Maren, korrigier mich, wenn ich falschliege, aber ich habe das Gefühl, dass du dich an meiner miesen Situation erfreust. Und egal, was diese Situation unter einem spirituellen Aspekt bedeutet, mir gefällt sie nicht und sie wird auch künftig nicht zu einem mystischen Schlüsselerlebnis werden.«

Marens geduldiges Nicken ist eine Frechheit, findet Doro. Aber es fühlt sich gut an, mal etwas mehr zu sagen. Sauerstoff für ihr Hirn.

»Vielleicht bin ich dir zu unbewusst und unachtsam, aber ich bin diejenige, die einschätzen muss, wie sie sich fühlt.«

»Das will dir ja auch niemand nehmen«, sagt Maren.

»Und, sorry, aber ich finde deinen selbstgefälligen Tonfall zum Kotzen. Du sagst mir praktisch ständig, dass ich an allem selbst schuld bin und dass es mir nur so schlecht geht, weil ich weder nichts mehr trinke, SO WIE DU, noch daran arbeite, eins mit allem zu werden – SO WIE DU.«

»Come on«, sagt Maren.

»Und weißt du was, Maren? Ich mag in deinen Augen ein bisschen unterbelichtet sein, zumindest bin ich nicht ER-LEUCHTET, SO WIE DU, aber: Wenn jemand ein Problem hat, dann finde ich, ganz normal und primitiv wie ich bin, sollte man ihm einfach nur HELFEN!«

»Was meinst du, was ich hier mache?«, fragt Maren.

Doro ist nun klar, dass sie sich gerade von Maren verabschiedet. Sonst würde sie nicht so schreien, oder?

»Ach, das ist Hilfe, ja? Mir zu erzählen, mein Problem wäre mein Ego! Du bist diejenige, die ihr Ego hier aufpoliert. Bei der dummen Doro, die jetzt endlich mal was lernen kann. Und zwar von dir. Das ist sooo schön, es ist ein Geschenk! Vom Universum! Oder vom total gerechten Gott der Anonymen Alkoholiker, der euch belohnt und uns bestraft.«

»Doro, entschuldige mal –«

»Nein, entschuldige du mal! Für wie blöd hältst du mich eigentlich? Das würde ich mir doch gar nicht anhören müssen, wenn es mir gut ginge oder wenn du nicht der Meinung wärst, ich könnte nicht bis drei zählen.«

»Du bist betrunken, Doro.«

»Ja, ich weiß. Und trotzdem lasse ich mir von dir nicht vorschreiben, wie ich mich zu fühlen habe. Was glaubst du eigentlich, wer du bist, du Hobbyhindu! Und ich weiß auch, dass du mich im Grunde deines Herzens nicht ausstehen kannst, sonst würdest du mich nicht mit dieser anmaßenden Scheiße zutexten.«

»Ach Doro«, sagt Maren. »Es ist doch ganz normal, dass du wütend bist.«

Es kann nicht sein, dass sie einfach weitermacht, denkt Doro und läuft zittrig zur Anlage, um Musik aufzulegen, um irgendetwas zu tun.

»Es ist normal, dass ich wütend auf Bender bin, aber es ist leider nicht normal, dass ich wütend bin auf meine Freunde. Ich bin aber wütend auf dich, Maren.«

»Ich wollte dir wirklich helfen«, sagt Maren. »Wenn es dir wieder besser geht, wirst du sehen, dass ich recht hatte.

Sie ist weg, denkt Doro. Sie ist auf diesem Rechthaberplaneten, für immer.

»Du hast es nämlich gar nicht nötig, dich von einem Typen abhängig zu machen. Du bist autark, du bist stark, du musst es nur –«

Doro muss Maren unterbrechen.

»Das wird mir jetzt echt zu blöd. Bitte verschon mich mit diesem Starkefrauenschwachsinn.«

Doro findet in Benders gigantischer Musikauswahl nichts, das ihrer Stimmung entspricht.

»Ich habe einen neuen Typen kennengelernt.«

Gut. Maren will Frieden. Aber braucht sie auf ihrer Bewusstseinsebene überhaupt noch einen Typen? Ist er ein Lama?

»Fünfzehn Jahre jünger als ich, aber irgendwie viel smarter als wir in dem Alter.«

Frau und Bürschchen, gähn, denkt Doro.

»Es passt einfach. Rupert ist mein Seelenverwandter. Und rothaarig, das habe ich mir immer gewünscht.«

Doro grinst in sich hinein, als sie die Beatles auflegt, »Across the Universe«.

»Wunschbox Universum«, sagt sie, weil sie nicht weiß, was sie sonst zu Marens Soulmate sagen soll, und auch, weil sie Maren mitteilen will, dass ihre derzeitige Phase so neu nun auch wieder nicht ist. Sie singt mit den Beatles, Maren versteht ihren Wink mit dem Zaunpfahl aber weiterhin nicht. Wir sind nicht mehr die, die wir waren, denkt Doro, und unsere neuen Versionen haben sich nichts mehr zu sagen.

»Was trinkst du eigentlich, wenn es was zu feiern gibt«, fragt sie Maren, passiv-aggressiv.

»Egal«, sagt Maren.

»Ich mach mal Tee. Mate oder Sencha?«

»Lass mal.« Maren winkt matt ab und lockt die zweite Katze mit Maunzlauten, sich zur anderen auf ihren Bauch zu setzen.

»Weißt du, was ich mir überlegt habe?« Doro öffnet aktiv-aggressiv die nächste Flasche Rotwein, Maren krault synchron beide Katzen. Sie hat ein Herz für alle Wesen, auch für diese verschlagenen Scheißviecher, aber sie hat kein Herz mehr für mich, denkt Doro.

»Nimm doch du die Katzen«, sagt Doro.

»Was? Nee, die wohnen doch hier. Hm? Miez? Wohnst du hier, ja?«

»In Asien retten die Backpacker gern herrenlose Hunde, geben dann aber den Leuten kein Trinkgeld. Pack.«

»Echt wahr? Wie kommst du da jetzt drauf?« Maren küsst Johnny Marr auf die Stirn.

Doro hat ihr gesamtes Leben lang damit kokettiert, eine

lange Leitung zu haben. Bei Maren, die sich selbst für überdurchschnittlich klug hielt, scheint jemand eine Lobotomie vorgenommen zu haben.

»Echt wahr«, sagt Doro und breitet Arme und Beine aus. Sie liegt auf dem Fußboden wie da Vincis nackter Mensch, und eine sofortige Nüchternheit setzt ein, ein interessanter Effekt.

»Doro, du bist nicht du selbst, weil Bender dir buchstäblich das Herz rausgerissen hat. Das war ganz sicher nicht seine Intention, aber er hat dir dein Licht geraubt, du bist so dunkel geworden, es tut mir wirklich weh, das zu sehen.«

»Ja, ja, ist schon gut«, sagt Doro.

»Das ist im Moment nicht schön, aber auf lange Sicht ist das Leben gerecht. Immer.«

Doro spricht leise in Richtung Zimmerdecke: »Sag mal Maren, hast du eigentlich noch alle Tassen im Schrank?«

»Was?«

»Lass uns ausgehen und durchdrehen«, sagt Doro, etwas deutlicher.

»Du, Doro, ich muss dann mal los, Schatz«, sagt Maren wie nach einem Krankenbesuch und setzt die Katzen vorsichtig auf dem Fußboden ab. Morrissey krallt sich an Marens Strumpfhose fest. Er ist böse, nicht Doro, die jetzt absichtlich so lacht wie die Insassin einer Irrenanstalt, auf der ein Fluch liegt.

»Kann ich dir noch irgendwas Gutes tun? Eine Wanne einlassen oder so?«

Doro lässt sich hochziehen wie einen Müllsack. Sie lehnt sich an Maren, die einen Kopf größer ist als sie.

»Das wird wieder.«

Doro reibt sich nickend an Marens Schulter.

»Vielleicht ist es dir ja passiert, damit dir etwas Besseres passieren kann.«

Nicht wieder das, denkt Doro und merkt, dass sie auf Marens Bluse sabbert wie ein Baby. Einerseits kann man durch positives Denken alles steuern, andererseits muss man geduldig abwarten, bis die Scheiße sich von allein in Gold verwandelt. Wie denn nun?

»Okay«, lallt sie in Marens schönes, sommersprossiges Dekolleté.

Maren stellt Doro gerade hin wie ein Kind und ordnet ihr das Haar, warum? Dann nimmt sie ihre Tasche, holt einen Packen Papiere heraus, die sie auf Benders Klavier legt, und umarmt Doro. Das ist unser Abschied, denkt Doro, von einem traurigen Schluckauf geschüttelt, wir werden nur noch über andere voneinander hören.

»Pass auf dich auf, Süße«, sagt Maren und geht.

Als Doro Marens Papierstapel durchblättert, verfliegt ihre Wut. Es hat nichts mit mir zu tun, sie macht das mit allen. Es ist ihr neuer Weg. Die Broschüren sind für Klöster, Ashrams und Retreats von Neuruppin bis Rishikesh. Es sind alle Religionen vertreten, sogar ein bisschen Christentum, nur der Islam fehlt, warum eigentlich?

Eat, pray, love, denkt Doro, da sind wir jetzt angekommen. Maren hat ihr zu jedem Angebot Notizen und Links aufgeschrieben, was sie so rührt, als wären es Abschiedsbriefe.

Vipassana-Meditation in Südengland, Doro könnte zehn Tage schweigen, aber Doro könnte nicht zehn Tage Vorträge in Marens neuem Tonfall hören. Doro könnte auch nicht durch Hochgebirge oder Wattlandschaften wandern, weil sie nicht einmal gern zu Fuß zu ihrem Auto geht. Sie sieht sich überhaupt nicht allein verreisen. Hatte nicht Maren selbst mal gesagt, dass Reisen nichts ändern, weil man sich ja immer selbst mitnimmt?

Ein Ayahuasca-Retreat in Peru. Maren hat ihr die Zahl 1994

und einen Smiley mit spiraligen Augen neben das Angebot gemalt, und Doro weiß, dass sie damit einen LSD-Trip meint, auf dem sie beide sich freiwillig in die Notaufnahme des Urban-Krankenhauses begeben hatten. Mit Marens Auto, in dessen Rückspiegel sie nicht mehr schauen konnten, ohne vollends durchzudrehen, kreischend, unklar ob vor Schrecken oder Freude, und komplett verdreckt, denn vorher waren sie durch den Tiergarten geirrt, der plötzlich zum Labyrinth geworden war, das obendrein noch Stufen hatte, was sie für die ersten Stunden so amüsiert hatte, dass sie sich vor Lachen heiser schrien. Doro und Maren, zweiundzwanzig und vierundzwanzig, die nirgendwo anders sein wollten als zusammen in Berlin. Es war Doros erster und letzter Trip, und jetzt, zwanzig Jahre später, empfiehlt ihr Maren, unter Anleitung eines Schamanen ein Halluzinogen zu nehmen, um wieder normal zu werden.

Diese Wendung findet Doro so absurd, dass sie kurz nicht weiß, ob sie lachen oder weinen soll. Es hört sich nicht besonders froh an, aber es wird ein Lachen daraus. Über die neue Maren und die alte und über sich selbst und eine Zeit, in der sie nur ein Ziel hatten: größtmöglichen Spaß.

Doros Schmerz ist chronisch geworden. Sie erfährt, wie sich ein gebrochenes Herz körperlich anfühlt. Es ist eine neue Gattung von Schmerz, sie kann ihn durch ihre Gedanken triggern und so verstärken, dass sie meint zu zerspringen, wenn sie nicht an etwas anderes denkt, was sie dann auch tut. Wie ein Kind, das die Luft anhält, spielt sie mit diesem Schmerz, der tatsächlich im Herzen beginnt und sich bis in die Fingerspitzen zieht und der Doro fasziniert, weil sie nie vorher ihr Inneres so deutlich gespürt hat.

Sie meidet weiterhin gemeinsame Freunde, und sie meidet auch den Rest, weil sie weder hören will, wie es irgendwem geht, noch sagen will, wie es ihr geht. Es beeindruckt sie, wie schnell aus vielen Kontakten wenige werden und aus wenigen keine. Maren ist weg, und Ariane wohnt wieder in München und kann mit den Krisen anderer sowieso nichts anfangen. In einem Horoskop findet Doro den Ausdruck für ihren Zustand. Ich bin void-of-course, denkt sie, ein Mond im Leerlauf, ich gehöre im Moment zu keinem Planeten. Kurz: Ich hänge in der Luft. Oder ich bin im Transit. Was sie damit anfängt, weiß sie noch nicht, aber sie mag den Begriff.

Er kommt nicht aus Marens Phrasenbaukasten und er bedeutet, dass sie sich weiter bewegt und früher oder später wieder irgendwo andocken wird. Es sei denn, ich wurde aus der Bahn geworfen, fällt ihr dann ein, auch eine stellare Metapher und bei näherer Betrachtung extrem traurig.

Irgendwann fällt ihr auf, was ihr Hauptproblem mit dem Alleinsein ist: ihre eigene Gesellschaft. Ein anderer Mensch würde sie ablenken. Und so besinnt sich Doro auf ihre Zeit vor Bender und bietet einen Teil der riesigen Wohnung zur Untermiete an.

Fortan muss sie die Panik, die sie bei unbekannten Nummern überfällt, unterdrücken und Anrufe entgegennehmen, falls nette, fremde Leute aus aller Welt sie fragen wollen, wo der Haken ist an drei wunderschönen Zimmern mit separatem Eingang und Bad zu einem lachhaften Preis.

Und so geht Doro an einem hellen Mittwoch ans Telefon und bemüht sich um ein lebensbejahendes »Dorothea Conrady, hallo?«.

»Ja, hallo?«, sagt es sehr ernst. »Hier spricht Vesna. Ihre Nummer steht auf meiner Liste, und ich habe Herrn Baumgart nicht erreicht.«

»Öhm, Vesna?«

»Ja, genau. Ihr habt mich gestern rausgeschnitten, und ich

würde gern wissen, wieso.« Die Frau ist auf höfliche Art extrem beleidigt.

Doro muss sich sammeln: »Du, Vesna, ich bin hier gerade mitten in einer Sache, kann ich dich in ein paar Minuten zurückrufen?«

»Ja, aber bitte vor vierzehn Uhr.«

Vesna, die ihre Kleinmädchenstimme mit einem Beamtentonfall kombiniert, war gestern im Sender. Doro, die mitten in einer Sache ist, nämlich Kaffee trinkend ihr Horoskop zu lesen, weiß nicht, was sie dieser verstörenden Frau sagen soll, sie ist nicht zuständig, aber sie mochte sie.

Seit ein paar Wochen vertritt Doro eine Bekannte bei einem Nachrichtensender, den sie Bad News Department nennt. Sie schminkt Nachrichtensprecher und Wetteransager, überdeckt ihre Gesichter mit dicken Puderschichten, eine schöne, weil komplett sinnentleerte Aufgabe, während deren sie über die Dinge nachdenken kann, die ihr wehtun.

Die einzige Abwechslung bietet einmal wöchentlich Herr Unger, der Host eines politischen Gesprächs, dessen lichten Hinterkopf sie mit künstlichen Härchen bestreut, die sie anschließend mit Spezialspray fixiert. Haare aufstreuen, ein Spezialjob, der in dem Mann das Gefühl geweckt hat, zwischen ihnen bestünde eine Spezialverbindung.

Gestern wurde anlässlich des Prozessbeginns gegen einen Kriegsverbrecher in Den Haag eine Sondersendung aufgezeichnet. Ein Professor in Heidelberg und eine junge Historikerin der Freien Universität Berlin galten als die renommiertesten Experten, man saß in Berlin und entschied sich für Frau Dr. Vesna Angelovska.

Doro und Dr. Angelovska verbrachten fünfundvierzig Minuten in Doros Masken-Kabuff, in denen Vesna geradeaus in den Spiegel starrte, während in Doros Kopf eine Fehlzündung stattfand: Vesna Angelovskas Aussehen katapultierte sie heraus aus dem Nachrichtensender mit dem grauen Teppichboden in eine Fotoproduktion für ein Modemagazin.

Vesna, die zwischendurch immer wieder sagte: »Nicht so stark schminken, bitte«, sah nach der Dreiviertelstunde mit Doro aus wie ein Topmodel. Sie sah vorher schon aus wie ein Topmodel, jetzt war sie geschminkt und hatte eine Rote-Teppich-Frisur.

Drei Minuten nachdem man Vesna zum zuständigen Redakteur gebracht hatte, zitierte der Doro in sein Büro. Heiner Baumgart verströmte diese Mischung aus Tadel und gespielter Enttäuschung, die Doro an ihre lang zurückliegende, problematische Schulzeit erinnerte. Sie bekam Durst und Bauchschmerzen.

»Sag mal Doro, das ist nicht dein Ernst, oder?«

»Bitte?«

»Also, so geht das wirklich nicht, Frau Conrady«, schaltete sich Herr Unger ein, der das Interview mit Dr. Angelovska führen würde. »Wir reden mit dieser Dame über vertriebene und ermordete Menschen. Da kann die doch nicht so aussehen!«

Herr Unger konnte auch nicht so aussehen, fiel Doro in dem Moment auf. Sie hatte ihn so stark abgepudert, dass seine Augen das Einzige waren, was sich in seinem gleichmäßig heftpflasterfarbenen Gesicht bewegte.

»Die sieht so aus«, sagte Doro schwach. Die Assistentin des Chefredakteurs kam herein. Symmetrischer Haarschnitt, unerschrocken, patent:

»Was ist das Problem?«

»Dr. Angelovskajas Aussehen. Hast du die gesehen?«

»Klar.«

»Die heißt Angelovska, nicht *kaja*, merk dir das bis zur Aufzeichnung.«

»Und was ist jetzt das Problem?«

»Doro hat sie geschminkt wie einen Hollywoodstar.«

»Die sieht so aus.« An Doro hatte jemand die Repeat-Taste gedrückt.

»Die sieht wirklich so aus. Darf eine gut aussehende Frau bei euch nichts Kluges sagen oder was?«

»Ach, ihr wusstet das vorher?« Baumgart zeigte auf die Tür, als stünde draußen ein Ungeheuer.

»Auf der Homepage vom Institut war kein Foto. Wenn man ihren Namen googelt, kommen alle möglichen Bilder von allen möglichen Frauen. Hauptsächlich eine ältere, intellektuell aussehende und ein paar jüngere, die aussehen wie Pornostars.«

»Pornostars? Hollywoodstars? Das geht alles nicht. Hier geht's um Massenmord, Mädels!«

»Ich könnte ihr die Haare straff nach hinten binden und ihr eine Hornbrille mit Fensterglas aufsetzen?«

»Super! Mach das.«

»Dann sieht sie noch mehr aus wie ein Fashion-Model. Unglaublich geil aussehende Frau mit Hornbrille, da will doch jeder Typ nur eins …«

»Das kann uns doch egal sein.«

»… ihr die Brille aus dem Gesicht reißen!«

»Wie seid ihr denn bitte drauf?«

Kurze, feindselige Stille. Man konnte nicht mit Sicherheit sagen, ob es der Effekt seiner Breitcordhose war oder ob Unger eine Erektion hatte.

Franziska, die Assistentin, riss die Tür auf, warf einen kurzen Blick auf Vesna Angelovska, die auf dem Flur ein Telefonat führte, und schmiss die Tür wieder zu. »So gut sieht sie jetzt auch wieder nicht aus, niemand sieht *zu* gut aus. Ich sag euch, was das Problem ist: Sie sieht aus wie vierzehn.«

»Und wie alt ist sie?«

»Zweiunddreißig.«

»Anyway: So geht das jedenfalls nicht.«

»Okay, verstehe: Doro, als Erstes musst du diese Beyoncé-Locken wieder wegmachen und den Glitter aus dem Gesicht nehmen.«

»Glitter?«

»Sorry, das ist ganz normales Make-up, damit grundiere ich alle. Auch Sie.«

»Glitter?«

»Ist ja gut, Joachim. Also Doro, mach die bitte nüchtern, matt und weiß und Lippenstift wie kein Lippenstift. Und mach diese Klimperwimpern ab.«

»Das sind ihre.«

»Nee, ne?«

»Setz ihr eine Brille auf.«

»Setz ihr einen Papierkorb auf.«

»Heiner!«

»Und wie soll ich ihr das erklären?«

»Mit Angemessenheit.«

»Genau: Mit Seriosität.«

»Das macht ihr. Ich kann das nicht. Was soll ich denn sagen: Ihr Aussehen passt leider nicht zu einem Völkermord?«

»Das ist die Wahrheit, vielleicht weiß sie das ja sogar.«

»Die wird das ahnen. Die ist ja nicht blöd.«

»Im Gegenteil.«

»Eben.«

Doro schminkte Dr. Angelovska also um, die weiterhin wenig sagte. Als sie ihr einen strengen Mittelscheitel zog, lächelte sie ihr nett im Spiegel zu.

Dass ihre Anwesenheit im Studio zu einer kollektiven Unruhe wie in einem Pferdestall führte, schien Vesna Angelovska nicht aufzufallen. Trotzdem, sie muss wissen, wie sie aussieht, dachte Doro, der nach längerem Nachdenken nur eine einzige Frau einfiel, der ihr Aussehen wirklich egal war.

Joachim Unger interviewte also Dr. Angelovska, und sie antwortete in druckreifen Sätzen. Beim ersten Kameramann löste sie die gleiche Reaktion aus wie bei Doro: Er hielt wie gebannt auf ihr Star-Gesicht, dessen Teint jetzt war wie gewünscht: weiß. Im Vergleich mit dem überpuderten Unger sah sie aus wie eine Kaffeetasse neben einem Terrakottagefäß. Sie sah traurig aus.

Was hinterher passierte, kann Doro nur ahnen. Sie hat frei und keine Lust, mit Baumgart zu telefonieren. Er wird sagen: Ton-Bild-Schere oder Text-Bild-Schere, was es nicht ganz trifft, womit er aber die Diskrepanz zwischen Angelovskas Aussehen und den grauenhaften Ereignissen, über die sie redet, meinen wird. Sie werden dann auf Archivmaterial zurückgegriffen haben: Leute in Flüchtlingscamps, Söldner auf Lastwagen, niedergebrannte Dörfer. Doro hätte all das schon wieder vergessen, doch nun würde sie Dr. Angelovska zurückrufen, aber bitte vor vierzehn Uhr.

»Hallo Vesna.«

»Ah. Gut, dass Sie zurückrufen. Also: Es geht nicht darum, dass ich unbedingt im Fernsehen zu sehen sein will, verstehen Sie mich bitte nicht falsch. Es geht darum, dass wir, also auch meine Kollegen vom Institut, so froh waren, dass jemand mal für eine halbe Stunde dieses Thema in den Fokus holt. Sie wissen ja selbst: Kriege überlagern sich im Bewusstsein der Öffentlichkeit, das ist traurig, aber Fakt. Der Prozessauftakt ist deshalb ungeheuer wichtig und wir fragen uns, warum das Interview nicht lief.«

Was sage ich jetzt, fragt sich Doro. Soll ich Ton-Bild-Schere sagen?

»Soll ich Herrn Baumgart fragen, ob der Sendetermin verschoben wurde?«

»Der Bericht lief doch. Nur eben ohne die wichtigsten Aussagen. Ein Off-Sprecher hat weniger gesagt als in einem Nachrichtenüberblick, und die Archivbilder waren von einem früheren Konflikt. Ich glaube, das war's.«

Und was soll ich jetzt machen? Ich bin zuständig für Haare und Make-up. Diese Frau ist eine Gerechtigkeitskämpferin. Offenbar eine mit zu wenig Medienerfahrung. Vesna beginnt zu husten. Das hört sich gar nicht gut an, denkt Doro und sagt:

»Ui.«

»Verzeihung. Ach so, und dann waren auch noch die Aussprache von zwei Orten und eine Jahreszahl falsch, das ist ignorant und respektlos. Verstehen Sie, dass ich das ärgerlich finde?«

»Fernsehen ist ein großer Haufen Scheiße.«

Ein Hupen.

»Wie bitte? Hier ist es so laut, entschuldigen Sie.«

»Mir tut das wahnsinnig leid. Darf ich Sie zum Essen einladen, vielleicht haben wir ja gemeinsam eine Idee für eine andere Platzierung … oder so.«

Doro fühlt sich für ein paar Sekunden wichtig, dann verlogen, gleich darauf wieder unendlich matt.

»Oh, das ist wirklich nett. Sehr, sehr gerne.«

Und jetzt? Eigentlich weiß Doro, warum sie sich so selten engagiert. Weil ihr die Motivation fehlt.

»Moment bitte«, sagt Vesna, und dann: »Amsterdam, dreizehn Uhr fünfundfünfzig mit KLM«, wohl zum Taxifahrer. »Hallo? Hier bin ich wieder.«

»Toll, Amsterdam!«

»Ja. Ich berichte für zwei Zeitungen über den Prozess und

ich stehe auch in Kontakt mit einigen Leuten, die ich dort kennengelernt habe.«

Vesna fliegt nicht zum Spaß nach Holland. Worüber soll sie mit ihr bei einem Abendessen reden?

»Viel Glück und gute Reise.«

»Danke, das ist wirklich nett! Ich melde mich dann, wenn ich zurück bin, und dann gehen wir essen, ja? Das finde ich wirklich eine sehr gute Idee. Vielen Dank noch mal, ja?«

Zwei Wochen später sagt Doro all ihren potenziellen neuen Untermietern ab, weil Vesna bei ihr einzieht. Und als Vesna sie fragt, ob sie sie Dora nennen darf, weiß Doro zwar nicht genau, warum, aber sie erlaubt es ihr und hofft, dass dies der Beginn einer wirklich großen Veränderung ist.

Trick

Clemens war zufällig auf den Trick gestoßen, den er ab da bei jeder neuen Frau anwendete. Er hatte mit seinem Date in einem schönen Café gesessen und gesagt: »Mit Leuten, die in unserem Alter noch keine Kinder haben, stimmt etwas nicht.«

Das Kinn seiner Verabredung, einer Ärztin, fing daraufhin an zu beben. Er hatte nicht sie gemeint, sondern über den neuen Freund seiner Exfrau geredet, obwohl er wusste, dass die Verarbeitung seiner Ehe nichts auf einem ersten Date verloren hatte. Jetzt begann er zu faseln: Nun, das mit den Kindern könne ja jeder halten, wie er wolle, müsse sich ja nicht jeder reproduzieren, er meine ja nur, Kinderlosigkeit, na ja, sei eben schon eine Aussage. Oder besser gesagt eine Absage. Wie man das eben sehen wolle. Die Ärztin unterbrach ihn. Ob er Leute ohne Kinder für irgendwie unvollständig hielt? Als er erneut ansetzte (und dabei merkte, dass er tatsächlich fand, dass Kinderlosigkeit ein Defizit bedeutete), sah er, dass das Gesicht der Frau weiterhin zitterte. Sie unterbrach ihn erneut. Ob sie nicht das Thema wechseln könnten.

»Nein, wieso?«, fragte er und wusste, dass er sich impertinent verhielt. Iris, seine Exfrau, hatte es ihm oft genug vorgeworfen.

Die Ärztin, die ihm vorher das Gefühl gegeben hatte, dass sie sich nur aus einer Notlage heraus mit ihm traf, hatte damit deren gesamtes Ausmaß vor ihm ausgebreitet. Sie rief nach der Rechnung, zahlte für sie beide und ging.

Clemens, der ohnehin nicht davon ausgegangen war, dass

sie mit ihm schlafen würde, schaute ihr hinterher, wie sie hektisch um die Cafétische herumtrippelte, als suche sie den Ausgang eines Labyrinths. Wahrscheinlich um in ihrem Auto zu sitzen, bevor die Tränen kamen. Er bestellte sich einen Apfelstrudel, las die Sonntagszeitung und dachte darüber nach, was dieser Zwischenfall künftig für ihn bedeuten könnte.

Er war in einer Phase, in der er sehr viele Frauen traf. Das Alleinsein fühlte sich für ihn so falsch an, wie Arbeitslosigkeit sich angefühlt hätte. Ich bin nicht Single, ich befinde mich zwischen zwei Beziehungen, sagte er sich. Zumal er nicht freiwillig allein war und dieser Zustand unverhofft über ihn hereingebrochen war.

»Du bist das personifizierte Mittelmaß«, hatte Iris ihm nach fünfzehn Jahren mitgeteilt. Und das zu einem Zeitpunkt, da es eigentlich an ihm gewesen wäre, seine Frau darauf hinzuweisen, dass man auch in einer glücklichen Ehe weiterhin an sich arbeiten könne. Iris verhielt sich, als hätte sie ein riesiges Fenster aufgerissen, um das Alter hereinzulassen. Sie hörte auf, die dicken weißen Strähnen in ihrem fast schwarzen Haar zu überfärben, was sie mit launigen Susan-Sontag-Vergleichen kommentierte. Dazu änderte sie schleichend ihren Kleidungsstil und stieg auf flache Schuhe um. Es war, als bräuchte Iris Ferien, als hätten die Jahre als aufwändig gestylte Frau sie ermüdet und sie müsse sich jetzt unter weiterhin teuren, aber viel bequemeren Schichten von Stoff ausruhen. Clemens fragte sich, ob sie die Blicke, die sie immer auf sich gezogen hatte, nicht vermisste, denn er vermisste sie schon. Wenn sie annahm, dass es ihm nach so langer Zeit egal war, wie sie aussah, weil er nur noch den Menschen sah, den er liebte, irrte sie sich. Doch als er bereits auf der Suche nach dem richtigen Zeitpunkt und Tonfall für diese Klarstellung war, wurde er von Iris verlassen.

Sie stritt sich nicht, sie wollte keine Änderung, keine Pause, sie wollte nichts klären, und sie behauptete, es gäbe niemanden anderen. Sie suchte eine Wohnung in Mitte für sich und Maya, die gemeinsame Tochter, und ließ ihn, nachdem sie den Haushalt akkurat aufgeteilt hatte, allein zurück in dem Haus im Südwesten. Das Landhaus, überflüssig, weil nur ein paar Kilometer weiter im Südwesten, würden sie beide nutzen. Clemens wusste nicht, was ihn mehr verletzte, ihre neutrale Freundlichkeit oder die Sorglosigkeit, mit der sie in ihr neues Leben startete. Sie sagte, sie hätte ihm Zeichen gegeben, ihn gewarnt. Sie sagte, sie hätten sich viel eher trennen sollen. Sie sagte, dass sie ihn nicht mehr liebe, er sie mit großer Wahrscheinlichkeit auch nicht mehr, doch er sei eben das größere Gewohnheitstier. Schließlich sagte sie ihm, dass sie ihnen beiden einen Gefallen tue, indem sie sie aus ihrem jahrelangen Spießerkoma erlöse, und ging.

Was sie hinterließ, war ihre Aussage, er sei Mittelmaß. Clemens fragte sich zwar, was das bedeutete und was daran so verachtenswert sein sollte. Er war Volljurist. Er hatte eine Steuerkanzlei und gute Klienten, sogar ein paar Prominente, auch wenn Iris sie als neureichen Supertrash abkanzelte, was ja an sich schon Mittelmäßigkeit ausschloss. Trotzdem sollte es dieser Satz sein, um den sich seine Gedanken in der nächsten Zeit drehten. Er wurde zum Startknopf, auf den er drückte, wenn er seine Exfrau hassen wollte. Und die Antworten, die er ihr entgegenschleuderte, wurden immer länger, immer leidenschaftlicher, treffsicherer und fantasievoller. Sie wurden das Gegenteil von mittelmäßig, sie wurden zu Clemens' verbalem Meisterwerk. Er hätte ein guter Strafverteidiger werden können, schade, zu spät. Stattdessen ging er laut redend durch das Haus, das Iris erst unbedingt haben wollte und nun verlassen hatte. Er kam zu dem Schluss, dass Iris nicht unter einer Midlife-Crisis litt, sondern unter Hybris. Oder meinte sie ernsthaft, der spannende Teil ihres Lebens stünde ihr noch bevor? Es mochte Leute geben, bei denen das so war, lenkte er gedanklich ein, auch weil er hoffte, selbst zu diesen Leuten zu gehören. Im speziellen Fall von Iris sah er jedoch schwarz. Wer sich als Akademikeroma verkleidete, hatte das Beste bereits hinter sich, was immer man darunter verstand. Später musste er zugeben, dass Iris nach ihrem Auszug zwar nicht besser denn je aussah – das behaupteten mit Sicherheit ihre Freundinnen. Doch auf jeden Fall sah sie wieder aufregender aus als in ihrer letzten Zeit mit Clemens.

Er verfiel in eine Phase der Resignation, die er so von sich nicht kannte. Es war das Jahr 2012, und die Maya, deren Schreibweise sie für den Namen ihrer Tochter übernommen hatten, sagten das Ende der Welt in ihrer bestehenden Form voraus. Clemens, zwar nicht ambitioniert genug, um sich näher damit zu befassen, was die Maya genau damit meinten, geriet trotzdem in die erste Endzeitstimmung seines Lebens und fand daher die Idee, alles könnte sich irgendwie von selbst erledigen, gar nicht so schlecht. Doch 2012 kam und ging, die Welt blieb, wie sie war. Clemens traf sich mit Frauen, die er mit Iris verglich und die ihm nicht genügten. Er traf sich mit Frauen, die er gar nicht mit Iris vergleichen musste, obwohl er es natürlich trotzdem tat, weil sie liiert waren und es um nichts außer Sex ging. Die Freizügigkeit, die in seiner Stadt herrschte, war ihm in den letzten fast anderthalb Jahrzehnten entgangen. Kurz hatte er das Gefühl, etwas verpasst zu haben, und verdammte sich selbst als Trottel, weil er Iris treu gewesen war. Nach kurzer Zeit empfand er das Überangebot an Möglichkeiten als erdrückend und gestand sich ein, dass er, Clemens Wolff, in seinem vierundvierzigsten Lebensjahr nicht die Nerven hatte, sich mehrmals wöchentlich auf neue Frauen und deren sexuelle Präferenzen einzulassen.

Bereit für eine neue Beziehung und nach wie vor unter Druck, sich zu beweisen, dass er kein Mittelmaß, sprich kein Langweiler, war, verliebte er sich Hals über Kopf in die erste Frau, der er nicht im Internet begegnete. Die Frau, Maren, sexuell eher zurückhaltend, aber im alltäglichen Umgang komplett durchgedreht, war das exakte Gegenteil der Frauen, die er online kennengelernt hatte. Durchschnittliche Frauen, die Iris als Mittelmaß beschimpft hätte, wollten mit ihm Fantasien ausleben, vor denen er sich teils sogar fürchtete. Kein Abgrund war ihnen zu tief, kein Experiment zu dunkel. Anschließend setzten sie sich in einen Ford Ka, in dem ein Plüschtier am Rückspiegel hing, und fuhren zurück nach Pankow oder Rudow. Als ihn eine der Frauen, die auf Rollenspiele bestand, die ihn an Kleinkunst erinnerten und ihn so anödeten, dass er einschlief, fragte, ob er am nächsten Nachmittag ihren Sohn zum Hals-Nasen-Ohrenarzt bringen könne, mit der Begründung, man kenne sich jetzt schließlich näher, beendete er diese Phase seines Liebeslebens endgültig. Ohne Reue: Er hatte seinen Marktwert getestet und gut abgeschnitten, und er konnte ein paar Klischees zum Thema Experimentalsex bestätigen. Aber wem bestätigen?

Maren hatte er auf einem Essen seines Lieblingsklienten Ralf Bender und dessen Partnerin Doro getroffen, die sich vorgenommen hatte, mal eine neue Konstellation von Leuten zusammenzubringen, was ihr leider misslang: Es sprang kein Funke über, man smalltalkte sich zäh durch den Abend. Clemens saß zwischen einer wuchtigen Frau, die begonnen hatte, vergessene Getreidearten zu kultivieren, und einer geisterhaft zarten Frau, die nichts von dem essen durfte, was Doro gekocht hatte, und die sich auf eine erschreckend elefantenhafte

Art die Nase putzte, weil sie auf Teile von Doros Spätsommer-sträußen reagierte.

Maren saß ihm schräg gegenüber und hörte einem Mann zu, der kein anderes Thema hatte als seine Frau, die er »mein Hase« nannte und die keiner der Anwesenden je gesehen hatte. Maren nickte geduldig und frage ihn schließlich, ob er den Film *Mein Freund Harvey* kenne. Sie fragte es in einem netten Plauderton und in einem Moment, in dem wieder eine unbehagliche Stille über der dysfunktionalen Runde hing, und Clemens lachte los. Es kam ihm vor, als lache er aus einem Ort heraus, der seit Jahren unter Verschluss lag, allein lachend befreite er sich von der Frage, was diese Hobbybauern und Hyperallergiker von ihm hielten, und als er fertig war, setzte er sich mit Maren in Benders Designpreisküche und betrank sich. Anschließend wollte Maren dringend mit ihm in einen Club, und das, obwohl sie eine Platzwunde am Kopf hatte, weil sie gegen Benders Dunstabzugshaube geknallt war. Er schien für sie der Typ zu sein, der weiteren Spaß versprach, das gefiel Clemens, und Maren gefiel ihm so gut, dass er an diesem Abend nach zehn Jahren wieder anfing zu rauchen. Groß, rothaarig-sommersprossig und wild, Halali, dachte Clemens, die will ich haben. Zum ersten Mal nachdem Iris gegangen war, hatte er das Gefühl, die Trennung könnte doch richtig gewesen sein. Mit Maren hätte er Iris sofort betrogen, wäre sie noch da. In diesem Fall, so vermutete er später, hätte Maren ihn wohl auch attraktiver gefunden als allein. Alles, was sie sagte, interessierte ihn. Das war neu. Keines der Spiele, die ihn in den Monaten zuvor hätten fesseln sollen, hatte ihn auch nur ansatzweise in den Geisteszustand gebracht, in den Maren ihn mit ihrer Durchgeknalltheit trieb. Clemens hörte sich ihre Fehlgriffe und Rückschläge an, verknallte sich in ihre Selbstironie und beschloss, ihre Odyssee zu beenden.

Anfangs schien sie sehr in ihn verliebt zu sein, kurz darauf zog sie sich zurück, was Clemens anstachelte, sie wieder in diesen Anfangszustand zurückzuversetzen. Ihre etwas geringschätzige Art, mit ihm zu schlafen, verlieh der Beziehung einen Thrill, der jeden Bondage-Firlefanz weit in den Schatten stellte. Hier war sie, die dunkle Grenze seiner Sexualität, die es zu überschreiten galt: Er wollte der Liebhaber sein, der Marens Gleichgültigkeit in Ekstase verwandelte. Außerdem wollte er sie dringend heiraten. Natürlich hatte das im weitesten Sinn auch mit seiner Iris-Schmach zu tun, aber in erster Linie wollte er eine Zukunft mit Maren, was er ihr auch regelmäßig sagte. In der gleichen Regelmäßigkeit erklärte Maren ihre Beziehung für beendet. Über ein Jahr lang wurde er so häufig verlassen, dass er nicht umhinkam, sich daran zu gewöhnen. Wenn sie ihn versetzte, redete sie von Freiräumen, wenn sie lieber etwas mit ihrem Freund Engelhardt unternahm, riet sie ihm, an seinen Verlustängsten zu arbeiten, und wenn er sie an ihre furiosen Anfangszeiten erinnerte, warf sie ihm vor, er verhalte sich regressiv. Was für ein Zirkus, dachte er und bat sie, aufzuhören, sich wie ihre Therapeutin anzuhören. Dann eben keine Ehe, auch gut, dachte er, wenn sie nur unverbindlichen Spaß will, soll mir das sehr recht sein. Niemand konnte es ihm verübeln, dass er ihren endgültigen Schlussstrich nicht ernst nahm. Wieso sollte nach Schluss im Dreiwochentakt plötzlich wirklich Schluss sein? Er rief sie weiterhin an, holte sie ab, überraschte sie, verhielt sich wie ihr Freund, der er auch war, und musste sich schließlich anhören, er würde sie stalken. Sie verhielt sich ähnlich wie Iris, sie schlug diesen unerträglichen Vernunftston an und ging davon aus, dass das reichte. Dass es genug war zu sagen: Ich will nicht mehr. Und was war mit ihm? Später gestand er sich ein, dass er darauf etwas überreagierte. Doch so, fand er, ging das gar nicht! Es konnte nicht

237

sein, dass sie nach ihrer verzweifelten Suche nach einem adäquaten Mann endlich am Ziel war und dann einen Rückzieher machte. War sie lieber wieder allein als mit ihm zusammen? Entweder war sie hochgradig gestört oder schlicht bösartig. Der Begriff der arglistigen Täuschung kam ihm in den Sinn. Hätte er gekonnt, er hätte sie verklagt. Dann musste er an seinen Vater denken, einen unausstehlichen Mann, dessen einzige Leidenschaft es war, zu seinem Recht zu kommen, in dem er sich wegen Lappalien von Instanz zu Instanz klagte.

Nein danke, dachte Clemens, entschied sich dafür, einer Geisteskranken aufgesessen zu sein, und ließ Maren schließlich ziehen.

Die Verfassung, in der sich Clemens erneut auf die Suche begab, war eine merkwürdige Mischung aus Gier nach Sex, Sehnsucht nach Gemütlichkeit und Groll. In diesem für alle Beteiligten schwer einzuordnenden Zustand stieß er auf seinen Trick. Fortan suchte er online nach erfolgreichen Frauen zwischen neununddreißig und vierundvierzig und kam so bald wie möglich auf ihr Alter und ihre Kinderlosigkeit zu sprechen. Es war, als könnte er die Backpfeifen, die Iris und Maren verdient hatten, nun stellvertretend an andere Frauen verteilen. Sie reagierten nicht alle gleich, aber alle reagierten.

Die erste Frau, die er nach der bebenden Ärztin traf, war ein Blindgänger, den er fast amüsant fand. Sie hatte zwei Kinder, die sie in ihrem Profil verschwieg, weil sie bei ihren Vätern lebten. Dieses Modell sei erstens gesellschaftlich nicht akzeptiert, zweitens zu komplex, um es auf einer Partnersuchseite zu erläutern. Nach einem langen Spaziergang schlief die Frau mit ihm und erzählte ihm anschließend, sie hätte nicht nur die Kinder und die Väter verschwiegen, sondern auch einen dritten – nämlich ihren derzeitigen – Mann. Es sei ihr klar, dass man diese Vorgehensweise eher von Männern erwarte, aber warum eigentlich nicht einmal andersherum?

Die zweite Frau fing tatsächlich an zu weinen. Clemens tat sich schwer damit, die Frau zu trösten, die ihm ihre gesamte Krankheitsgeschichte erzählte, gefolgt von den traumatischen Erlebnissen in einer Kinderwunschklinik. Es tat ihm leid und es ging ihn nichts an. Schließlich wollte er die Frauen nicht re-traumatisieren, sondern nur von ihrem selbstgefälligen Trip herunterholen und sie darauf hinweisen, dass sie sich und ihre Situation überschätzten. Die ernsthafte Verletzung der Frau machte ihn vorsichtiger. Er mied nun Frauen, die mädchenhaft oder anlehnungsbedürftig wirkten, und suchte Kämpfernaturen.

Die nächste Kandidatin hielt ihm einen Vortrag zu ihrer Kinderlosigkeit, der sich anhörte, als existiere er bereits als Essay. Die Frau war nicht nur vorbereitet, sie trat der Fragestellung in vollem Harnisch entgegen, wahrscheinlich nicht zum ersten Mal. Als Clemens gähnte, trat sie ihn gegens Schienbein. Als sie ihn in der Woche darauf fragte, ob er mit ihr für ein paar Tage nach Polen fahren wolle, sagte er nein.

Danach traf er auf eine Frau, die ihm sehr gut gefiel. Sie war weitgereist, schien überhaupt ständig zu reisen, und Clemens unterbrach sie mit der Kinderfrage, bevor sie ihn nach seinen letzten Reisen fragen konnte. Sie reagierte kurz konsterniert, woraufhin er sich halbherzig bei ihr entschuldigte und anbot, das Thema zu wechseln, während er dachte: Touché! Doch die Frau verfiel in einen überraschend pragmatischen Tonfall und bot ihm an, der Vater ihres Kindes zu werden. »Du machst dich unsterblich, die Kosten übernehme ich«, sagte sie. Clemens wusste nicht, ob er beleidigt sein oder sich geschmeichelt fühlen sollte, doch er wusste, dass er mit dieser Frau auf jeden Fall schlafen wollte, was er dann auch tat, allerdings nur einmal, weil er sich fühlte wie ein Dienstleister, der hinterher auch noch dankbar sein sollte.

Die nächste Frau traf er am Schlachtensee. Es war im vergangenen Februar, und sie stand allein am Ufer und verbrannte eine Maske. Ob er gewusst habe, rief sie ihm zu, dass man sich zu Karneval jetzt an ein Motto zu halten habe. Clemens unterdrückte den Impuls, sie zu überhören wie eine Verrückte, und kam näher. Ihr Neffe, für den sie die Maske gebastelt hatte, müsse unbedingt eine Figur aus Mittelerde darstellen, sagte sie. Sie trampelte auf den glimmenden Resten der Maske herum und Clemens stellte sich neben sie. Die Frau erfüllte exakt seine Anforderungen und kam ihm vage bekannt vor. Sie schien keine Kinder zu haben, sie war um die vierzig und auffällig hübsch, und sie wirkte total verzweifelt. Während er das dachte und die Frau beobachtete, fiel ihm auf, dass er die Frauen ins Visier nahm wie ein Profiler. Oder ein Serienkiller. »Was war das denn für eine Maske?« – »Das war« – die Frau strahlte ihn an – »Captain Kirk. Beziehungsweise die Captain-Kirk-Maske, die der Killer in *Halloween* trägt. Erinnern Sie sich?« – »Dunkel.« – »Ich dachte, so könnte er sie auch noch an Halloween benutzen. Ein Horrorobjekt für das ganze Jahr und später für sein Zimmer. Sah doch super aus.« Clemens fragte sie nicht, welches Verhältnis ein kleiner Junge zu einem doppelt codierten Filmzitat aus dem 20. Jahrhundert haben sollte und warum sie ihre Bastelei so radikal zerstörte.

Er lud sie in das Restaurant am See ein. »Sie sehen gut aus«, sagte sie, als er ihr die Tür aufhielt. Nach einer langen, schmerzhaften Zeit, in der es scheinbar nur darum gegangen war, woran es Clemens mangelte, war es schön, dass endlich wieder einer Frau auffiel, dass er ein gut aussehender Mann war. Noch dazu einer so schönen Frau wie Isabel, so hieß sie. Schöne

Menschen sind großzügiger, denn zumindest an dieser Stelle neurosenfrei, dachte Clemens, der eine Zeitlang auch der Meinung war, durchschnittlich aussehende Frauen wären weniger anstrengend als schöne und unattraktive wären leidenschaftlicher im Bett, weil sie etwas auszugleichen hatten. Thesen, die Clemens zu dieser Zeit ständig aktualisierte und revidierte.

Isabel sprach über einen Künstler, um den im Moment ein riesiger Hype veranstaltet wurde, unverdientermaßen. Clemens nickte und hatte ein Déjà-vu, dem der Zauber eines Déjà-vu fehlte, weil es sich um die exakte Wiederholung eines Monologs handelte. »Wir kennen uns«, sagte er und erinnerte sie an einen Abend in einem Club. Jemand hatte Geburtstag gehabt, Marens Freund Engelhardt. »Kann sehr gut sein«, sagte Isabel. »Diese Stadt hat dreieinhalb Millionen offizielle Einwohner, aber wir schwimmen in einem verseuchten Tümpel, in dem sich ungefähr hundertfünfzig Fische rumtreiben, die es immer wieder untereinander treiben. Wie nennt man das? Inzest!« Clemens war von der Vehemenz überrascht und entsprechend erleichtert, dass sie zumindest lachte, als sie das Wort Inzest aussprach. »Ich habe ein paar Jahre in Wien gewohnt und da war es genauso. Und dann habe ich dort auch noch dauernd Leute aus Berlin getroffen, da konnte ich auch gleich wieder zurückkommen, oder?« Sie bestellte eine Suppe, Ochsenbäckchen und eine Flasche Rotwein für sie beide. Dafür, dass sie sich seit ungefähr zehn Minuten kannten, benahm sie sich erstaunlich – Clemens suchte nach dem Ausdruck – locker? Distanzlos, dachte er, als sie ihre Hände flach auf seine kalten Ohren legte und sagte, wie sehr sie sich freue, dass er sie aus dieser misslichen Lage mit der Maske befreit hatte. Sie roch nach Ruß, Menthol und Leim. Dann kam sie nahtlos wieder auf die Überschätzung des besagten Malers zu sprechen, die bezeichnend sei für den Holzweg, auf dem sich die gesamte Kunstwelt befinde. Er schaute in ihre großen blauen Augen und musste an ein Märchen von Hans Christian Andersen denken, dass er Maya einmal vorgelesen hatte. In dem Märchen kamen drei Hunde vor, die sich in ihrer Größe steigerten. Der kleinste hatte Augen so groß wie Suppenteller. Maya hatte irgendwann angefangen zu schreien wie am Spieß, Iris hatte ihn beschimpft, er mochte das Märchen. Es war auch nicht brutaler als Grimms Märchen, die die damals fünfjährige Maya auswendig kannte.

»Hast du Kinder?«, fragte er Isabel. »Nein, wieso?«, fragte sie und kaute ihr Ochsenbäckchen. »Was soll ich mit Kindern?« Sie riss ihre Augen noch weiter auf, und er fragte sich, wie es wäre, mit einem Menschen zusammenzuleben, dessen Gesicht sich ständig in diesem Ausnahmezustand befand. »Hast du denn Kinder?«, fragte sie ihn. Und als er anfing, von Maya zu erzählen, hatte er nicht das Gefühl, über etwas Großartiges und Wunderbares zu sprechen – etwas, das er hatte und sie nicht. Isabel trank ihren Rotwein und nickte seinen Familienstatus weg, als würde sie denken: Alles klar, getrennt, Kind lebt bei Mutter, tausend Mal gehört. Das Wort »Mittelmaß« schoss ihm durch den Kopf. Als sie aufstand und an die Bar ging, dachte er an Iris, die eine ähnlich präsente Art hatte, Räume zu durchqueren. Würde Maya sie mögen? Schwer zu sagen. Immerhin konnte Isabel basteln. »Du bist mir vielleicht ein Früchtchen«, sagte sie, als sie sich wieder zu ihm setzte. Clemens fühlte sich wie acht, aber nicht schlecht. Isabel hatte weitere Getränke bestellt, während Clemens sich fragte, worüber man als Nächstes sprechen könnte, bitte nicht wieder über den Künstler. Ihr Ärger verlagerte sich zurück zum Karneval. »Wenn ich es mir recht überlege, hasse ich jede Art von Mummenschanz«, sagte sie. »Kostüme sind nur etwas für Leute, die unverkleidet zu verklemmt sind zu feiern. Oder zu hässlich.«

Oder für Kinder, dachte Clemens und nickte. Er wusste nicht, als was sich seine Tochter in diesem Jahr verkleidet hatte, und dachte daran, dass Maya ihm mehr und mehr entglitt, egal wie oft er sie versuchte zu sehen und wie sehr er sich für sie und ihre kleine Welt interessierte. Er konnte nichts daran ändern, dass sie ihren Alltag mit einem anderen Mann verbrachte, der sie nun an seiner Stelle aufwachsen sah.

Er lachte Isabel an, die wohl eine Antwort erwartete, er hatte nicht zugehört. Und als sie sein Gesicht in die Hände nahm und ihn küsste, kam sie Clemens vor wie ein Feenwesen. Ein nicht ganz ungefährliches, aber in diesem Moment ein rettendes, voller Kraft.

Diese Frau würde weder einen Erotik-Thriller mit ihm nachstellen, noch konnte er sie sich bei dem vorstellen, was man im weitesten Sinne als Alltag bezeichnete. Er sah sich nirgendwo mit ihr, sondern genoss das Gefühl, dass das Leben endlich weiterging. Isabel war das Gegenteil von Mittelmaß und er, so entschied Clemens Wolff, während er ihr spontan ein Wochenende in Florenz vorschlug, ebenfalls.

Sie sahen sich unregelmäßig. Er nahm sich vor, nichts mehr zu erwarten und die Dinge auf sich zukommen zu lassen, eine vielbeschworene Lebenseinstellung, die fast niemandem glückte. Seit Isabel aufgetaucht war, gelang sie ihm zum ersten Mal in seinem Leben. Dass das nicht endlos so weitergehen würde, war ihm klar, aber die Zeit bis dahin würde er mit Isabel verbringen.

Er war es schließlich, der ihre niemals ausgesprochene Verbindung beendete. Es war heilsam, derjenige zu sein, der die Entscheidung traf.

Isabel hatte eine E-Mail von ihrem Galeristen bekommen, der ihre neuen Arbeiten unausstellbar zu finden schien, was er mit »definitely not my cup of tea« umschrieb. Isabel telefonierte erst mit mehreren Bekannten, fragte sie nach ihrer Meinung, die sich möglichst mit ihrer Meinung decken sollte, und kam zu dem Schluss, der Galerist sei ein Sackgesicht und als Galerist erledigt. Dann fuhr sie mit Clemens in ihr Atelier nach Moabit, wo sie ihm ihre Videoarbeiten, irgendetwas, in dem Gehirn-Scans eine Rolle spielten, nochmals erklärte. Er konnte wenig zu Isabels Kunst sagen, was sie nie gestört hatte.

»Warum haben Leute angefangen zu malen?«, schrie sie. »Weil sie keine Fotos hatten.« Clemens kannte diese These, die ihm historisch irgendwie nicht in der richtigen Reihenfolge erschien. Die Leute hatten auch nicht das Rad erfunden, weil sie keine Flugzeuge hatten, aber er sagte dazu nie etwas, auch weil sie es nicht erwartete. Der Kunstmarkt und seine verknöcherte Fixierung auf die Malerei war eines der Themen, die die Videokünstlerin Isabel umtrieben, die einst Malerei studiert hatte.

Als sie draußen im Hof ein Bier tranken, wusste er plötzlich, dass er sie anschließend in ihre Wohnung bringen und dann nach Hause fahren würde, allein. Er dachte: Es ist egal, ob ich hier sitze oder jemand anderes. Sie spricht mit der Person, die gerade da ist, und das bin ich. Er fand es erstaunlich, wie kalt ihn diese Feststellung ließ. Er war nicht böse und nicht beleidigt, er war nicht einmal wirklich traurig. Er würde sie nicht mehr anfassen, nicht mehr vermissen und sich nicht mehr fragen, wo sie war, wenn er sie nicht sah. Vielleicht hatte er sich an Abschiede gewöhnt. Zwangsläufig. Dieser Gedanke machte ihn melancholischer als der, Isabel künftig nicht mehr zu sehen. Isabel ging unruhig im Hof auf und ab. Wäre er noch verliebt in sie, würde er sich wünschen, ihre fiebrige Leidenschaft würde ihm gelten und nicht ihren Arbeiten. Und er würde mit ihr leiden, wovon sie auch so ausging, obwohl er hier stand und sie beobachtete wie eine Fremde durch eine Glasscheibe. Er wusste nie, was sie wirklich wollte. Vermutlich, dass ihr Galerist ihr sagte, er habe sich nur einen Scherz erlaubt, ihre Arbeiten seien schon jetzt Kunstgeschichte.

Isabel schaute ihn an und sagte: »Und? Was machen wir jetzt?« Er sagte: »Ich bringe dich nach Hause.« Und obwohl er den Rest des Satzes nicht aussprach, sondern nur dachte, hatte er das Gefühl, es sei alles gesagt.

Goodbye Johnny

Du bist die Liebe meines Lebens.

Das war er, der letzte Satz seiner Rede. Ein gutes Finale, passend zum Anlass, es ist seine Hochzeit. Die Braut, die Liebe seines Lebens, küsst ihn gerührt. Der Applaus, der nach einem kurzen Zögern einsetzt, ist ausgelassen, doch für mein Anliegen leider zu kurz.

Ich kann mittlerweile so husten, dass man es mir nicht ansieht. Ich habe den Tremor unter Kontrolle, aber das Rasseln muss irgendwie raus, sonst würde ich ersticken. Man wird annehmen, es war einer der älteren Verwandten, denn wenn ich huste, hört es sich an, als würde ein alter Kettenraucher in mir leben. »Opa, rauch doch nicht so viel«, war der Standardwitz in meiner Familie, wenn ich husten musste. Alle fanden ihn lustig, außer mir und Opa selbst, der grundsätzlich so tat, als gäbe es uns nicht. Dieser Typ Mann stirbt aus. Wird man ihn vermissen? Ich vermisse meinen Großvater auf jeden Fall.

Ich atme lang und vorsichtig durch die Nase, um den Hustenreiz zu kontrollieren. Dann halte ich die Luft an, um den erneuten Ausbruch zu unterdrücken, was leider nicht klappt, also huste ich noch einmal und hoffe, dass der Verdacht auf den steinalten Mann ein paar Plätze neben mir fällt. Johannes legt mir die Hand aufs Knie.

Bender kennt die Liebe seines Lebens erst seit ein paar Monaten.

Mindestens die Hälfte der Hochzeitsgäste kennt ihn mit seiner Partnerin vor der Braut, Doro, die ich Dora nenne und mit der ich seit zwei Monaten zusammenwohne. Als ich begriff, dass es sich bei der großen Hochzeit, auf die »alle« gehen würden, um die Hochzeit des Mannes handelte, der für Doras miserablen Zustand verantwortlich war, schüttelte mich mein Altmännerhusten zwei Wochen lang jede Nacht. Besonders schlimm waren die Sorgen, die Dora sich um mich machte, während ich darüber nachdachte, wie ich ihr klarmachen könnte, dass es kein Verrat war, wenn ich auf diese Hochzeit ging: Ich kannte sie nur ohne ihn, und ihn kannte ich gar nicht. Trotzdem erfuhr sie letztendlich durch mich, dass er heiratet. Ich fühlte mich wie eine Notärztin, die einen gerade zusammengeflickten Patienten vom OP-Tisch wirft. Mit einer Zeitverzögerung von ein paar Tagen kam die Nachricht bei Dora an. Das heißt, sie legte sich wieder auf den Fußboden des leeren Wohnzimmers und trank. In den Tagen davor hatten wir viel gemeinsam unternommen, es war heiß und wir machten Ferien in der Stadt. Und ich hatte gesehen, wie unglaublich lustig Dora sein kann. Ich hatte es mir gedacht, ich kannte ja die Fotos von früher. Also zerrte ich sie vor die Fotowand in ihrem Ankleidezimmer und sagte ihr, dass ich mir nichts mehr wünsche als die Rückkehr dieser Frau. Es war nicht meine beste Idee in puncto Dora-Heilung, denn daraufhin betrachtete sie stundenlang ihr verflossenes Ich und hatte noch mehr das Gefühl, ihre guten Zeiten wären unwiederbringlich vorbei.

Ich bin zehn Jahre jünger als Dora und fühlte mich wie ihre Mutter. Ich sagte Sätze wie »Das geht vorüber«, hörte mir dabei selbst zu und war erstaunt über meine Einfallslosigkeit.

Der Bräutigam wäre erstaunt, wenn er wüsste, dass ich seinen Platz eingenommen habe. Ich arbeite jetzt in einem Zimmer, das er komplett mit USM-Haller-Möbeln eingerichtet hat, und ich kümmere mich um seine Katzen Morrissey und Johnny Marr. In seinem Bad hängen Goldene Schallplatten und Fotos, die ihn mit Leuten zeigen, deren Bekanntheitsgrad mir Dora erklärte. Es sieht aus wie bei einem Promi-Wirt, sagte ich, und Dora lachte, nachdenklich wie immer, wenn ich etwas über meinen großen unbekannten Vermieter sage, in dessen betongrauer Bettwäsche ich schlafe.

Auf seiner Hochzeit sitze ich, weil ich die Partnerin von Johannes bin. Johnny und Bender sind nicht direkt Freunde, doch Johnny lädt man ein. Er stammt aus einer Familie, in der sich ein alter Name und so viel Geld miteinander verbunden haben, dass man ihn gern kennt.

Niemand sagt das so, auch und insbesondere Johnny selbst nicht, aber genauso ist es.

Mir ist klar, dass man mir unterstellt, das raffinierte Luder zu sein, das sich diesen enorm großen Fisch geangelt hat. Dass ich mehr verdiene als Johannes, was keine Kunst ist, denn er verdient nichts, sondern lebt von einer Apanage, die er sich weigert auszugeben, so dass er letztendlich von mir lebt, würde mir niemand glauben. Was ich verstehe, denn Johnnys Verhältnis zu Geld ist so krank, dass es in der Tat unglaublich ist. Ich, die berechnende Osteuropäerin, begegne also diesem etwas verwirrten, aber unwiderstehlich höflichen Mann, und gehe mit ihm aus. Er ist nicht nur wohlerzogen, er ist auch klug, und sein Interesse für mich ist so ehrlich, dass ich mich endlich begriffen fühle. Das ist so anziehend, dass ich gar nicht aufhören kann, mich ihm erklären zu wollen. Er wohnt in der hässlichsten Wohnung, die ich je gesehen habe, er lebt freiwillig so, wie andere Menschen nur in Zwangslagen leben, was ich zu diesem Zeitpunkt aber noch nicht wusste, und er hat großen Spaß daran, ständig Dinge zu tun, die nichts kosten. Dazu gehört natürlich auch Sex in dieser finsteren Wohnung, die nur aus einem Hochbett und einer Dusche besteht, die man zwanzig Minuten vorher anschalten muss, um dann drei Minuten einen Wasserstrahl abzubekommen, der sich anfühlt wie eine tropfende Zimmerdecke.

Ich fand es anfangs romantisch. Es gab nur uns beide, und Johannes vermittelte mir das Gefühl, wir wären zu zweit in einem Krieg, in dem er dafür sorgte, dass mir nichts passiert. Dann fiel mir auf, wie wohl ich mich fühlte, wenn ich in mein eigenes, ebenfalls winziges Apartment zurückkam. Johannes, der sehr anhänglich ist, quetschte sich daraufhin mit in mein Zimmer und atmete mir in den Nacken, während ich an meiner Dissertation schrieb. Wer Johnny wirklich ist, wusste ich über ein Jahr lang nicht. Ich ging von dem Nachnamen aus, der an seiner Tür stand, und der lautete Meyer-Ebbinghaus. Auch mit seinem wirklichen Nachnamen hätte ich nicht viel anfangen können, ich kenne mich bei deutschen Industriellen und Adligen nicht aus. Adelstitel erkennt man, okay, aber auch die lassen nicht auf Geld schließen. Johannes hat jedenfalls beides und ist froh, wenn man ihn nicht darauf anspricht, was ich verstehe. Trotzdem hätte er mir nach einem Jahr, in dem ich ihn ständig einlud, ihm Geld lieh, Flüge bezahlte und ihn mit nach Mazedonien zu meinen Leuten nahm, sagen können, wie er heißt.

Ich erfuhr es von Lydia. Lydia, die jetzt gereizt neben Reza sitzt, der neben mir sitzt. Damals war sie im Begriff, Reza zu verlassen, jetzt ist sie schwanger. »Na super«, grummelte sie, als sich vorhin nach der Trauung ein Filmkollege von Reza namens Engelhardt mit seiner schwangeren Freundin neben uns stellte, so als wären zwei Frauen mit Bäuchen auf demselben Fest ein ebenso blöder Zufall wie zwei Frauen in identischen Kleidern.

Ich mag Lydia. Ich mag sogar ihre alles überstrahlende schlechte Laune. Reza hat zum Ausgleich nie schlechte Laune.

Ihn mag ich noch lieber als sie, was ich niemals zeigen würde. Siehe Osteuropäerin, siehe gefährlich. Lydia würde mich in den Boden stampfen, bis man nur noch meinen Scheitel sieht. Obwohl sie eine der wenigen ist, die mich nicht für eine Goldgräberin halten. Sie wusste nicht, dass ich annahm, ich liebe Johannes Meyer-Ebbinghaus, der von Gelegenheitsjobs lebt, die nicht der Rede wert sind. Letztes Jahr saßen wir in Schweden an einem See herum, und sie machte sich über Johnny lustig, der immer so tat, als würde er nette Ferienhäuser im Internet finden und sich diese dann mit anderen Leuten teilen. In Wahrheit gehörten die Häuser natürlich alle Johnny selbst beziehungsweise seiner Familie. Wenn er sich als Sozialfall so gut gefällt, dann spielen wir halt mit, verdammte Axt, rief Lydia. Die Männer hatten den gesamten Urlaub Äxte in der Hand, und wir taten nichts. Die nächsten Tage dachte ich darüber nach, was es bedeutete, dass Johannes so ärmlich lebte und dass er meinen Meyer-Ebbinghaus-Irrtum nie aufgeklärt hatte. Ich verstand, warum er vor mir nie Kreditkarten benutzte, immer so eincheckte, dass ich sein Ticket nicht sah, und aus seinen Eltern und seiner Kindheit ein Tabu machte. Doch die Frage blieb: Wer war Johannes? Auf jeden Fall kein Hochstapler. Vielleicht ein Psychopath? Lydia sagte, er sei einfach ein bisschen paranoid. Aus Angst, man könnte nicht ihn meinen, sondern sein Geld, vielleicht auch aus Angst vor Entführungen sei er auf diesen Trip gekommen, den er, zugegebenermaßen, ein bisschen übertrieb. Mir erklärte er später, dass er die schöne Zeit mit mir durch nichts verfälschen wollte. Das heißt, er traute auch mir nicht, und nun traute auch ich ihm nicht mehr. Außerdem ging mir sein fanatisches Sparverhalten zunehmend auf die Nerven, und so landeten wir genau bei dem Szenario, das er unbedingt hatte vermeiden wollen.

Jetzt stapft Lydia dickbäuchig am Kopfende der Tafel entlang und hält sich den Rücken. Einer von Benders Popstarfreunden hält eine Rede. Man hat ihn zwischen zwei älteren Paaren platziert, die sich die ganze Zeit über ihn hinweg unterhielten und die jetzt, während er spricht, ihre Gesichter so entleert haben, als säßen sie in der U-Bahn. Er beginnt mit dem Beginn seiner Karriere. Bender und er kannten sich damals schon. Serafina und er kannten sich noch nicht, denn sie war zu diesem Zeitpunkt noch nicht auf der Welt. Lydia, die eine gute Stunde lang ihre Wut über irgendwas an Reza ausgelassen hat, ahnt wohl, dass diese Rede länger dauern wird. Alle anderen trinken einen Wein nach dem anderen gegen ihren Hunger, Lydia schiebt sich an den sitzenden Gästen vorbei und verschwindet im Nachbarraum. Vielleicht steht dort die Torte.

Der Popstar ist in den Neunzigern angekommen. Er beginnt seine Anekdoten mit Orten und Jahreszahlen. Er sagt: »Und dann Glastonbury 1997, Bender und ich backstage …« Dann lacht er, kopfschüttelnd. Bender lacht nicht, reckt aber den Daumen. »Muss man dabei gewesen sein …« Der Popstar winkt ab, das heißt, es gibt keine Pointe oder sie beinhaltet so viel Sex and Drugs, dass er sie aus gegebenem Anlass aussparen muss. Er bedankt sich für Benders Verdienste an seiner Karriere. Es wäre lustig, wenn er sich versehentlich für einen Preis bedankt. Noch schöner wäre, wenn er zum Ende kommen würde oder wenn die Kellner einfach das Essen servieren würden. Stattdessen schenken sie uns weiterhin nach. Der Popstar trägt diese teuren Junge-Männer-Klamotten, die sich nur alte Männer kaufen. Ich beschließe, dass ich seine Musik nicht hören möchte. Das ist heute schon mein zweiter Beschluss ohne unmittelbare Konsequenz.

Den ersten traf ich auf der Fahrt hierher: Ich habe mich von Johannes getrennt. Still, aber endgültig. Während ich mich trennte, redete ich sogar mit ihm. Ich sagte: »Schau mal, man kann auch direkt vor der Kirche parken.« Und er schüttelte den Kopf, panisch wie ein Kind, dem man rohe Leber vor die Nase hält. Ich sagte mehrmals doch und bitte, denn ich wollte, dass wir pünktlich sind, und es hatte angefangen zu regnen. Von weitem sah ich die anderen Gäste, alle darauf bedacht, schnell und trocken in die Kirche zu kommen, und ich saß neben Johannes, der in einem Schlammloch neben einem Traktor parkte und mich fragte, ob ich etwa den Strafzettel zahlen wolle. »Jaaaaa!«, schrie ich. Welchen Strafzettel, du Idiot, dort vorn steht eine Kapelle, die zu einem Privatgrundstück gehört und die nur heute in Betrieb genommen wird, wahrscheinlich hat Bender sie extra restaurieren lassen, weil vorher nur Fahrräder oder Pferde drinstanden, um sich heute und zwar exakt jetzt darin trauen zu lassen. Es gibt hier nichts und niemanden, der nichts mit dieser Hochzeit zu tun hat, murmelte ich auf Mazedonisch, während Johnny in einem umständlichen Manöver so parkte, dass wir parallel zu dem Traktor standen. Du willst mir das Leben zur Hölle machen, dachte ich. Ich wusste, dass es so nicht war, dass er all das nicht tat, um mich zu ärgern, sondern dass ein unauflösbares Knäuel aus Ängsten ihn dazu trieb. Dieses Wissen änderte jedoch nichts daran, dass es mir schlecht ging. Ich saß neben meinem Freund in einem gemieteten Elektro-Smart, der uns beiden schlechte Laune machte, und wollte nicht mehr. Dabei musste ich noch froh sein, dass wir nicht den Regionalzug genommen hatten. Ich sah aus, wie man aussieht, wenn man auf eine Hochzeit geht, ich trug ein Seidenkleid, einen Hut und hohe Schuhe. Für die Braut habe ich in Mazedonien Keramik besorgen lassen. Meine Tanten haben diesen Auftrag so ernst genommen, dass ich nun mit einer Art Balkan-Souvenirladen unterwegs war, den ich nachher durch den Schlamm auf das

Fest würde tragen müssen. Als ich umständlich ausstieg und Johnny mir seinen Arm reichte, wusste ich, dass die Welt für ihn in Ordnung war.

Er mag es unkomfortabel, und er liebt Entbehrungen. Hunger haben, nass und schmutzig werden, frieren. Vielleicht ist es seine Art, sich bei tatsächlich armen Leuten zu entschuldigen oder ihnen nah zu sein. Ich habe ihm gesagt, dass so niemandem geholfen sei, dass seine Armspielerei nicht nur lachhaft sei, sondern bei genauerer Betrachtung sogar eine Verhöhnung. So als würde er grundlos im Rollstuhl herumfahren. Er tat so, als würde er mich nicht verstehen.

Meine Mutter sagte immer, dass Geizige auch mit Gefühlen geizen. Von Johannes' Herkunft war sie dann trotzdem beeindruckt. Sie mutmaßte, dass sein karges Getue wohl eine Art Prüfung für mich wäre. Aha. Ein Märchen also. Meine Mutter, geblendet von meinem künftigen Nachnamen, nervt mich seitdem nicht mehr in jedem Telefonat mit Eva Illouz, deren Bücher sie auswendig zu lernen scheint, sondern hört sich an wie Jane Austen. Plötzlich ging es nicht mehr darum, warum Liebe wehtun muss, sondern darum, dass sie sich auch irgendwie lohnen kann. Meine Mutter begreift nicht, dass Johannes mich ohnehin nicht heiraten würde, weil das seiner Vorstellung von wahrer Liebe widerspricht. Die Angst, ich würde ihn anschließend sofort ausnehmen, unterstützt vom Gesetzgeber, sitzt viel zu tief. Ich habe aufgehört, mich zu fragen, ob er mir derart misstrauen und mich gleichzeitig lieben kann. Er sagt ja, und ich glaube ihm, weil jeder anders liebt und er nun mal so. Ich musste mir allerdings eingestehen, dass ich ihn als Meyer-Ebbinghaus mehr geliebt hatte und dass wir nie wieder an diesen Punkt zurückkommen würden. Lydia hat zwar recht, man könnte ihn einfach wie einen Mann in Not behandeln und ihm den Gefallen tun, doch ich komme mir dabei

253

zunehmend blöd vor. Also habe ich in den letzten Monaten viel Zeit mit Dora und weniger mit Johannes verbracht. Die riesige Wohnung, Benders Wohnung, sorgt dafür, dass wir uns niemals auf die Nerven gehen. Ich habe zum ersten Mal den Zusammenhang zwischen viel Platz und Harmonie erlebt, und wir sind unerwartet zu Freundinnen geworden. Dora findet auch, ich sollte Johnny so schnell wie möglich heiraten und dann weitersehen. Die Geschichte mit Bender, der früher offenbar ein strikter Heiratsgegner war und nun dies hier veranstaltet, hat sie so traumatisiert, dass sie zur Heiratsfanatikerin geworden ist. Wer dich nicht heiratet, nimmt dich nicht ernst, sagt Dora, deren Urvertrauen dieser Mann komplett zerstört hat. Scheiden lassen könnte ich mich ja immer noch, sagen meine Mutter und Dora.

Johnny hört dem alten Popstar zu und lacht. Am Anfang hatte ich oft Herzklopfen vor Glück, wenn er lachte. Als ich an meiner Dissertation saß, habe ich mich jeden Abend gefühlt, als würde ich aus einem Grab steigen und endlich wieder die Sonne sehen, wenn Johannes mich fragte, was ich essen möchte. Er hatte nie etwas da, das ich essen wollte, aber ich liebte seine Frage und wir aßen gemeinsam irgendetwas. Es ist nicht lange her, aber es kommt mir so vor.

Dann muss ich wieder an die Fahrt hierher denken und daran, wie allein man neben Johnny sein kann. Wir hatten einen Landstrich voller Baumärkte und Reklametafeln hinter uns gelassen und kamen auf eine dieser brandenburgischen Alleen. Johnny starrte auf sein iPhone, ich musste ins Lenkrad greifen, weil wir schlingerten, aber dann fuhren wir unter einem leuchtend grünen Blätterdach entlang und hörten die Brandenburgischen Konzerte, ein perfekter Moment. Er war vorbei, als ich ihn fragte, ob er auf das Spendenkonto überwiesen habe, das in der Einladung stand. Natürlich nicht, sagte

Johnny, mit der Begründung, das würde niemandem auffallen. Stattdessen griff er in seine LKW-Planentasche, die ich ihm verboten hatte, mit auf die Hochzeit zu nehmen, und warf mir ein Buch in den Schoß. Ein Sachbuch zur Zukunft der Musikindustrie im digitalen Zeitalter. Ich blätterte sprachlos durch ein nicht zerlesenes, aber eindeutig gelesenes Buch, das jemand Anfang des Jahrtausends geschrieben hatte.

»Das ist doch genau Benders Thema.«

»Deshalb hat er auch dieses Buch. Vielleicht hat er sogar das Vorwort geschrieben, wahrscheinlich wird er zitiert, garantiert kennt er den Autor.«

»Na und?«

Mir fiel nichts mehr ein. Johannes hatte sein Bücherregal, bestehend aus vier gestapelten Umzugskartons, durchsucht, war auf diese verstaubte Zukunftsvision gestoßen und hatte dabei an Bender gedacht. Darin sah er eine Form der Herzlichkeit, unbezahlbar, weil so persönlich, die Bender sicher wertschätzen würde.

Johannes hat ein sehr schönes Profil. Das starrte ich an, während er auf die Fahrbahn grinste, glücklich über sein schönes und passendes Geschenk.

Er ist nicht geizig, er ist wahnsinnig. Ich werde nie vergessen, wie einsam ich mich fühlte, als ich das dachte.

Dann nieste er, es war stickig, der schwache, unbeschreibliche Geruch des Niesens hing zwischen uns, und ich dachte, ich könnte jetzt sofort aussteigen und mich nie wieder bei ihm melden. Ich würde jede Kommunikation sofort kappen. Ich könnte es.

Doch zufällig beschäftigte ich mich seit einiger Zeit mit den Folgen genau dieser Art des Beziehungsendes. Bender hat sie bei Dora angewendet und sie damit zu einem Fall für die Psychiatrie gemacht. Ich werde ihr weiterhin recht geben, dass man so mit niemandem umgeht. Aber ich weiß jetzt auch, wie es sich anfühlt, wenn man plötzlich wegwill, weil man nichts mehr zu sagen hat, und dass man deswegen nicht zwangsläufig ein Monstrum sein muss. Das werde ich Dora nicht sagen. Ich habe gelernt, dass es keine richtigen Antworten auf die Fragen von Liebeskranken gibt. »Er liebt dich« ist genauso schlimm wie »Er liebt dich nicht«. Die verheerendsten Folgen hat wohl: »Er liebt dich wahrscheinlich.« Dasselbe gilt für einen Bericht über diese Hochzeit. Ich werde ihr nichts darüber erzählen, denn ich würde ihr damit Bilder in den Kopf pflanzen, die sie ewig verfolgen. Bender, gebürtiger Katholik, hat einen verhältnismäßig pompösen evangelischen Trauungsgottesdienst in Brandenburg ausrichten lassen und der Welt anschließend verkündet, Serafina sei die Liebe seines Lebens.

Wenn ich Johannes also nach dieser Hochzeit verlasse, wird er es Dora zu verdanken haben, dass ich mich nicht einfach so aus seinem Leben schleiche.

Lydia hat sich wieder hingesetzt und macht Reza weiterhin zischelnd irgendwelche Vorwürfe. Reza hört mit einem freundlichen Gesicht der hoffentlich letzten Rednerin zu, einer Schulfreundin der Braut, die ihre Rede in Reimform hält. Niemand im Saal amüsiert sich. Dann lässt sie sich von einem anderen Schulfreund, den sie ebenfalls mit einem Reim ankündigt – sie sagt: »Oh, hallo Ansgar, was hast du denn da?« –, ein großes Gefäß aus Ton bringen, das sie als Wunschfänger aus Neuseeland bezeichnet. Sie sagt nicht, ob es Engländer oder Maori waren, die sich diesen Brauch ausgedacht haben, die Vase hat jedenfalls die Form einer griechischen Amphora. Vielleicht ist das auch unwichtig, und die Idee zählt. Die Idee lautet, dass jeder seinen Wunsch an das Brautpaar in dieses Gefäß spricht, auf das jemand Zeichen gemalt hat, die zu gleichen Teilen nach Azteken, dem alten Ägypten und Programmiersprachen aussehen. Am Schluss, ruft die Brautjungfer und hält einen großen Korken hoch, wird sie das Gefäß verschließen, und all unsere guten Wünsche werden für immer beim Brautpaar bleiben. Ein Murmeln entsteht, denn Bender und Serafina haben hundertfünfzig Leute eingeladen, was im schlimmsten Fall vierzig weitere Minuten ohne Essen für alle bedeuten könnte.

Den Anfang machen Serafinas Eltern. Wenn das Gefäß zurück an der Tafel der Brautfamilien ist, wird es bei Benders Eltern landen. Benders Mutter sitzt zwischen zwei alten Herren, die sich so ähnlich sehen, dass man nicht sagen kann, ob sie Zwillinge sind oder ob Benders Mutter sich einen zweiten Mann gesucht hat, der genauso aussieht wie ihr erster, Benders Vater. Beide mustern griesgrämig den Vollzug des Rituals, während Benders Mutter verträumt an ihren Ohrringen herumspielt. Der Vater, der in seiner Rede betont hatte, dass man Reden kurz zu halten habe, zückt seine Taschenuhr. Er hatte sich an uns gewendet wie an die Belegschaft einer Firma, die er einmal jährlich auf Vordermann zu bringen hat. Am Ende hob er sein Glas und rief seinem Sohn und dessen Braut zu: »Weiter so!« Sein Doppelgänger, der sich jetzt ein Röhrchen Tabletten aus der Handtasche der Mutter reichen lässt, begann mit einem Lob auf den Osten, indem er den Fleiß der Leute hier würdigte und damit wohl Serafinas Eltern meinte. Sollte ihnen sein Tonfall etwas herrenmenschenhaft vorgekommen sein, ließen sie es sich nicht anmerken. Dann verrannte er sich und zählte alles auf, was ihm zum Thema Osten in den Sinn kam. Er redete über seine Flucht aus den Ostgebieten, die deutsche Teilung, den Marshallplan, Polen, Tschechien, Kuba und die legendäre Schönheit Dresdens. Als er auf die Leistungen der Menschen in Weimar und Leipzig zu sprechen kam und dabei Serafinas Eltern direkt ansprechen wollte, hüstelte Benders Mutter und applaudierte in die Rede hinein. Benders Schwester und ihr Mann fielen ein und mobilisierten so den Rest des Saals.

Brautmutter und Brautvater murmeln also ihre Wünsche in die Vase, die aus jeweils nur einem Wort bestehen, Liebe vielleicht, oder Glück, schön groß und einfach. Der Bruder der Braut sagt einen Satz und lacht anschließend verschmitzt in sich hinein, was mir gefällt.

Es wird unruhig, natürlich wird es unruhig, es ist zwei Uhr nachmittags und wir sitzen hier fest und werden immer betrunkener. Ich kann mit einem Blick bestimmen, wie viele Leute in einem Raum, Flugzeug oder Hörsaal sitzen, ein ziemlich unnützes Talent, das außerhalb von Katastrophensituationen niemanden interessiert. Ich weiß also, dass mein Wunsch in das Gefäß die Nummer 39 sein wird. Wenn man die Kleinkinder überspringt, die erstaunlich ruhig sind – hat man sie sediert? –, bin ich die Nummer 34. Das Gefäß kommt schneller auf uns zu als erwartet. Wir verstehen nun sogar einige der Wünsche, die nicht besonders originell sind und sich wiederholen: Geld, Harmonie, Gesundheit, Vertrauen. Wir fallen bald von unseren Stühlen, aber wir haben es fast geschafft. Ein alter Herr sagt: »Gesprächsstoff«, ein guter Wunsch. Die Frau neben ihm sagt etwas, das genauso klingt. »Hat sie fuck off gesagt?«, fragt mich Johannes. Bevor ich antworten kann, fragt er Reza. Dabei stützt er sich auf mir ab, sein Ellenbogen auf meiner Kniescheibe. Reza sagt, er fände diese Aktion eine Zumutung, ja so unerträglich, dass er sich langsam vorkäme wie eine Geisel. Lydia trinkt ärgerlich ihr stilles Wasser. Nach jedem Schluck haucht sie ein tonloses »Aaaaah« und knallt ihr Glas auf den Tisch, als wäre sie auf einem Schnapsbesäufnis. Dann sagt sie: »Die Frau hat *Mazel tov* gesagt.«

»Was?« fragt Reza.

»Mazel tov. Das wünscht man zu einer Hochzeit. Im Gegensatz zu fuck off. Ihr Idioten!« Sie meint uns alle. Die Mazel-tov-Frau schaut mit verletztem Gesicht zu uns herüber. Lydias Ärger über unsere Dämlichkeit ist noch nicht verflogen. »Also echt, als würde hier jemand fuck off in diesen fucking Krug sagen. Obwohl das vielleicht langsam angebracht wäre. Seid ihr eigentlich alle drei gleich blöd, oder was?«

Reza lacht. »Fuck off«, sagt Lydia.

Ein Paar in identischen Lederanzügen ist an der Reihe. Der Mann hat früher eine Death-Metal-Sendung moderiert, erklärt mir Johnny. Ihre schwarzen Haare fließen ineinander und ihre Münder berühren sich fast, als sie anfangen, ein Duett in das Tongefäß mit dem erlogenen kulturellen Background zu singen. Einige Leute erkennen den Song und singen mit, was zur endgültigen Spaltung im Saal führt. Der alte Herr, der dem Paar Gesprächsstoff gewünscht hat, lässt sich von seiner Frau aufhelfen und krückt laut hustend hinaus, gefolgt von ein paar Eltern. Wir, ohne Kinder und Krückstöcke, schauen ihnen neidisch nach.

Ich liebe es, Menschen in Gruppen zu beobachten. Die Zahl der Selbstdarsteller ist unter den Gästen hier nicht höher als auf einem Kongress voller Nerds. Die Frau in Leder hat das Lied abrupt abgebrochen, ihr Mann hätte ohne sie sicher noch ein paar Strophen gesungen. Der Junge neben ihnen, vermutlich ihr Sohn, spielt jetzt Beatbox in den Wunschfänger, womit er den nächsten Schwung Gäste vertreibt, auch mich.

Draußen stehe ich in der Sonne, bis Lydia mich anstößt und mir eine Zigarette hinhält. Sie will, dass ich rauche und sie passiv mitrauchen kann.

»Du musst inhalieren, Vesna, stell dich nicht so an.«

»Besser so?«

Ich finde es surreal, Lydia den Rauch ins Gesicht zu blasen.

»Wie geht's Doro?«

»Den Umständen entsprechend.«

Ich habe diesen Satz noch nie gesagt, aber hier passt er. Lydia nickt.

»Was meinst du? Ist das hier eine große Romanze oder ein Nervenzusammenbruch?«

Sie zeigt mit dem Daumen hinter uns, auf die riesige ausgebaute Scheune, in der das Fest stattfindet.

»Schwer zu sagen.«

»Na ja, große Romanze und Nervenzusammenbruch sind ja im Grunde dasselbe.«

Ich blase ihr Rauch ins Gesicht und sie blinzelt glücklich, als stünde sie in den ersten Sonnenstrahlen des Jahres.

»Und, Vesna? Seid ihr die Nächsten?«

Mich überkommt ein Schwindel, der Champagner, der leere Magen, die Zigarette, und kurz kriege ich Herzrasen. Die nächsten was? Die sich trennen? Woher weiß sie das? Die Nächsten, die heiraten? Ich winke ab, und Lydia streicht mir so wissend über den Arm, dass es mir in der Kehle drückt. Wir schauen auf ein paar andere Hochzeitsgäste, die auf der Wiese umhergehen. Ihre Stimmen wehen zu uns herüber und mir fällt ein nettes Wort ein: lustwandeln.

»Hochzeiten sollen zeigen, dass man eine Kontrolle über die Zukunft wünscht oder sogar hat. Bei mir bewirken sie genau das Gegenteil«, sagt Lydia.

»Wie meinst du das?«

»Ich meine, dass man nirgends so deutlich sieht, dass nichts sicher ist, wie auf Hochzeiten und Beerdigungen. Hättest du vor einem Jahr gedacht, dass Reza und ich zusammenbleiben?«

»Ehrlich gesagt nicht.«

Ich schüttle den Kopf und habe das Gefühl, mein Hirn schwappt träge in einem Wassereimer hin und her.

»Oder dass *ich* Mutter werde?«, sagt Lydia, die das Passivrauchen aufzuputschen scheint. »Weißt du eigentlich, was das Unglaubliche an dieser Schwangerschaft ist?«

»Was denn?«

»Das Wasser in den Beinen!« Lydia lacht. »Nein, im Ernst: Ich habe plötzlich Lust zu arbeiten. Jetzt, wo ich endlich zu Hause sitzen könnte, ohne mich zu rechtfertigen, habe ich Angst, dass mir der kleine Knilch mein Leben wegnimmt.«

»Ist doch gut, du bist motiviert.«

Mehr fällt mir zu Lydias Berufsleben, das sich in einem Start-up abspielt, nicht ein.

»Im Umkehrschluss heißt das, Frau Doktor Vesna, dass es passieren kann, dass du mit einem Kind alles an den Nagel hängst und nur noch Möhren pürieren willst.«

Das wäre endlich eine sinnvolle Aufgabe für Johnny, denke ich und ziehe an Lydias Zigarette, weil ich plötzlich den Reiz des Rauchens begreife: Man tut was.

»Ich will damit nur sagen: Man weiß nie. Dass Reza und ich zusammengeblieben sind, ist allerdings weniger überraschend als Benders Hochzeit mit einer Frau, die *nicht* Doro ist.«

Eine ältere Dame in einem langen engen Rock tippelt in winzigen Schritten an uns vorbei. Ich wünschte, Lydia würde etwas leiser sprechen.

»Vor einem Jahr wäre Engelhardt hier auf Krücken aufgetaucht, jetzt ist er wieder obenauf und fast Vater. Und weißt du, wer den Besoffenheitscontest gewonnen hätte?«

»Du?«

»Fast. Ich wäre Zweite geworden. Knapp hinter Maren. Die jetzt mit einer Thermoskanne heißes Wasser hier rumsitzt und sich anhört wie Konfuzius.«

Das Lachen lockert mich auf. Ich bin kurz davor, Lydia zu verraten, wer die Nächsten sind, die sich trennen.

»Aber immerhin haben wir hier auch einen Gentleman, auf den Verlass ist, weil er sich in diesem Leben nicht mehr ändern wird.«

Lydia breitet die Arme aus und spielt Laudatio und ich hoffe, sie meint nicht Johnny.

»Viktor!«, kreischt sie, als wäre sie betrunken und nicht ich.

Viktor? Den würde ich in dieser Männermasse in schwarzen Smokings auf den ersten Blick gar nicht erkennen.

»Viktor würde genauso dasitzen und dich anglotzen, während Natalie mit ihm redet.«

»Oh. Das ist mir noch nicht aufgefallen.«

»Es wird dir auffallen. Spätestens, wenn er dich antanzt.«

Lydia hält mir die nächste Zigarette vors Gesicht.

»Eine noch, damit sich das auch lohnt. Bitte, Vesna!«

Ich zünde mir die Zigarette an und finde es ganz interessant, so kurz vor einem Kollaps zu stehen. Mein Husten schüttelt mich kurz, aber Lydia ist gnadenlos, also rauche ich weiter.

»Wir sind wie Billardkugeln. Mal liegen wir nebeneinander, dann werden wir auseinandergestoßen und landen bei der nächsten und immer so weiter.«

Billard, denke ich. Gut, dass sie vorhin keine Rede gehalten hat.

»Ein paar haut es gegen die Bande, ein paar knallen sofort wieder aufeinander, ein paar bleiben allein liegen.«

Lydia findet Gefallen an ihrer Metapher.

»Und irgendwann landen wir alle nacheinander im Loch. Bumm.«

Lydia nickt zufrieden, ich kann das nicht so stehenlassen.

»Ja, aber dann kommt die nächste Runde.«

»Kommt drauf an, woran man glaubt.«

»Du hörst dich an wie ein alter Typ in einer Bar.«

»Ich weiß. Und du hörst dich an wie ein alter Typ in einer Raucherbar.«

»Und du siehst aus wie eine Billardkugel.«

»Und du wie ein Queue.«

»Pass auf, was du sagst, kleine Kugel.«

Wir kreischen vor Lachen, als Reza ankommt und uns sagt, dass endlich das Essen serviert wird.

Ich torkele hinter Reza und Lydia her und orientiere mich an Rezas großer Hand auf Lydias Rücken wie an einer Fackel. Lydia, die Nihilistin, wird es ungern hören, aber sie ist in Sicherheit.

Ich setze mich wieder neben Johnny, der mich anlacht wie in unserer besten Zeit. Und als wir endlich eine Consommé löffeln, breitet sich in meinem Bauch etwas aus, das sich anfühlt wie Vorfreude. Es wird irgendwie weitergehen, Vesna, denke ich, als Lydia eine Grimasse in meine Richtung schneidet. Warte ab und lache unterdessen.

Ein Mann geht

Bender hat die beiden fremden Frauen vor einem Hotel in Greenpoint abgeliefert und fährt leer zurück.

Wenn er an der Straße wieder Leute sehen sollte, die zu Fuß unterwegs sind, wird er anhalten, sofern er das Gefühl hat, dass es gut wäre, anzuhalten, und wird diese Leute zu ihren Jobs oder Bekannten ins Stadtzentrum fahren, in die City Bowl, wie man in Kapstadt sagt. Er wird sich mit ihnen unterhalten, und wenn sie zu beschäftigt oder zu müde dafür sind, wird er sie in Ruhe lassen. Anschließend wird er sich gut fühlen, unabhängig davon, ob die Leute ihm dankbar sind oder ihn für einen Irren halten. Bender ist in Charity-Laune. Bis jetzt hat er zwei alte Frauen gefahren, eine sehr dick und eine sehr dünn, die sich so über seinen Service freuten, dass Bender sie auch zurückgefahren hätte, aber er befürchtete, aufdringlich zu wirken. Es war schräg genug, dass er grundlos Fremde fuhr. Heute Morgen hat er ein paar Teenager mitgenommen, die ihn fragten, ob er pervers sei. Er verneinte und fragte sie, ob sie ihn ausrauben wollten, woraufhin sie sich auf Xhosa über ihn lustig machten und ihm zum Abschied eine CD mit ihrer Musik schenkten, die irgendwie Potenzial hatte. Ein paar junge Frauen an einer Sammeltaxihaltestelle hatten ihn beschimpft. Sie dachten, dass ich dachte, sie seien Prostituierte, denkt Bender und zieht nach zwei Tagen die Bilanz, dass alte Damen die besten Adressaten für diese Art von Charity sind. Sie winkten ihm zum Abschied hinterher, was ihm guttat. Die fünf Teenager konnten sich nicht auf ein Handzeichen für ihren Lift einigen und zeigten: einen Mittelfinger, ein Victory-Zeichen, ein klassisches Winken, ein stumpfes Teenager-gesicht ohne Handzeichen und einen fröhlich wackelnden Hintern in der Hose, den Bender als Dank wertete, wie alle anderen Gesten auch.

In ihm reift der Gedanke, länger in Südafrika zu bleiben. Er könnte arbeiten wie früher, Talente entdecken und managen, es ist ein musikalisches Land und der Job wäre so gut für seine Seele wie sein kleiner Fahrservice, aber nachhaltiger, auch wenn ihm dieses Wort wirklich zum Hals heraushängt. Nebenher könnte er sinnvolle Großprojekte ins Leben rufen. Er hat nie karitativ gedacht, aber er tut es jetzt. Und er würde weiterhin auf seine Frau hören. Bender hat nicht damit gerechnet, dass er diesen Satz einmal denken würde.

Serafina hatte ihm geraten, ein Sabbatical zu nehmen und sein Telefon für mindestens drei Monate auszuschalten. Bender, den Auszeiten eigentlich nicht interessierten, hörte auf sie, weil allein dieser Akt zu etwas Neuem, Unbekanntem gehörte, das es nun galt auszuprobieren. Er ist nicht mehr der alte Bender. Da Serafina den alten Bender nicht kannte, ist sie davon nicht beeindruckt. Bender verscheucht den Gedanken an Doro, die den alten Bender sehr gut kannte. Er hat in den letzten Tagen manchmal an sie gedacht. Daran, dass es ihr im Grunde gut geht auf den zweihundertfünfzig Quadratmetern, die er ihr seit einem Jahr großzügig überlässt. Sie ist gesund, versorgt und verhältnismäßig jung. Bender fühlt sich frei, auch dazu hat sein kleines Hilfsprojekt beigetragen.

Mit den lärmenden Kids auf der Rückbank wäre er fast auf einen Jaguar aufgefahren, weil er Doros Mund im Rückspiegel sah. Doros Zahnstellung – gerade, schneeweiße Schneidezähne, eingerahmt von zwei kräftigen, spitz zulaufenden Eckzähnen, die sich über die mittleren schoben, unverwechselbar, aber wohl nicht einzigartig, denn jetzt sah er sie in einem schwarzen Jungengesicht. Der Junge mit Doros Zähnen, der eine kaum getönte Sonnenbrille trug, erwischte ihn beim Starren und starrte ihn nun seinerseits an. Was will er, fragte sich Bender, mich tadeln, mich hypnotisieren, mit mir flirten? Was wusste er schon, was dieses Kind über ihn, den Touristen, dachte. Er entschuldigte sich für die Vollbremsung und drehte den Rückspiegel so, dass er den Jungen nicht mehr sehen musste.

Er hat noch Zeit, er ist zum ersten Mal in seinem Leben Begleiter, Serafina dreht hier einen Spielfilm. Der Film ist für das deutsche Fernsehen, sie ist Junior Producer, sie fühlt sich trotzdem wie Harvey Weinstein, was Bender ihr von Herzen gönnt. Think big, das war auch immer sein Motto.

Als er auf den Signal Hill fährt, um sich den bestmöglichen Sonnenuntergang Kapstadts anzuschauen, fängt sich Bender die erste Ohrfeige seit 1984, wie er später nachrechnet.

Er hat den rechten Arm aus dem Fenster hängen lassen und die Serpentinen genossen, den Wind und das Licht, das gleich noch spektakulärer werden würde. Dazu hörte er Damon Albarns Song über einen kleinen Elefanten, der zwar Waise ist, aber nun seine eigene Hütte hat, und gratulierte sich zu seinem Talent, sein gesamtes Leben mit dem angemessenen Soundtrack unterlegen zu können, denn auch der Elefant ist auf dem Weg einen Hügel hinauf. Passt, dachte Bender, und dann passierte es und er machte die zweite Vollbremsung des Tages, etwas später als der Fahrer des Range Rover, mit dem er jetzt Schnauze an Schnauze steht. Bender, dem Kosmopoliten, ist entfallen, dass er sich in einem Land mit Linksverkehr befindet.

Sein nonchalantes »Sorry, mate« erstirbt, denn der SUV-Fahrer, ein Hüne mit einer Baseballkappe und geblümten Shorts, springt blitzartig aus seinem Panzer, langt mit seiner Pranke in Benders Fenster und verleiht seinem Schreck mit einer klatschenden Ohrfeige Ausdruck. Genauso schnell steigt er zurück in seinen Wagen, er hat nichts weiter zu sagen, und dann hupt er, denn Bender, aus seiner Sicht eindeutig ein Vollidiot, steht immer noch auf der falschen Straßenseite und muss nun, leider eingeschüchtert, wie er feststellt, den Weg räumen. Der Typ würdigt ihn keines Blickes mehr, auf dem Rücksitz drückt ein kleines rotblondes Mädchen seine Nase an der Scheibe platt. »Scheißbure«, murmelt Bender, obwohl er keinen Schimmer hat, woher der Mann kommt. In diesem schönen, laut Statistik extrem gefährlichen Land hat man ihm ganz lapidar eine geknallt, verrückt.

Eine geballert, eine gelangt, ergänzt Bender und fängt an zu lachen, a Watschn gebn, er sieht seine glühende Wange im Rückspiegel und bekommt beim Wort »Feuerwatschn« einen hysterischen Lachanfall, der sich noch steigert, als ihm das österreichische Synonym »Fotzn« für Backpfeife einfällt. Groß, denkt Bender, a Fotzn, und befreit sich laut krähend von seiner Schmach. Dann versucht er zurück in den Genuss seiner Fahrt zu kommen, was ihm nicht wirklich gelingt, zu schnell ist er oben auf dem Signal Hill. Er sieht der Sonne beim Untergehen zu, sieht die Stadt unter sich liegen und beschließt, dass das soeben Geschehene eine wirklich gute Anekdote ist: Er ausnahmsweise in der Rolle des Deppen, keine Verletzten, gutes Setting. Dann fällt ihm auf, dass sein Mitteilungsbedürfnis verkümmert zu sein scheint. Vielleicht auch, weil Serafina keinerlei Aufnahmefähigkeit für Dinge außerhalb ihres Drehs hat. Ihr Team, Leute, von denen er nichts erwartet, die er aber jeden Abend zum Essen sieht, besteht ebenfalls aus Monothematikern. Wenn es nicht um den aktuellen

Dreh geht, geht es um vergangene oder folgende Drehs. War ich früher auch so, fragt sich Bender auf dem Weg zurück nach Camps Bay. Ich war vielseitiger, denkt er. Alles in allem: cooler.

Als Bender in der dritten Woche in Südafrika und der neunten Woche seiner Ehe Serafinas Familie vom Flughafen abholt, entschließt er sich, die ungewohnte Zeit ohne Arbeit und Telefon noch ungewöhnlicher zu gestalten und allein zu sein.

Für den Anfang wird er in die Kleine Karoo reisen, eine Halbwüste im Western Cape State. Er erzählt es den Schuberts auf dem Weg durch die Cape Flats zurück in die Stadt, auf dem er gern wieder ein paar Südafrikaner einsammeln würde, aber er hat ja seine neue Familie im Auto. Dass er ohne seine Frau, ihre Tochter, verreisen will, scheint die Schuberts nicht zu wundern, die ihm raten, in die andere Richtung zu fahren, nach Namibia. Sie sind generell schwer zu beeindrucken, was Bender immer wieder aufs Neue einordnen muss. Er wünscht sich nicht direkt, dass sie ihn bewundern, aber die freundliche Gleichgültigkeit, mit der sie auf alles, was er zu bieten hat – seine Erfahrungen, seine prominenten Kontakte, seine materiellen Erfolge –, nicht reagieren, verstört ihn.

Seine Schwiegereltern, Thoralf und Carmen, sind nur unbedeutend älter als Bender, ein Umstand, den sie stilvollerweise nie thematisieren.

Als Paar strahlen sie eine beneidenswerte Einheit aus. Beneidenswert findet Bender auch den Vornamen seines Schwiegervaters. Thoralf erscheint ihm wie eine kraftstrotzende Steigerung seines eigenen Vornamens, Ralf, zu dem er vorher ein neutrales Verhältnis hatte und der ihm jetzt vergleichsweise mickrig erscheint. Thoralf selbst scheint sich nicht besonders mit seinem Vornamen zu identifizieren, er hat keinerlei Donnergottattitüde, er ist klein, dunkelhaarig und genauso liebenswürdig wie seine große, hellblonde und absolut allüren-freie Frau.

Serafinas Bruder Robin, von seinen Kumpels Schubi genannt, scheint sich mit seinen Eltern genauso gut zu verstehen wie Serafina, die mindestens einmal täglich mit Carmen telefoniert. Thoralf erzählt von ihren letzten Fernreisen, sie scheinen ständig zu reisen, ihre nächsten Ziele sind Argentinien und Japan, doch vorher sind sie hier unten, weil sie Fini besuchen wollen. Schön hier.

Alle drei haben normale Jobs und sehen normal aus. Nein, Robin sieht außergewöhnlich gut aus, wie Bender mit einem verstohlenen Seitenblick nicht zum ersten Mal feststellt. Robins Haut hat einen so gesunden Glanz, dass er aussieht wie unbenutzt. Wie mit Fotoshop bearbeitet, denkt Bender, als er kurz in Robins feinporiges Gesicht mit dem akkuraten Bartwuchs sieht, steril, aber schön. Wie er selbst das einschätzt, ist schwer zu sagen, denn teilweise wirkt Robin dumpf wie ein kiffender Minderjähriger, dann wieder macht er knappe Witze, die Bender für ihr perfektes Timing bewundern muss. Woher sie ihr Geld haben, ist Bender ein Rätsel, weil er sie nicht einordnen kann – sie schaffen viel an, was sie weder verheimlichen noch betonen, was also weder auf altes noch auf neues Geld schließen lässt. Serafina sagt, sie würden viel arbeiten, seien sparsam gewesen und hätten vielleicht auch ein bisschen was von den Großeltern geerbt. Oligarchen hat die DDR nicht hervorgebracht, vielleicht aber hat der sanftmütige Thoralf trotzdem einen guten Deal gemacht. Bender weiß es nicht.

Robins Art, neben ihm zu telefonieren, degradiert Bender zu seinem Chauffeur, was ihm sicher nicht bewusst ist und womit sich Bender keinesfalls weiter beschäftigen will. Robin dirigiert ihn an den Stadtrand, wo sie verabredet sind. Bender fährt durch reiche Vororte, dann wird es karger, sandiger, ärmer. Die Häuser sind erst nicht mehr von Mauern mit der Warnung ARMED RESPONSE umgeben, dann gar nicht mehr umzäunt. Leute hocken vor Garagen und verkaufen Dinge. Sie fahren auf einen Autohof, auf dem Robin und Thoralf sofort aus dem Wagen springen und von ein paar Männern begrüßt werden, als würde man sich schon länger kennen. Vermutlich kennt man sich länger. Aus dem Internet. Carmen bürstet sich einmal gründlich das Haar, steigt dann auch aus und fragt die Männer, ob sie ein paar Fotos machen darf, was diese ihr erlauben. Einige tragen blaue Overalls, andere schwarze Anzüge und blütenweiße Hemden, es ist Sonntag.

Robin findet mit den Männern sofort eine Humorebene, sie lachen laut, wahrscheinlich über eine seiner Witz-Punktlandungen. Thoralf und er setzen sich in einen hellblauen Chevrolet Impala und drehen eine Runde über den Hof, beklatscht von den Männern, fotografiert von Carmen. »Robin fand, dass man in Südafrika einen Impala fahren muss«, sagt sie zu Bender, dem darauf keine Antwort einfällt. Thoralf reckt seinen Daumen aus dem Auto, Robin hupt, und einer der älteren Männer kommt mit Papieren auf einem Klemmbrett aus der Garage. Die Schuberts scheinen nach ihrem Zehnstundenflug den Kauf eines Oldtimers nicht ungewöhnlicher zu finden als die Abholung eines Mietwagens. Bender versucht, sich genauso selbstverständlich auf dem Autohof zu bewegen wie sie und schlendert zu einem senfgelben Opel Diplomat. Er ist weniger gut in Schuss als der Impala. Sein Vater fuhr früher einen Admiral. Er tritt gegen die Reifen, geht auf die andere Seite und sieht zwei Paviane, die im Schatten des Wagens hocken. Der größere hält den kleineren im Arm und taxiert Bender, dem zum ersten Mal bewusst wird, wie beunruhigend der direkte Blickkontakt mit anderen Primaten ist. Er senkt

270

den Blick und weicht zurück. Für die Männer hier sind die Affen vermutlich so allgegenwärtig und lästig wie Tauben, Carmen könnte sie fotografieren, doch – Bender schaut über das rostbeulige Dach des Opel – alle sind beschäftigt. Er geht zurück. Die Männer vom Autohof scheinen kein weiteres Geschäft zu wittern, sie ignorieren Bender und konzentrieren sich auf die Schuberts, denen sie gerade einen absurd großen Grill vorführen. »Braai«, versteht Bender, Barbecue, jeder Südafrikaner scheint mehrmals täglich zu grillen. Thoralf Schubert holt lachend seine Brieftasche hervor, doch der alte Mann im Anzug lehnt das Geld ab. Offenbar ist der Grill die Zugabe zum Impala. Thoralf steckt ihm einen Schein in die Brusttasche, den der Alte kopfschüttelnd wieder herauszieht. Dann beklopfen sich Thoralf, Robin und die beiden älteren Männer herzlich zum Abschied. »Meine Jungs fahren dann mit dem Chevy und ich fahr bei dir mit, okay?«, sagt Carmen. Sie fotografiert ihn, Bender versucht ein lockeres Grinsen, das ein bisschen steif gerät, aber egal. Als ein kleiner Junge sich neben ihn stellt, seinen Kopf in den Nacken legt und ihn mit seinen Zahnlücken angrinst, fragt Bender ihn, ob er ein Fahrrad hat. Der Junge schüttelt den Kopf und grinst weiter. Bender gibt ihm tausend Rand.

Als Bender Kapstadt allein verlässt, fühlt er sich weniger einsam als in Gesellschaft der glücklichen Schuberts. Serafina scheint zu genügen, dass es ihn gibt, dass er irgendwo existiert und ihr Mann ist. An seiner Anwesenheit scheint sie seit ihrem ersten großen Job nicht sonderlich interessiert zu sein. Da Bender das Gefühl kennt und es immer mühsam fand, seinen Frauen erklären zu müssen, dass er sie selbstverständlich liebe, aber im Moment den Kopf einfach nicht frei habe für sie, erfreut er sich an seiner eigenen Großzügigkeit und Reife.

Er fährt nach Simon's Town und schaut sich die Pinguine an, die dort den ganzen Tag am Strand stehen und in Richtung Südpol schauen. Manchmal, so erzählt ihm eine Frau auf dem Parkplatz, gehen sie auch in die Häuser in Strandnähe und verwüsten sie. Bender, der mit der Idee gespielt hatte, sich hier ein Strandhaus zu mieten, stellt sich ein von Pinguinen zerlegtes und vollgeschissenes Wohnzimmer vor und steigt wieder ins Auto.

Er genießt die Fahrt. Er fährt den Chapman's Peak Drive und fühlt sich wie der glückliche Mann in einer der vielen Autowerbungen, die hier gedreht wurden. Die Küstenstraße mit dem spektakulären Blick ist Bender nicht lang genug, also kehrt er um und fährt sie noch einmal, er hat Zeit. Er findet ein ausgezeichnetes Restaurant. Als er auf das Dessert wartet, widersteht er dem Drang, sein Telefon einzuschalten, und macht sich stattdessen Notizen zu Essen und Wein. Als ein Paar am Nachbartisch laut lacht, hätte er zum ersten Mal gern Gesellschaft. Dann bemerkt er, dass nur die Frau lacht. Er beobachtet das Paar und ist sich sicher, dass die Frau professionell mit dem Mann ausgeht und das Lachen als Teil ihres Service versteht. Eines Service, den sie übertreibt. Bender sieht ihren glatten braunen Rücken und hätte trotzdem gern eine Begleitung, die über alles lacht, was er sagt. Am dritten Abend ruft er Serafina vom Festnetz seines Bed & Breakfast an. Aufgekratzt erzählt sie ihm von ihrem Dreh. Er mag es nicht, dass sie von Leuten spricht, die er nicht kennt, als würde er sie kennen. Die Dings hat das gemacht und dann hat der Soundso das gesagt und es war total crazy. Das ist nicht crazy, das ist langweilig, Baby. Sie ist eine schlechte Telefoniererin, denkt Bender streng. Man muss sie live erleben, anfassen können. Er würde ihr am Telefon nichts abkaufen, er würde ihr keinen Job geben, er will keinen Telefonsex mit ihr. Letzteres stört ihn, weil er gern Sex hätte. Sie redet über ihre Eltern, was zusätzlich nicht sexy ist. Sie redet über das Kind, das sie mit ihm plant. Dafür wiederum sollte sie mehr Interesse an Sex zeigen, obwohl sie arbeitet und er nicht da ist. Bender erinnert sich an sich selbst im Arbeitsrausch. Nein, das hatte zu keinem Zeitpunkt seinen Trieb geschwächt, im Gegenteil, Erfolg und Sex hatten sich äquilibriert. Benders Work-Life-Balance hatte darin bestanden, einfach alles gleichermaßen exzessiv zu betreiben.

Er blickt zur Terrasse, auf der ein weißhaariges Paar beim Wein sitzt, und hört Serafina zu, die klingt, als müsse sie ihn vertrösten. Dieser Film noch, dann eine lange Reise, dann Engelhardts Serie, dann das Kind. Bender, der nie Kinder wollte, wird zu einem dieser Ehemänner, die ihre Frau einfach reden lassen und ab und zu mit einem unbestimmten Brummen antworten. Er mag es nicht, aber so ist es. Seine Einsilbigkeit ist ihm fremd. Anscheinend hat er in den paar Tagen nicht nur seine Eloquenz verloren, sondern auch seinen Witz. Sie redet wieder über den Film. Sie hat am Set etwas durchgesetzt, das sie wollte. Denn, ruft sie größenwahnsinnig, sie kriegt immer, was sie will. Präpotente Medienfotze, denkt Bender, während die Frau, die er liebt, lacht. Dann fragt sie ihn, ob er ihre Mutter sprechen möchte – warum sollte er ihre Mutter sprechen wollen? Im Hintergrund hört er Carmen einen Cocktail bestellen. Serafina nennt ihn Sweets, was er anfangs süß fand, und er hört sich etwas sagen, das er so unpassend findet wie einen Furz in einer Konferenz, nämlich »hau rein«. Dann legt er auf. Er läuft zu einem Restaurant, das er auf der Herfahrt gesehen hatte, bestellt sich das zweite Steak an diesem Tag und findet es noch besser als das am Mittag. Das Fleisch tröstet ihn und neutralisiert das ungute Gefühl beim Telefonat. Als er verdaut und sich im Restaurant umschaut, kommt es zurück.

Serafina sieht in ihm einen anderen Mann als alle anderen. Dieser Mann gefällt Bender nicht. Dieser Mann ist nicht direkt ein domestizierter Hanswurst, aber er bewegt sich in diese Richtung. Er betrachtet sich in der Scheibe des Restaurantfensters. Er sieht aus wie immer. Er ist ein gut alternder Beau mit einem machtbewussten Nussknackergesicht. Doch Bender fühlt sich entmachtet.

Als er am vierten Abend in seinem Guesthouse in der Kleinen Karoo ankommt und nur das Zirpen und Schnarren unsichtbarer Tiere hört, weiß er, dass er die Einsamkeit in Kombination mit der Unerreichbarkeit nicht aushalten wird. Er entschließt sich zu einem Spaziergang. Bender erinnert sich nicht, je allein spazieren gegangen zu sein.

Er geht durch die trockene Landschaft, die am Tag zauberhaft schön sein soll, was er erst morgen beurteilen kann. Dann schaltet er sein Telefon ein, und als es zu leuchten beginnt, zittert Bender plötzlich so sehr, dass er sich auf einen Stein setzen muss. Er schaut auf das leuchtende Display.

Er sitzt am Ende der Welt und hat Empfang. Seine Ansage lautete, dass er bis Ende des Jahres nur sporadisch zurückrufen werde und dass man sich in dringenden Fällen an diesen oder jenen Mitarbeiter in seinem Büro wenden solle.

Textnachrichten teilen ihm mit, er habe Sprachnachrichten.

Er springt auf und geht weiter. Falls es hier Schlangen gibt, werden sie Angst vor ihm haben, sagt er sich und tritt fester auf, um sie zu verscheuchen. Er trägt gute Schuhe, wie immer.

Bender, der es hasst, Dinge vor sich herzuschieben, steht jetzt in der Wüste, scrollt durch die Musik auf seinem Telefon, auf dem weiterhin Textnachrichten eingehen, die er sich nicht anschaut. Er findet Paul Simons *Graceland*, hört dreimal hintereinander »Under African Skies«, schaut in die Sterne und wird ruhiger. Ich habe frei, denkt er, was soll sein?

Bender achtet darauf, in jedem Moment zu wissen, wo die Straße ist, auf der er hierhergekommen ist. Ab und zu sieht er Autoscheinwerfer. Er nimmt die Kopfhörer raus und steckt sie wieder rein. Die Geräusche der Nacht sind schön, doch mit der Musik fühlt er sich sicherer. Er klickt auf ein Stück von Fela Kuti, das fast zwanzig Minuten lang ist und einen Sog bildet, der ihn aus seiner Unruhe zieht. Bender ist kurz glücklich. Er tänzelt über das Geröll und die stacheligen Pflanzen und Steine und fühlt sich irgendwie: menschlich. Eine weitere Reminiszenz auf Afrika fällt ihm ein, Malcolm McLarens »Double Dutch«. Im Video hüpften Schulmädchen über Springseile. Bender hüpft jetzt auch und singt dabei. Was sind Ebonettes? Ebenholzfarbene Girls, nimmt er an, sein Hüpfen verfeinernd. Falls es hier Tiere gibt, wird er sie erschrecken, was ihm recht ist, aber viel wichtiger ist die perfekte Einheit, die sein Geist und sein Körper jetzt bilden. Er hört die Töne, fühlt sie und lässt sie in seinen Körper fließen. Bender, ein Mann der sparsamen Bewegungen, ein in den achtziger Jahren sozialisierter Clubsteher mit einer ausgefeilten Technik des Kopfnickens, tritt ein in die Welt der universellen Droge Tanz. Staunend bewegt er seine langen Gliedmaßen und sein Becken und illustriert damit alles, was er hört. Er hatte immer vermutet, das absolute Gehör zu haben, jetzt ist er sich sicher – wie sonst könnte er jeden Ton so virtuos treffen? Er tanzt und fühlt sich verbunden mit seinen Artgenossen, die von Beginn an getanzt haben, überall. Ein Akt, der weder dem Überleben noch der Arterhaltung gilt. Kunst, Vergnügen, Rausch. Menschen, denkt Bender, nicht zum ersten Mal, wenn ihm Musik gefällt, und jetzt jedoch noch euphorischer: Menschen sind etwas Großartiges. Er sollte sich unsterblich machen. Er sollte Serafinas Kinderidee zu seiner machen. Vielleicht. Nicht jetzt. Er tanzt weiter und denkt dabei: *Ich bin.*

Als er sich fragt, ob man ihn von der Straße aus sehen kann, gerät er kurzfristig aus dem Takt und merkt, dass er außer Atem ist. Sein System ist geflutet von einem ungreifbaren Glück. Jetzt erst glaubt er Leuten, die behaupten, nüchtern Nächte durchzutanzen. Er stützt sich auf seine Knie und fragt sich, ob das eben erlebte Hochgefühl wiederholbar ist. Sollte er regelmäßig tanzen?

Dann widersteht er der Versuchung, den Song noch einmal zu hören, und gibt den Code für seine Voicemail ein. Er dreht sich weg von der Straße und hat keine Hinweise auf Zivilisation mehr im Blickfeld. Er sieht sich selbst in dieser Weite stehen und versucht sich an der Sichtweise, dass er klein sei und alle seine Belange unwichtig. Eine Betrachtung, die Bender nie mochte, weil er sie abstrakt und demotivierend fand, auf salbungsvolle Art bescheiden, sprich verlogen und obendrein unnütz, denn wie soll es weitergehen, wenn sich jeder selbst für nichtig hält? Als die Stimme ihm sagt, wie viele neue Nachrichten er hat, fühlt sich Bender nicht wie ein unbedeutendes Sandkorn, sondern wie ein Mann auf der Flucht, der sich endlich stellt.

Er rechnet mit Ärger aller Art aus seinem Büro. Kurz blitzt grelle Angst vor einen Todesfall in seiner Familie in ihm auf. Er befürchtet, Fristen versäumt, vor seinem Abflug wichtige Unterschriften nicht geleistet oder eine große Sache, welcher Art auch immer, schlicht und einfach verpasst zu haben. Er verflucht sich kurz dafür, dass er auf Serafina gehört hat. Worin noch mal liegt der Sinn dieser Nichterreichbarkeit?

Keine seiner Befürchtungen bestätigt sich. Nahezu alle Nachrichten stammen von Isabel Mangoldt, einer Frau mit einer eigenen Agenda.

»Huhu Bender, ich habe den Kronleuchter heute abholen lassen und sichte jetzt. Wollt ich dir nur sagen. Kuss-Kuss.«

»Ja halloho, Bender-Schätzchen. Es ist unglaublich, was ihr da gemacht habt. Es ist super. Aber ihr hättet mir ruhig sagen können, dass es nicht um die Katzen geht, sondern dass Doro das sozusagen übernimmt. Quelle surprise! Aber hey: geil.«

»Hi Benderowski, ich wusste gar nicht, wie geil Doro drauf ist. Das ist Kunst. Endlich gibt's wieder KUNST. Bender, love you!«

»Ich bin's noch mal: Ich frage mich jetzt doch, ob das nicht ein Versehen ist und Doro von den Kameras gar nichts wusste. Aber genau das macht es ja noch besser. Wie die sich bewegt und vor allem, WAS die sagt. Ich überlege jetzt, ob ich das Material mit oder ohne Ton benutze. Ohne ist auch super, denn sie ist total stark.«

»Ich wieder, Isabel: Ich bin mir jetzt sicher, dass das keine Performance von Doro ist, sondern dass das DORO ist. DAS ist DORO. Ich habe der niemals so viel Tiefe zugetraut. Ich saß vor diesem Material und habe geheult. Na ja, fast. Ruf mich bitte mal zurück. Ich bin begeistert, aber ich bin auch ein bisschen, na ja, verstört? Es ist wunderschön, aber eben auch total krass. Hm … ruf mal durch, ja? Ich bin jetzt im Schnitt und danach wieder available. Tschüss Schatz.«

»Tach Bender-Schbender, aaalso: Ich habe jetzt stundenlang Material, auf dem Doro nur weint. Die weint alles nass. Ich habe noch nie so viel Flüssigkeit aus einem Gesicht kommen sehen. Ich hab mir überlegt, ich werde die Tränen schwarz machen. Wie findest du das? Meld dich mal. Ach ja: Was sagt eigentlich Doro dazu? Die erreiche ich nämlich auch nicht. Let me know …«

»Hi Benderino, hier ist die Isi noch mal. Du müsstest mich mal zurückrufen wegen der Rechte und so weiter. Ist Doro jetzt als Performerin die Urheberin? Hast du nicht mal Jura studiert? Also, ich bin mir ja fast sicher, dass die Rechte bei mir liegen, es ist mein Konzept, blablabla, aber wenn Doro davon nichts wusste, hat sie vielleicht was dagegen, was ich nicht hoffe, denn das wird MEIN Film.«

»Bender, sag mal, ist das noch deine Nummer? Na ja, jedenfalls, das grenzt fast an Snuff. Also, eigentlich stirbt ja keiner, aber fast. Doro liegt auf dem Fußboden und stirbt vor laufender Kamera. Immer wieder und wieder. Das Spannende ist, dass der Zuschauer nicht weiß, ob sie sich umbringt, denn genau so sieht es aus. Man beobachtet eine komplett verzweifelte Person und weiß nicht, was sie als Nächstes tut. Das ist … also echt, das ist Wahnsinn, buchstäblich, ja? Ich werde es House of Pain nennen. Nee, Moment, gibt's das nicht schon? Ich nenne es *Pain*.«

Doro, denkt Bender. Er legt den Kopf in den Nacken und sucht nach Sternbildern, die er kennt, um sich abzulenken. Das ist paradox, denn Doro ist diejenige, die an den unmittelbaren Einfluss der Sterne auf die Erdgeschehnisse glaubt. Er findet den Großen Wagen nicht, er sieht auch den Orion nicht. Dann fängt er wieder an zu zittern und bildet sich kurz ein, Malaria zu haben, was in dieser Gegend eher unwahrscheinlich ist. Als ihm einfällt, warum ihm die Sterne trotz ihrer Deutlichkeit nichts sagen, kichert er und gruselt sich ein bisschen vor sich selbst. Ein Mann sitzt nachts allein im Busch und lacht irre vor sich hin. Er kennt die Sternbilder der südlichen Hemisphäre nicht. Kurz fühlt er sich, als wäre er durch dieses Nichtwissen in einem direkten Nachteil. Als dienten die Sterne tatsächlich seiner Orientierung, die er jetzt verloren hat.

Es gab eine Zeit, da hat er mit ihren Anrufen gerechnet. Eine Zeit, in der er erstmals eine gestörte Beziehung zu seinem Telefon entwickelte. Sie äußerte sich in übermäßiger Freude über jeden Anrufer, der nicht Doro war. Er hatte Angst vor Doros Nummer, ihrer Stimme, ihren Fragen, die er sich selbst beantwortet hat, aber nicht ihr: Es gibt nichts mehr zu sagen, Doro. Bender, der Dutzenden Leuten mitgeteilt hatte, dass sie entlassen sind, wusste nicht, wie er mit der Frau, mit der er unvergesslich gute Zeiten verbracht hatte, ein Gespräch führen sollte, an dessen Ende sie womöglich weinen oder schreien würde. Anfangs, als er dieses Gespräch noch für unvermeidbar gehalten hatte, suchte er nach dem richtigen Zeitpunkt. Dann war ihm klar geworden, dass es diesen Zeitpunkt nicht geben würde. Also hatte er sich gesagt, dass sie Bescheid wusste. Sie waren so weit auseinandergedriftet, dass es nur eine Frage der Zeit war, bis ein neuer Mensch in diese offene Konstellation eindringen würde. Die Vorstellung, sich dafür rechtfertigen oder gar entschuldigen zu müssen, ärgerte ihn maßlos: wofür denn? Dafür, dass er der Erste war? Das war er fast immer, aber: Auch Doro hätte jemandem begegnen können, das sagte er sich immer wieder. Dann dachte er pragmatischer. Es gab in diesem Fall nichts richtig zu machen. Sie würde nicht verlassen werden wollen, niemand wollte das, keine Art und Weise änderte daran etwas. Also war es an ihm, sich für eine Strategie zu entscheiden. Sie, die ihm in jeder Lebenslage die Entscheidungen überlassen hatte, musste nun auch diese akzeptieren.

Als er nichts von ihr hörte, beunruhigte ihn das zuerst, obwohl es ihn hätte erleichtern müssen. Dann wertete er ihr Schweigen als Zeichen des Einvernehmens. Wolff, sein Anwalt, hatte sie wissen lassen, welche Lösung Bender in diesem Fall für die beste hielt. Nach Wolffs Rapport, Doro sei einverstanden, dachte er: Vielleicht ist sie über mich hinweg. Und später, nachdem Monate vergangen waren, ohne dass er etwas von ihr gehört hatte: Vielleicht ist sie wieder liiert, ausgewandert, irgendetwas. Glücklich.

Bender taumelt zurück. Das kapholländische Haus steht zusammenhanglos in der Landschaft und leuchtet heimelig. Pain, denkt Bender. Er hatte Isabels seltsames Objekt komplett vergessen. Isabel, die eine Videoarbeit mit Katzen plante, hatte das schwarze Ungetüm in seine Wohnung gehängt und war wieder verschwunden. Kurz darauf verschwand auch Bender, zurück blieb Doro. Die Kameras schalteten sich durch einen Bewegungsmelder ein. War eine voll, kam die nächste dran, vielleicht überspielten sie aber auch das vorhandene Material wieder und wieder. Isabels Kunst zeichnete sich durch ausgefeilte Technikkonzepte und verworrene Aussagen aus. Niemand außer Isabel selbst verstand den Zusammenhang zwischen dem, was man sah, und der Nachricht, die Isabel damit in die Welt warf. Trotzdem, er schätzte sie, weil sie brannte – wofür, war ihm relativ egal. Er mochte ihre Leidenschaft und hatte ihr gerne den Gefallen getan. Doro hatte er nichts gesagt, weil sie sich nie in dem riesigen, fast leeren Zimmer aufhielt.

Nun hört es sich so an, als sei Isabel dabei, aus Doros Trennungsschmerz eine Videoinstallation zu machen.

Im schlafenden Guesthouse nimmt sich Bender hinter der Theke ein Bier, schreibt es Pieter, dem Hausherrn, auf einen Zettel und setzt sich in den Garten.

Elektrisches Licht tut ihm gut. Der Anblick von Pieters Gartenmöbeln tut ihm gut. Die Natur hat ihn überfordert.

Er hört Isabels Nachrichten noch einmal ab und rekonstruiert, was sich unter dem Kronleuchter abgespielt hat.

Isabel, die auf Benders Hochzeit war, scheint keinen direkten Zusammenhang zwischen Doros Verhalten und Benders neuer Beziehung herzustellen. Über Dinge, die sie nicht interessieren, denkt sie nicht nach, was Bender irgendwie bewundernswert effizient findet. Doro, so Isabel auf seiner Voicemail, sei auf eine Art und Weise morbid, die gleichzeitig so universell menschlich und heutig sei, dass man es kaum aushalte. Isabel findet das gesamte Leben kaum aushaltbar, denkt Bender, der in ihren Nachrichten seine Bestrafung sieht. Als Isabel fanatisch schreit: »Letztendlich geht es doch immer um Entfremdung!«, verschluckt er sich an seinem Bier, gleichzeitig ratlos und angewidert. Er hört weiter. Doro scheint seinen Vorrat an Medikamenten und seinen Weinkeller unter diesem Kronleuchter aufzubrauchen. Ob und wie diese Geschichte zu Ende ging, erwähnt Isabel nicht.

In Benders Ohren beginnt es zu rauschen.

Am nächsten Tag greift er zu bewährten Strategien. Er telefoniert den gesamten Vormittag. Erst im Garten des Landhotels, in dem Pieter seine üppige Bepflanzung pflegt und so tut, als würde Bender nicht sein Radio übertönen. Wieder eine Mission zu haben, Firefighting zu betreiben und dabei auf den gärtnernden Pieter zu starren versetzt Bender in einen fast Zen-artigen Zustand. Das Streben nach Klarheit bei totaler Entspannung hat er nie ganz verstanden, weil er selten klarer war als in Momenten der Anspannung. Jetzt, wach wie in einer Verhandlung, spürt er eine ungewohnte körperliche Ruhe. Die zwei Tavor, mit denen er die Nacht zuvor beendet hat, haben keinerlei Nachhall hinterlassen, dafür aber einen Zustand optimaler Ausgeschlafenheit. Warum nicht jeden Tag so, fragt

Bender sich kurz. Nach einem langen Telefonat mit einem befreundeten Urheberrechtsanwalt, einem vorsichtigen Kommt-drauf-an-Sager, dem Bender beim Zuhören fast die Freundschaft kündigt, weil zu einer Freundschaft auch Respekt gehört, den er aufgrund des diffusen Gefasels fast vollends verliert, ruft er einen weiteren Urheberrechtsanwalt an, den er weniger gut kennt, dessen Kampfeslust ihm aber gefällt. Isabel dürfe rein gar nichts, ist die Meinung dieses Anwalts. Hätte Isabel ihm zuhören können, wäre sie vermutlich froh, immerhin nicht ins Gefängnis zu müssen. Bender, doch etwas erleichtert, sein Problem vorerst exemplarisch und ohne konkrete Namen geschildert zu haben, verspricht dem Anwalt, dass er ihn im Fall von Ärger, also mit großer Wahrscheinlichkeit, zu beauftragen gedenke, und bestellt sich ein Carpaccio vom Springbock. Danach setzt er sich in seinen Mietwagen und fährt ziellos durch die Landschaft, die er nur halb wahrnimmt, was ihm ausreicht. Schön hier.

Er versucht es einmal bei Isabel, die nicht erreichbar ist. Gut, beschließt Bender, das machen wir anders, und wertet ihr ausgeschaltetes Telefon als Glücksfall, auf den er im Garten eines kleinen Restaurants eine halbe Flasche Sauvignon Blanc trinkt. Er entscheidet sich für eine E-Mail an Isabel, die er auf einem Block des Wirts vorformuliert. Hierin untersagt er Isabel jedwede Verwendung des in seinen Privaträumen aufgenommenen Filmmaterials unter der Androhung einer Klage. Als Kontaktadresse wird er den kriegerischen Urheberrechtsanwalt angeben. Er lehnt sich in seinem Rattanstuhl zurück und genießt auch hier den beschaulichen Garten. Die Garden Route gilt als Urlaubsparadies für ältere Leute.

Bender fühlt sich auf befreiende Art weder jung noch alt, sondern sehr richtig. Außerdem fällt ihm auf, dass er detaillierter zu sehen scheint. Er legt den Kopf in den Nacken und schaut hinauf in die Baumkrone, unter der er sitzt. Er sieht nicht nur grün, er sieht jedes einzelne Blatt inklusive Blattadern, Rändern und Stielen. Vielleicht gehört das zu seinem neuen Zustand achtsamer Entspanntheit, den er zufällig erreicht zu haben scheint. Der Zustand ist so stabil, dass auch die zweite halbe Flasche Sauvignon Blanc ihn nicht verwischt. Bender entschließt sich, die Mail an Isabel anders zu formulieren. Kanonen auf Spatzen, das ist nicht sein Stil. Und wenn überhaupt Kanonen zum Einsatz kommen sollten, ist für diese Arbeit der Anwalt zuständig, nicht Bender, sein Klient, der die eventuell Beklagte privat kennt und im Grunde auch schätzt.

Mit Blick in den schönen, unbekannten Baum entscheidet er sich für den Tonfall aus seiner Zeit als CEO, den nachdrücklichen Telegrammstil: Liebe Isabel, nein, keine Installation. Stattdessen das Material vollständig vernichten bitte, danke! Best, RB.

Das, denkt Bender, schließt einen späteren, freundlichen Privatkontakt nicht aus, duldet aber auch keine Widerrede. Trotzdem sollte ich den Anwalt erwähnen, da Isabel widersprechen wird, ich aber keine Lust habe, weiter zu diskutieren. In Strategielaune fällt ihm ein weiterer goldrichtiger Schritt ein. Er wird eine ähnliche E-Mail an Isabels Galeristen schreiben, in der er ihn vor einer rechtlich nicht geklärten Arbeit, also netterweise vor vermeidbarem Ärger warnt. Gruß, Bender. Damit hätte ich gesagt, was ich zu sagen habe, denkt er gähnend und streckt sich. Es gab Zeiten, da hatte er seinen Tag mit zwanzig, dreißig dieser Mails begonnen. Bitte, danke. Deshalb muss er sie auch jetzt nicht aufschreiben, sondern nur wissen, dass er sie schreiben wird. Er hat Doros Ehre gerettet. Die Rolle als ihr anonymer Beschützer gefällt ihm so gut, dass er sein Telefon zückt und sich summend in sein Bankkonto einloggt. Ich bin nicht mehr da, aber ich bin für dich da, denkt er und schläft ein.

Als Bender erwacht, versteht er den Anblick des Gartens nicht. Am Himmel steht eine graphitgraue Wolkenwand, deren Ränder weiß glühen. Im Gras steht ein Mann in einem schmutzig beigen Ganzkörperanzug und winkt ihm zu. Er könnte ein Mitarbeiter eines Katastrophenschutzdienstes sein, aber er ist Imker. Die Zeit, die sein Hirn braucht, um diese Information zusammenzusetzen, erscheint Bender lang und quälend. Unterdessen sieht er den Mann kurz doppelt. Als er den Arm hebt, um ihm zurückzuwinken, hat der Mann sich bereits umgedreht und redet laut auf Afrikaans in sein Telefon. Wieso setzt er seine Imkermaske nicht ab, wenn er telefoniert, fragt sich Bender. Dann erst wird ihm klar, was der Imkeraufzug bedeutet: Bienen. Eine Biene könnte Bender schneller erledigen als ein Löwe. Wo sind sie? Auch ein gewissenhafter Imker hat nicht alle seine Bienen im Griff, oder?

Er ruft das Mädchen, das eilig den Nachbartisch abräumt. Ihre Bluse flattert im Wind, der Baum über Bender rauscht und lässt lila Blüten auf ihn regnen wie in einem Märchen. Die Rechnung würde der Chef bringen, wir sollten schnellstens reingehen, es geht gleich los, sagt das Mädchen, das bereits gegen den Wind anrufen muss. Der Chef ist der Imker, der Imker ist der Chef, denkt Bender. Ein paar einzelne Bienen werden ihn immer umschwirren. Er warte hier, ruft Bender, und hält seine Weinflasche und die Zettel mit seinen Notizen fest. Er müsse los, sagt er, als das Mädchen auch seinen Tisch abräumt, ob er gleich zahlen könne, eine Flasche Sauvignon Blanc. Das Mädchen nennt ihm den Preis und sagt ihm, dass der Sturm bald vorbei sein werde, man könne ihn drinnen bequem aussitzen. Bender drückt ihr die flatternden Scheine in die Hand und bleibt abwehrend unter dem Baum sitzen. Das Mädchen rennt klappernd ins Haus.

Ein zweiter Blütenschauer prasselt auf Bender herunter. Er fordert online eine TAN-Nummer an. Denkt euch doch, was ihr wollt, sagt er stumm zu den anderen Gästen hinter den Verandafenstern, deren Blicke er auf seinem Rücken vermutet.

Ein Bündel Sonnenstrahlen gleißt durch ein Loch in dem schwarzen Wolkenhaufen. Biblisch, denkt Bender, apokalyptisch. Er hat alle relevanten Kontonummern als Vorlagen gespeichert, falls er irgendwann irgendwem etwas schulden sollte, dann so kurz wie möglich. Als er die TAN eintippt, bläht sich sein Hemd wie ein Segel. Wow, denkt Bender und bestätigt. Diese Transaktion ist seine letzte elektronische Spur.

Er ist voller Blüten. Er ist ein Bienenparadies. Er muss weg.

Die Personen

Engelhardt ist Regisseur und verlässt mit einem filmreifen Sprung die Party seines Freundes Reza. Etwas später verlässt er auch seine Freundin Susanne.

Susanne ist schon immer auf der Flucht vor der Spießigkeit, aber trotzdem Apothekerin geworden. Bei einer Fahrt in ihre alte Heimat sieht sie ihren Vater – und ihre bisherigen Beziehungen – in einem neuen Licht.

Lydia will keinen tollen Job, sondern Viktor. Leider ist Viktor verheiratet und der beste Freund ihres Freundes Reza.

Reza ist Filmproduzent, liebt seine Freundin Lydia und ist nicht nachtragend.

Viktor liebt die Frauen, aber nicht so sehr, dass er dafür seine Ehe mit Natalie aufgeben würde.

Bender hat in der Musikindustrie viel Geld verdient und ist eigentlich sehr zufrieden mit sich, bis er auf einer Party erkennt, dass seine Freundin Doro nicht mehr die Jüngste ist. Und er selbst auch nicht.

Doro ist seit zehn Jahren mit Bender zusammen. Dann erfährt sie von Benders Anwalt, dass sie fortan wieder Single ist.

Serafina ist jung und macht sich auf, die Welt zu erobern. Unterwegs entdeckt sie die Vorzüge älterer Männer.

Ariane ist mit Hendrik, dem glanzlosen Plagiat ihrer großen Liebe verheiratet. Außerdem hat sie einen kleinen Sohn, eine große Tochter und eine Depression.

Arianes Tochter geht mit ihrer Mutter aus, was nicht heißt, dass sie sie auch cool findet.

Hendrik, Firmenpartner von Reza und Ehemann von Ariane, versucht es allen recht zu machen und wird schließlich Single-Vater.

Phileas ist ein musikalisches Genie und will ein Soul-Album aufnehmen, und zwar solo, ohne seinen alten Partner Rupert. Was ihm allerdings fehlt, ist Soul.

Rupert ist ein guter Musiker, aber kein Genie. Verlassen werden will er trotzdem nicht. Wer will das schon? Gutes Songthema.

Natalie hat eine übergriffige Schwester, Isabel, und einen untreuen Ehemann, Viktor. Immerhin ist sie verliebt. In Hendrik.

Isabel ist Künstlerin und Engelhardts verflossene Liebe. Sie hat eine ebenso gewinnende wie angriffslustige Persönlichkeit, weshalb ihre Umwelt Probleme hat, sie zu verstehen. Das gilt auch für ihre Installationen.

Maren beendet erst ihre On-Off-Beziehung zu Clemens, dann ihre Therapie und schließlich ihr Dasein als Trinkerin.

Clemens ist als Anwalt erfolgreich und deshalb empört, dass ihn seine Frau Iris beim Abschied als mittelmäßig bezeichnet. Um das Gegenteil zu beweisen, hat er danach kurze, wenn auch anstrengende Beziehungen zu Maren und Isabel, von denen man so etwas nicht behaupten würde.

Schubi ist der kleine Bruder von Serafina und bleibt im Gegensatz zu ihr auf dem Teppich. Was schwierig wird, als er plötzlich zu sehr viel Geld kommt.

Vesna ist Historikerin und so attraktiv, dass manche Männer kaum glauben können, dass sie außerdem so klug ist. Nach Benders Hochzeit ist ihre Beziehung zu Johannes Geschichte.

Johannes kommt aus gutem Hause, zieht es aber vor, in einer hässlichen Wohnung zu wohnen. Vesna vermutet, dass er nicht geizig ist, sondern wahnsinnig.

Quellennachweis

S. 67
The Stone Roses, »Fool's Gold«
Music & Text by Ian George Brown/John Squire
© 1989 by IMAGEM LONDON LTD
Mit freundlicher Genehmigung IMAGEM MUSIC GMBH, Berlin

S. 129
Supermax, »Love Machine«
Music & Text by Kurt Hauenstein
© Edition Rockefellah Music/Universal Music Publishing GmbH

S. 154
Grauzone, »Eisbär«
Text und Musik: Martin Eicher
© Off Course Music (SUISA)
für Deutschland: Ervolksmusik Wolfgang Dorsch (GEMA)

S. 169
Supertramp, »Breakfast in America«
Music & Text by Richard Davies/Roger Hodgson
© Almo Music Corp./Delicate Music/Rondor Music Inc./Universal
Music Publishing GmbH